KB267843

사마쌍협

邪魔雙俠

사마쌍협 10

월인 新무협 판타지 소설

초판 1쇄 찍은 날 § 2003년 12월 8일
초판 1쇄 펴낸 날 § 2003년 12월 18일

지은이 § 월인
펴낸이 § 서경석

편집장 § 문혜영
편집책임 § 장상수
마케팅 § 정필 · 강양원 · 이선구 · 김규진 · 홍현경

펴낸곳 § 도서출판 청어람
등록번호 § 제1081-1-89호
등록일자 § 1999. 5. 31
어람번호 § 제2-0293호

주소 § 경기도 부천시 원미구 심곡1동 350-1 남성B/D 3F (우) 420-011
전화 § 032-656-4452　팩스 § 032-656-4453
http://www.chungeoram.com
E-mail § eoram99@chol.com

ⓒ 월인, 2002

값 8,000원

ISBN 89-5505-916-7 04810
ISBN 89-5505-507-2 (SET)

사마쌍협

邪魔雙俠

원인 新무협 판타지

10

무협(武俠)

도서출판 청어람

목차

10 묵령(墨靈)

◆ 제77장

화산비동(華山秘洞)

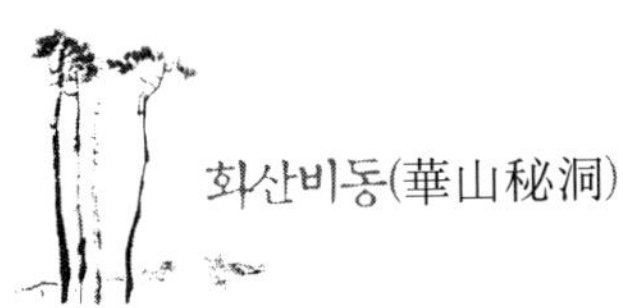

화산비동(華山秘洞)

"잠이 오지 않는 것이냐?"

그린 듯이 앉아 있는 한 여인의 뒤에서 낮고 굵은 목소리가 들렸다. 그 목소리에 날렵한 무복 차림의 여인이 고개를 돌리며 신형을 일으켰다.

"어서 오세요, 삼사형."

뒷모습으로 봐서는 성숙한 여인의 몸매였으나 고개를 돌리며 사내를 쳐다보는 얼굴이나 목소리에서는 소녀의 특징들이 아직 남아 있었다.

"여긴 어쩐 일이세요, 삼사형?"

여인은 사내의 출현이 무척 뜻밖이라는 표정으로 사내를 쳐다보았다.

"나 역시 사매처럼 잠이 안 와서 바람이나 쐬러 나온 것이니 잠시 얘기나 좀 하다 들어가지. 내일을 위해서 오늘은 필히 자두어야 하니 말이야."

낮고 굵은 목소리의 사내도 달빛에 얼굴이 드러나자 여인과 마찬가지로 젊은 청년의 모습이었다. 그러나 차분하고 낮은 목소리는 청년의 수행이 나이보다 훨씬 깊다는 것을 나타내 주었다.

"사매가 화산의 제자가 된 지 얼마나 되었지?"

여인의 옆에 앉아 잠시 주변의 풍광을 감상하던 사내가 불쑥 질문을 던졌다.

"십 년도 넘었죠. 그런데 새삼스럽게 그건 왜 물으세요?"

여인은 평소답지 않은 사내의 질문에 조금 의외라는 목소리로 반문했다.

"십 년이면 강산도 변한다는 말이 있지. 그런데 이런 일이 있기 전에 보이는 사매의 행동은 전혀 변한 게 없는 것 같아서 말이야."

사내가 빙그레 웃으며 여인을 쳐다보았다.

"어떤 면에서요?"

여인의 눈망울이 약간 커지며 미소를 물고 있는 사내를 빤히 쳐다보았다.

"뭔가 큰 대결이 있거나 풀리지 않는 문제가 있으면 사매는 언제나 이곳에서 밤이 깊을 때까지 앉아 있다가 들어갔지. 지금도 그런 모양이군."

사내가 슬쩍 여인의 눈길을 피하며 말했다.

"삼사형은 제 뒤만 쫓아다녔나 봐요. 어떻게 그렇게 잘 알아요?"

여인이 약간 날카로워진 눈초리로 사내를 쳐다보았다. 사내의 말대로 답답한 일이 있거나, 뭔가 잘 풀리지 않는 문제가 있을 때마다 이곳을 찾아오는 버릇이 생긴 지가 벌써 몇 년이던가. 그러나 그동안 누군가의 눈길을 느낀 적이 없었는데 이 사내는 그것들을 모두 알고 있는 것이다. 자신은 전혀 의식하지 못하는 사이, 자신의 모든 행적이 누군가에게 들켜 버린다는 것은 무인으로서는 가장 자존심이 상하는 일이기에 여인의 눈빛은 더욱 냉랭해져 갔다.

"하하! 이거 졸지에 덕향(德香) 사매에게 마음을 뺏겨 꽁무니나 쫓아다니는 못난 사형으로 전락하고 말았군."

사내가 입맛을 다시며 여인의 시선을 거듭 피했다.

"괜한 소리 하지 마세요. 삼사형은 등 뒤에 메고 있는 그 검밖에 마음을 주지 않는 사람이잖아요!"

여인이 약간 뽀로통한 표정으로 목소리를 높였다.

"어허! 누구 앞길을 막을 소리. 나도 총각귀신으로 늙어 죽기는 싫은 사람이야."

사내의 목소리에 짓궂은 기운이 묻어 나왔다.

"그런데 이 자리의 맨 처음 주인이 누군지 알아?"

"이 자리의 맨 처음 주인이라니… 그게 무슨……?"

여인이 사내의 말뜻을 알아차리지 못하고 사내를 쳐다보았다.

"사매와 내가 앉은 이 바위를 보라구. 인공의 흔적이 가미되어 있는 것 같지 않아?"

"인공의 흔적?"

사내의 말에 여인이 문득 자신이 앉은 바위를 살펴보았다. 그러나 별반 이상한 점을 느낄 수 없었다.

"처음부터 이렇게 생겼기에 전 그런 생각을 못해봤어요. 그런데 원래는 이렇게 생기지 않았던 건가요?"

"그래! 내가 이곳에 처음 왔을 때는 약간 더 거칠고 이 부분은 좀 더 솟아올라 있었지. 그걸 내가 약간 더 평평하게 만든 것이고. 하지만 나

이전에도 누군가 똑같은 일을 했으니 처음에는 완전히 둥근 바위였다고 봐야겠지?"

사내는 여인이 앉은자리를 가리키며 옛 기억을 떠올리는 듯했다.

"그렇다면 사형과 다른 누가 여기를 이렇게 다듬었단 말인가요? 그게 누구죠?"

여인의 눈에 호기심이 묻어났다.

"그야 이 자리의 맨 처음 주인이지."

"그러니까 그게 누구냐고요?"

여인이 살짝 이마를 찌푸리며 말했다.

"저기 있잖아."

사내가 손가락으로 어느 한곳을 가리켰다.

"쩝!"

사내가 손가락으로 가리킨 곳에서 입맛을 다시는 소리가 나더니 한 인영이 모습을 드러냈다.

"이사형!"

여인이 약간 당황스럽고 또 원망스러운 눈빛으로 다가오는 사내를 쳐다보았다. 격의없는 사형, 사매지간이었지만 야밤에 남녀 두 사람이 있는 모습을 다른 사람에게 들켰으니 민망하기도 하고, 또 그 사람이 신형을 감추고 자신들을 엿보고 있었다는 생각이 드니 기분이 나쁘기도 한 것이다.

"어서 오십시오, 이사형!"

여인의 표정과는 달리 사내는 전혀 기분 나쁜 표정을 짓지 않고 이사형이라 부른 사내를 반겼다.

"잠들이 오지 않는 것인가?"

이사형이라 불린 사내가 털썩 옆에 앉으며 삼사형이라 불린 사내에게 술병을 내밀었다.

"여전하시군요, 사형도."

"뭐가 말인가?"

"대결 전날에도 술을 마시는 모습이나, 이곳에 사제들이 있으면 나서지 않고 있다가 사라지는 모습이 말입니다."

술병을 건네받은 사내가 한 모금 마시고는 여인에게 한잔하겠느냐는 듯 고개를 돌렸으나 여인은 도리질을 했다.

"언제부터 사제는 내가 이곳에 왔다가 사라지는 것을 알고 있었나?"

이사형이란 사내가 호기심이 인다는 표정으로 질문했다.

"몇 년 된 것 같습니다. 처음에는 전혀 몰랐는데 언젠가부터는 알겠더군요. 그러고 보니 저도 좀 큰 것 같지 않습니까?"

사내가 어리광스런 표정으로 이사형이란 사내에게 동의를 구했다.

"크기야 많이 컸지. 처음 입문할 때는 꼭 땅꼬마 같더니……."

이사형이란 사내가 술병을 다시 받아 들고 몇 모금 들이켰다.

"그런데 사형께서는 왜 내가 먼저 이곳에 와 있으면 소리없이 사라지셨습니까?"

삼사형이라 불린 사내가 빙긋 미소를 지으며 물었다. 그건 자신이 궁금해서라기보다는 사매에게 자신 대신 이사형이란 사내가 답해주기를 바라는 질문이었다.

"사제 자네도 덕향 사매에게 똑같이 행동하지 않았나. 나 역시 그런 것이네."

이사형이란 사내가 뻔한 걸 왜 물어보느냐는 투로 답하며 술을 들이켰다.

"그러니까 뭔가요? 두 분 다 이곳의 전 주인이었고, 이곳을 찾다가 제가 여기 있으면 말없이 발길을 돌렸단 말인가요?"

두 사람의 대화를 듣고 있던 여인이 눈을 동그랗게 뜨고 사형들을 번갈아 쳐다보았다.

이제껏 자신은 이곳이 자신 혼자만의 장소인 줄 알았다. 그런데 두 사람의 말을 들어보니 이 자리는 이미 두 사람이 먼저 거쳐 간 곳이고 자신에게 의도적으로 양보한 것 같았다. 자신은 전혀 낌새도 느끼지 못하는 사이 두 사람이 그런 행동을 한 것이 의아하기도 하고 약이 오르기도 했다.

"내 생각에 이곳은 화산에서도 가장 명당인 곳이야. 난 오래전에 그걸 느꼈지. 뭔가 막히는 것이 있거나 걱정이 있을 때 이곳에 와서 깊이 생각하고 나면 해답이 떠오르거나 근심이 사라지지. 사매도 그걸 본능적으로 느낀 것이겠지."

삼사형이란 사내가 충분히 짐작이 간다는 표정으로 말했다.

"그건…… 그래요. 여기서 깊은 생각에 잠기다 보면 어렵던 검로가 확연해질 때가 많았어요. 정말 그랬어요. 처음에는 속상해서 혼자 울 곳을 찾다가 우연히 이곳에 들렀는데…… 그 뒤부터 자주 오게 됐어요."

여인이 빠르게 말하며 두 사람의 표정을 살폈다.

두 사형들의 말대로 이곳은 그런 곳이었다. 이전까지는 그걸 느끼지 못하고 답답한 일이 있거나 근심이 있을 때면 본능적으로 이곳을 찾았고, 이곳에서 고민을 하다 보면 그것들이 대부분 해결되었다. 그래서 지금껏 이곳을 찾은 것이다.

"그 때문에 난 자리를 빼앗겼지."

삼사형이라는 사내가 입맛을 다시며 말했다.

"자넨 사매보다 더 하네, 훨씬 더 일찍 내 자리를 빼앗았으니까."

이사형이란 사내가 피식 웃으며 말했다.

"그렇습니까? 이거 죄송해서 어쩌죠?"

"그렇게 죄송하면 내일 대결에서나 최선을 다하게."

"그야 물론이지요!"

두 사내의 눈빛에 전의가 활활 타올랐다.

"두 분 사형의 말씀대로라면 이곳은 사람의 마음을 편하게 해주고 정신을 맑게 해주는 장소란 말인가요?"

여인이 새롭게 인식한 사실이 신기한 듯 두 사내를 보고 질문했다.

"틀림없이 그래."

이사형이란 사내가 고개를 끄덕였다.

"어떻게 그런… 이유가 뭐죠?"

여인의 표정에 잠시 의심이 어렸다. 그러나 몇 년 동안 자신이 직접 느낀 사실이기에 의심의 표정은 강한 호기심으로 바뀌었다. 그러나 두 사내는 그 이유까지는 알 수 없는 듯 어깨를 으쓱거렸다.

"그 이유는 여기가 화산 제삼비동(第三秘洞)의 천장 위이기 때문이지."

여인의 질문에 대한 대답이 옆쪽 나무 뒤에서 들려왔다.

"대, 대사형!"

"어, 언제……?"

세 남녀가 깜짝 놀라며 새롭게 나타난 사내에게로 고개를 돌렸다.

덕향은 그렇다 치더라도 자신들까지도 대사형의 기척을 못 느꼈다는 것이 믿어지지 않는다는 표정으로 두 사내는 서로의 얼굴을 쳐다보았다.

"제삼비동의 천장 위라니, 그건 또 무슨 말인가요?"

잠시 후 오덕향이 대사형 성모수(成慕殊)를 쳐다보며 그가 한 말의 뜻을 물었다. 대사형 성모수까지 이곳에 나타난 걸 보면 자신과 이사형 표승(豹承), 그리고 삼사형 중민강(曾閔降) 이전에 이 자리의 주인이 성모수일 가능성이 컸다. 표승과 중민강도 그것을 깨달았는지 머쓱한 표정으로 성모수의 입술만 쳐다보았다. 자신들은 뭔지 모를 기운이 감도는 이 명당 자리를 본능적으로 알았고, 이곳을 통해 무공이 높아졌다. 또 자신들 사제가 본능적으로 그것을 알아채고 자신들과 똑같은 행동을 할 때는 이젠 사제에게 이 자리를 양보한다는 심정으로 말없이 내어주었을 뿐, 이 자리가 왜 그런 힘을 발휘했는지는 알 수 없었다. 그러나 대사형 성모수는 자신들에 앞서 이 자리의 주인임이 분명했고, 그 비밀까지도 알고 있는 듯했다.

"이 자리에 무슨 비밀이 있는 모양이군요, 대사형?"

중민강이 성모수를 뚫어지게 쳐다보며 덕향보다 더 궁금한 표정을 지었다.

"화산에 있는 세 개의 비동 중 두 개는 이미 열렸다. 그건 너희들도 잘 알 것이다."

"알다 뿐인가요. 그때 생각만 하면 이가 갈립니다!"

표승이 와락 인상을 찌푸리며 언성을 높였다.

수백 년 동안 굳게 닫혀 있던 화산비동이 열렸고, 그 안으로 몇 명의 인물이 들어갔다는 얘기를 들었을 때는 조금 궁금하긴 했지만 크게 신경 쓰진 않았다. 그런 것은 자신들 같은 젊은 제자들이 관여할 수도 없는 일이었고, 자신들과 큰 상관도 없는 일이었다. 자신들에게는 하늘 같은 문주님이 하시는 일이니 화산파 전체를 위해서도 뭔가 좋은 일이라 생각했다.

그러나 그 비동으로 들어갔던 세 사람이 나오고, 그들 세 사람에게 화산의 이십사수매화검진(二十四手梅花劍陣)이 순식간에 깨어져 버렸을 때는 절대로 자신들과 별 상관 없는 일로 치부할 수 없게 되었다. 특히 여기 있는 네 사람은 그때 대결을 벌였던 스물네 명의 검수들 중 네 사람이었기 때문이다.

이십사수매화검진이 단 세 사람에 의해서, 그것도 지극히 짧은 순간에 깨어져 버렸다는 것은 화산파에게 큰 충격이었다. 그러나 그 당사자인 자신들에게는 충격을 넘어선 치욕과 좌절이었다.

화산파에서 제일 촉망받던 청년 제자들이었기에 자신들 세 명이 다른 스물네 명을 격퇴시켜도 시원찮은데 오히려 그 반대의 상황이 벌어졌으니… 그때의 심정을 떠올리면 아직도 이가 갈리는 것이다.

그때 자신들 스물네 명을 무참히 무너뜨린 인간들은 그날 하루 휴식을 취하고 세 개의 비동 중 두 번째 비동으로 들었다. 그리고 몇 달이 지난 내일 그 비동을 나와 이번에는 매화사십팔검수가 펼치는 사십팔수매화검진(四十八手梅花劍陣)을 상대한다. 이번에도 예전처럼 사십팔수매화검진이 깨어지면 그들은 유유히 마지막 비동인 세 번째 비동으로 들어갈 것이고, 자신들은 또 얼마나 치욕과 불면의 밤을 지새워야 할지 모를 일이다.

"그리고 내일 대결에서 우리가 또 패한다면 그들은 마지막 비동에 들 것이다."

대사형 성모수가 뻔히 알고 있는 사실을 두 번이나 들추었기에 세 명의 사제들은 별다른 반응을 보이지 않고 성모수의 다음 말을 기다렸다.

"그리고 세 번째 비동에서 그들은 화산의 정기를 마음껏 흡수하며 한층 더 고수가 되어 화산을 떠날 것이다. 그럼 예전처럼 이곳에 앉아 화산의 정기를 받으며 한층 더 높은 성취를 이루는 복은 누릴 수 없을 것이다. 그리고 후배들에게 자리를 양보해 주는 사랑도 베풀 수 없을 것이다."

성모수가 이글거리는 눈으로 앞산을 바라보았다.

"그럼 그동안 우리가 무의식 중에 느꼈던 그 기운이 비동에서 흘러나오는 기운이었고, 누군가 그곳에 들면 그 신비한 기운들을 모두 흡수해 간단 말인가요?"

"그렇지! 화산비동은 그런 비밀이 숨겨진 곳이지. 그러나 이미 두 개의 비동에 어린 정기는 그곳에 든 사람들이 모두 흡수해 갔다고 봐야지. 그리고 이젠 제삼비동만 남았다. 제삼비동의 정기는 다른 두 개의 비동에 서린 정기에 비하면 하늘과 땅 차이이지. 그래서 외부인 이곳까지도 그 정기가 흘러나오는 것이고. 그런 제삼비동의 정기까지 그들에게 빼앗길지, 그렇지 않을지는 내일 벌어질 대결의 결과에 달린 것이지."

성모수가 여전히 앞산을 바라보며 답했다.

"이해가 안 가요. 왜 화산의 정기를 화산문도도 아닌 그들에게 주어야 하나요?"

오덕향이 말도 안 된다는 표정으로 고함을 질렀다.

"그것까진 우리가 알 수 없지. 문주님과 장로들께서 하시는 일이니까. 하지만 나 역시 그것은 말도 안 된다고 생각하는 사람이지."

성모수의 눈빛이 번쩍 하고 어둠을 갈랐다.

"그건 저희들도 마찬가지입니다!"

화산비동의 비밀을 안 표승과 증민강이 누가 먼저랄 것도 없이 동시에 소리를 질렀다.

"그렇다면 그들이 마지막 비동에는 들지 못하도록 막아야 하겠지?"

성모수가 결연한 눈빛으로 세 명의 사제들을 쳐다보았다.

"당연히 그래야지요. 내일 대결에서 그놈들을 꺾어버리면 제삼비동에 다시는 들지 못하겠지요?"

표승이 붉어진 얼굴로 목소리를 높였다.

"하지만 그게 결코 쉬운 일이 아니다."

성모수가 담담한 표정으로 돌아와 혼잣소리처럼 나직이 말했다. 그러나 그 소리는 어떤 큰 외침보다 더 강렬하게 세 명 사제들의 귓속을 후볐다.

"쉬운 일은 아니겠지만, 이번에는 자신있습니다."

증민강 역시 전의를 불태우며 거친 숨을 내뿜었다.

그때의 치욕적인 참패 후 몇 달이 지나지 않았지만 와신상담의 시간을 보냈고, 내일은 이십사수매화검진이 아닌 사십팔수매화검진이다. 그동안 그자들이 제아무리 비약적인 성취를 이루었다 해도 이십사수매화검진과 사십팔수매화검진은 격이 다르다. 단순 비교로는 두 배의 차이겠지만 한 자루의 검만 더 추가되어도 배로 무서워질 수 있는 검진이기에 이번에는 정말 자신이 있었다.

"그건 저번에도 마찬가지였지. 안 그런가?"

성모수가 담담한 눈빛으로 증민강을 쳐다보았다.

"그야……."

증민강이 대답을 못하고 우물거렸다. 이십사수매화검진으로 그들과 대결을 벌이기 전에도 가장 호언장담한 사람이 그였다. 그러나 화산제일비동을 나온 세 사람에게 이십사수매화검진은 맥없이 무너졌다.

"스물네 명이든 마흔여덟 명이든 중요한 것은 내가 휘두르는 검이지. 내 검으로 그들을 벨 수 없다면 자신있다는 말은 공염불일 뿐이라네. 화산의 정기를 고스란히 흡수하며 불철주야로 삼태극합격진(三太極合擊陣)을 익히는 그들일세. 어쩌면 숫자 따위는 의미가 없을지도 모르네. 자네들 중 누가 그들과 일 대 일로 대결을 벌여 이길 수 있겠나?"

성모수의 눈빛은 비수가 되어 세 사람의 전신을 찔러들었다.

"받게."

성모수의 질문에 대꾸하지 못하고 우두커니 서 있는 세 사람 앞으로 각각 한 개의 봉투가 내밀어졌다.

"이게 뭔가요, 사형?"

오덕향이 손에 든 봉서와 성모수를 번갈아 쳐다보며 물었다.

"내일 사십팔수매화검진에서 우리의 위치를 약간씩 바꾸었네. 물론 이건 나와 몇 명만이 아는 비밀일세."

성모수의 목소리가 낮아졌다.

"사형, 그렇게 되면……."

"사매 생각대로 검진의 위력이 조금 감소되겠지. 하지만 우리 네 사람의 위치가 서로를 확실히 보완할 수 있게 되지. 그러면 어느 순간 검진이 무너지더라도 우리 네 사람은 독자적으로 한 번은 더 힘을 쓸 수가 있다. 그러면 그들 중 한 명은 쓰러뜨릴 수 있을 것이다."

"사, 사형……."

성모수의 설명을 들은 표승이 딱딱해진 얼굴로 성모수를 정면으로 응시했다.

더 들어보지 않아도 성모수의 생각을 알 수 있을 것 같았기 때문이다. 지금까지 한 말만 미루어보아도 성모수는 검진을 무너뜨리고 그 틈을 이용해 비동에 든 사람들 중 한 사람이라도 제거하려는 생각을 하고 있는 것이다. 그리고 자신들에게 준 봉서 안에는 그 구체적인 움직임들을 적어놓았을 것이다.

"자네가 무슨 생각을 하는지는 짐작이 가네. 하지만 내 생각은 내일 펼칠 사십팔수매화검진으로도 그들을 쉽게 이길 수 없다는 생각이 강하게 든다네. 그렇다면 화산의 정기는 화산문도도 아닌 다른 사람에게로 넘어가는 것이지. 그건 절대로 묵과할 수 없다네."

성모수가 칼날 같은 어조로 말하고는 입을 다물었다. 이젠 결정들을 하라는 뜻이었다.

"전 찬성이에요. 앞으로 이 자리에 앉아도 가슴만 더 답답해 온다면 화산에서의 생활이 몇 배는 더 힘들어질 것 같아요. 그들이 마지막 비동에 들지 못하게 최선을 다할 생각이에요."

오덕향이 입술을 깨물며 성모수가 준 봉서를 품에 넣었다.

"나도 하겠소, 사형. 이제껏 비무의 결과를 예측하는 사형의 판단이 틀린 적은 한 번도 없었소. 사십팔수매화검진마저 저번처럼 무너진다면 얼굴을 들고 다닐 수가 없겠지요. 사형의 판단대로 깨어질 대결이라면 쩍 소리나 한 번 질러보고 깨어집시다. 그럼 조금은 체면을 세울 수가 있겠지요."

증민강도 봉서를 품속에 갈무리했다.

"자넨?"

성모수가 무심한 표정으로 표승을 쳐다보았다.

"정말 사십팔수매화검진도 그들에게 깨어진다고 생각합니까?"

표승이 불신에 찬 눈으로 성모수를 쳐다보았다.

"언젠가 있었던 유기조(劉寄造)와 석지인(石紙寅)의 대결을 기억하나?"

"물론입니다."

"그때 자넨 누가 이길 것이라 말했나? 아마 자네도 누구 못지않게 큰 소리로 석지인의 승리를 장담했었지?"

성모수의 눈빛이 서늘해졌다.

"그때 유기조의 승리를 예상했던 사람은 나하고 운해 사숙뿐이었지. 지금도 그렇다네. 나하고 운해 사숙의 의견이 일치하고 있네."

성모수의 입술이 굳게 다물어졌다.

"하지만……."

표승의 눈빛은 아직도 흔들리고 있었다.

"화산의 정기를 우습게 보지 말게. 그들은 제일비동과 제이비동의 정기를 모두 흡수한 상태이네. 그러나 제삼비동은 양보할 수 없네. 그건 화산문도의 몫으로 남아 있어야 한다고 생각하네."

성모수의 눈이 표승의 눈빛을 한 가닥도 흘리지 않고 붙잡았다.

"알겠습니다, 사형! 저도 이 자리를 민강 사제에게 말없이 물려주며 가슴이 뿌듯했는데 덕향 사매도 그 뿌듯함을 맛보게 해주어야지요."

마침내 표승이 고개를 끄덕이며 봉서를 품속에 쑤셔 넣었다.

"그럼 그만 들어가지. 자네들 품에 든 봉서의 내용대로 그 움직임의 순서를 익히고, 대결에 지장이 없을 만큼 충분히 수면을 취하려면 시간이 빠듯하니까 말일세."

성모수가 팔을 벌려 사제들을 아래로 이끌었다.

제78장

사십팔수매화검진(四十八手梅花劍陣)

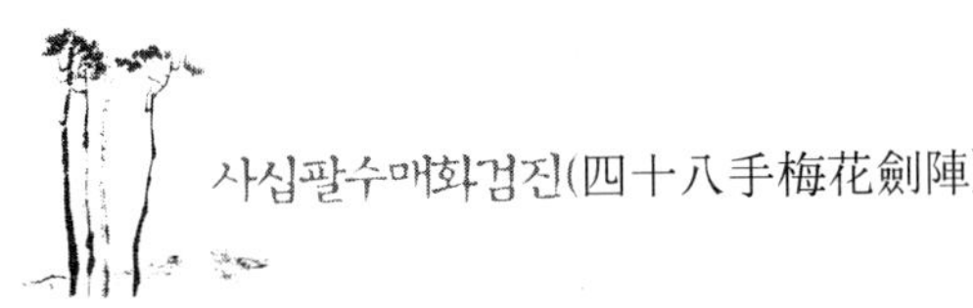

사십팔수매화검진(四十八手梅花劍陣)

"이젠 나갈 때가 됐군."

엄한필이 이마에 흐른 땀을 닦으며 제법 널찍한 동굴 석벽 한곳에 끼워둔 녹옥불상을 끄집어냈다.

"고생 많았어, 사제. 사제가 제일 힘들었을 거야."

서교영도 유건하에게 그간의 노고를 치하하며 자신의 녹옥불상을 끼워놓은 석벽 쪽으로 다가갔다.

우웅!

커다란 삼각형을 이루며 각기 다른 방향에 놓여 있던 세 개의 녹옥불상이 꺼내어지자 동굴 안에 서려 있던 희뿌연 서기가 서서히 걷혀졌다.

"신기한 물건이군!"

엄한필이 손에 들린 녹옥불상을 물끄러미 내려다보며 감탄을 토했다.

어릴 때부터 목에 걸고 다닌 것이라 대수롭지 않게 생각하고 있었지만 세 개의 녹옥불상 안에 숨겨진 안배는 무척이나 정교하고 신비스러웠다.

세 개가 합쳐서 하나가 되어야 동굴 문을 열 수 있었고, 동굴 안에서도 세 개가 제자리를 찾으면 삼태극합격진의 진세(陣勢)와 투로가 환영처럼 비춰지고, 그것을 따라 짧은 시간 안에 명확하게 익힐 수 있었다.

"하나로 합치세."

엄한필이 서교영과 유건하가 가진 녹옥불상을 건네받아 하나로 합쳤다. 세 개의 녹옥불상이 합쳐져 전혀 다른 모양의 물체가 되자 엄한필은 그것을 동굴 입구 옆에 있는 작은 구멍에다 밀어 넣었다. 그리고 두 손으로 천천히 돌렸다.

그르릉—

동굴 입구를 막은 석문이 육중한 음향을 토하며 옆으로 밀려났다.

"흐읍!"

석문이 열리자 세 사람은 거의 동시에 심호흡을 하며 바깥 공기를 한껏 들이마셨다.

"바깥 공기가 정말 상쾌하군요."

서교영이 얼굴 가득 만족한 표정을 지으며 내리쬐는 햇살을 가득 받았다.

"공기야 바깥쪽이 훨씬 낫겠지만 이 동굴 안에 서린 기운만큼은 그 어떤 곳에서도 느낄 수 없을 것 같군요."

유건하는 오히려 동굴 밖으로 나가는 것이 아쉽다는 표정을 지으며 몇 번이나 고개를 뒤로 돌렸다.

"정말 못 말리겠어, 사제는. 그동안 한 발짝도 못 나가고 수련만 했는데 지겹지도 않아?”

서교영이 질린다는 표정으로 유건하를 쳐다보다가 팔을 잡아끌었다.

“어서 내려가서 목욕부터 좀 하고 대결 준비를 하기로 하지. 저번에 우리에게 깨어진 화산검수들이 이를 갈고 있을 테니 마음의 각오를 단단히 해야 하네. 이번에 상대할 사십팔수매화검진은 숫자상으로는 저번의 두 배이지만 그 위력은 결코 두 배만이 아닐 것이니 긴장의 끈을 늦추지 않도록 해. 자칫 검진 안에서 뼈도 못 추리게 될지도 모르는 일이니까 말이야.”

엄한필이 서교영을 쳐다보며 집중적으로 주의를 주었다.

“사형은 왜 저한테만 계속 잔소리예요?”

서교영이 뾰족한 소리로 고함을 질렀다.

“사매만 설치지 않으면 걱정할 것이 없어. 그러니 덜렁대지 말고 신중히 행동해.”

엄한필이 무거운 눈빛을 하며 서교영을 쳐다보자 서교영이 한숨을 내쉬며 고개를 돌렸다.

“이젠 좀 사람 같군.”

목욕을 하고 나온 엄한필이 유건하와 서교영의 모습을 쳐다보며 말했다.

“사형이야말로 정말 사람 같군요. 그동안 진흙탕 속에 뒹굴다 나온 멧돼지…… 킥킥!”

서교영이 말끝을 흐리며 입을 가리고 웃었다.

“조그마한 물웅덩이는 그래도 여자라고 사매에게 모두 양보했으니 우린 별수없이 짐승 수준이었지. 그나저나……."

엄한필이 말을 하다 말고 유건하에게 고개를 돌렸다. 서교영과 자신이 농담을 하고 있는 사이에도 유건하의 눈길은 현실 세계가 아닌 다른 곳으로 향하고 있는 것 같았기 때문이다.

"좀 심하군."

엄한필이 유건하를 쳐다보며 고개를 저었다. 동굴 속에 있을 때도 쉴 새 없이 삼태극합격진을 연마하고, 쉬는 시간에도 투로를 점검하는 일을 멈추지 않았다. 그런데 밖으로 나와서도 잠시 심호흡 한 번 하는 것으로 출동(出洞)의 감회를 대신하고 여전히 뭔가를 고민하고 있었다.

"대체 뭘 그렇게 생각하나? 태호곡에 남겨두고 온 여인이라도 있는 것인가?"

엄한필이 입가에 고소를 머금으며 소리를 질렀다.

"그런 건 아니고…… 삼태극합격진과 사십팔수매화검진에 대해서 생각을 좀 했습니다."

유건하가 신중한 표정으로 답했다.

"왜? 이번에는 자신이 없는 것인가?"

입가에 떠오르던 고소를 지운 엄한필이 정색을 하며 말했다.

"자신은 있습니다. 숫자가 아무리 많아도 마지막 순간에 날아드는 검은 하나이니까요. 두 번째 비동에서 수련한 삼태극합격진이라면 사십팔수매화검진이라도 충분히 상대할 수 있으리라 생각합니다. 물론 이십사수매화검진보다는 조금 더 검격(劍擊) 간의 간격이 줄어들고, 그걸 막는 데 소모되는 내력도 더 크겠지요. 하지만 우리 역시 그만한 진전이 있었으니 큰 걱정은 안 합니다."

"그런데 왜 그런 심각한 표정이야? 난 심각한 건 딱 질색이야!"

서교영이 이마를 찌푸리며 유건하를 쳐다보았다.

"그것과 함께 다른 생각도 한 가지 생각해 보았습니다."

"다른 생각? 그게 뭔가?"

엄한필이 사뭇 궁금하다는 표정을 지었다. 사매 서교영과는 달리 생각이 깊고 언행이 신중한 유건하는 그동안 삼태극합격진을 수련하며 서교영과 자신은 생각지 못한 약점들을 자주 지적하며 합격진을 보완하고 훨씬 더 정교하게 만들었다. 그리고 실제로도 합격진의 공수 조절과 흐름을 이끌어가는 역할을 하고 있다. 엄한필은 그런 유건하가 심각한 고민을 한다는 것은 뭔가 이유가 있을 것이라고 생각했다.

"예전에 우리에게 돌을 던진 사내를 추격하고 포위했을 때, 뒤에서 연검을 흔들며 나타난 사람을 생각해 보았……."

"나비? 나비 말이야? 그러니까 위지공자가 흑랑이라고 의심하던 그 인간을 말하는 거지?"

유건하의 말을 다 듣지도 않은 서교영이 얼른 고개를 돌리며 고함을 질렀다.

"그렇습니다. 그 사람 생각을 해보았습니다."

유건하가 조심스럽게 답했다.

"사제가 그 인간은 왜?"

서교영이 다시 득달같이 질문했다.

"그때 사저 목에 검날을 들이대던 그 사람의 움직임이 자꾸 떠오르는군요. 사십팔수매화검진은 두렵지 않지만 그 사람의 검은 신경이 쓰입니다. 그런 검이 삼태극합격진을 향해 날아든다면 어떨까 하는 생각이 머리 속을 떠나지 않는군요."

유건하의 눈빛이 처음보다 훨씬 더 신중해졌다.

"빌어먹을! 그놈 얘기라면 집어치워!"

유건하의 입에서 자운엽의 얘기가 나오자 엄한필이 역정을 토했다.

같이 생활하던 동안 서로 견제하고, 쉴 새 없이 정체를 캐려고만 했지 단 한 번도 다정하게 대한 적이 없는 놈이었다. 그러나 왠지 그놈을 생각하면 빚을 하나 지고 있는 느낌이 들었다. 그 점에 대해서는 훨씬 더 민감한 서교영 앞이라 버럭 고함을 지르며 더 이상의 대화를 막아 버렸지만 가슴속에는 뭔가 끈적끈적한 찌꺼기가 남아 있는 기분이었다.

'빚을 졌던가?'

엄한필은 필요 이상으로 와락 치밀어 오르는 역정에 스스로에게 질문을 던져 보았다.

따지고 보면 빚을 진 건 없었다. 자신이 서천맹의 꼬리를 찾아 움직이는 동안 그놈도 비슷한 움직임을 보였고, 결국 서로를 의식하게 되어 잠시 같이 행동했던 것뿐이다. 그런데도 그놈만 생각하면 치밀어 오르는 이 진흙탕 같은 감정덩어리는?

그건 마음의 빚 때문이 아니라 어쩔 수 없는 무의식 속의 패배감 때문일지도 모른다.

깊이를 알 수 없는 심계와 하루가 다르게 늘어가던 무공!

두려움을 느끼게 만드는 놈이었다.

그런 두려움과 패배감이 찐득찐득한 진흙탕 같은 욕지거리로 토해지는 것이리라.

'젠장!'

엄한필은 다시 한 번 치밀어 오르는 욕지기를 애써 삼켰다.

"그런 걱정은 하지 마! 우리가 상대하려는 화산파 후기지수들 중에는 그런 검은 없어!”

서교영이 잠시 유건하의 얼굴을 쳐다보다가 단언하듯 말했다.

“하지만 우리의 최종 목표는 화산파 후기지수들이 아니지 않습니까?”

유건하가 여전히 신중한 표정으로 말했다.

“그건……..”

서교영이 무슨 말을 하려다 입을 다물었다.

유건하의 말대로 자신들의 최종 상대는 그들이 아니었다. 아직은 정체를 드러내지 않았기에 그들의 무서움을 모르지만, 사부님들과 전대 명숙들의 얘기로는 결코 만만한 세력들이 아니었다. 그러기에 서로의 문파를 초월하여 이런 안배를 준비해 두었을 것이다.

“그건 사제의 말이 맞아. 내가 너무 간단히 생각했어.”

서교영이 유건하의 말을 십분 인정한다는 듯 고개를 크게 끄덕이며 말했다.

“어쩌면 우리가 상대하려고 하는 적들은 그 인간보다 훨씬 더 무서울지도 몰라. 이제껏 사중협과 정마협이라는 존재 때문에 수십 년을 허비하며 웅크리고 있지만 때가 되면 튀어나오겠지. 그때는 그 웅크렸던 시간만큼 더 위험할 거야.”

서교영은 진지한 표정을 하며 유건하를 쳐다보았다. 비무가 임박한 이 시점에서 사려 깊은 사제가 자운엽의 연검을 떠올리며 무슨 고심을 하고 있는지 어느 정도 짐작이 가기도 했고, 그 고심의 결과가 어떤 것인지 궁금하기도 했다.

“사저의 말씀대로 화산 후기지수들의 검은 무섭지 않지만 그 사람의 연검은 솔직히 무섭습니다. 그리고 우리가 궁극적으로 상대해야 할 사람들은 그 사람을 능가하는 인간들일지도 모릅니다. 전 이번 비무에서 상대가 사저의 목에 칼을 들이댄 그 사람이라 생각하며 임하고 싶습니다."

유건하가 여전히 진지한 표정으로 엄한필과 서교영을 쳐다보았다.

"최종적으로 하고 싶은 말이 무언가?"

유건하의 눈을 정면으로 응시한 엄한필이 조용한 목소리로 질문했다. 지금껏 유건하의 이런 표정 후에는 어김없이 투로에 대한 지적이 있었다. 그리고 그것은 삼태극합격진의 성취를 한 단계 더 끌어올리는 밑거름이 되었다.

"합격진의 전삼도파미검세(前三刀波尾劍勢)에서 사형과 사저의 검과 도를 한 초(招)씩만 더 추가해 주십시오."

유건하가 조심스런 목소리로 말하고는 엄한필과 서교영의 표정을 살폈다.

그건 어쩌면 무리한 요구일지도 몰랐다. 아니, 무리한 요구라기 보다는 개인의 자질 문제인 것이다.

세 개의 녹옥불상이 정해진 위치에, 정해진 각도로 놓여지면 합격진의 동작들이 환영처럼 비춰지고 그것을 따라 자신들은 풍차처럼 돌아가며 합격진을 연마했다. 첫 번째 비동에서 연마한 제일합격진은 문제가 없었다. 그러나 두 번째 비동에서 연마한 제이합격진은 서서히 문제점이 드러났다. 그 문제점은 후천적인 노력의 문제가 아니라 선천적인 자질의 문제였다.

그것은 제일 어린 사제의 입장에서 함부로 지적해 줄 수 없는 문제였기에 유건하의 표정은 더없이 조심스러워졌다.

"그렇군! 우리가 사제의 성취를 못 따라가고 있군!"

한참 동안 유건하의 눈을 바라보던 엄한필이 신음처럼 중얼거렸다.

화산 제이비동을 나오는 순간까지 석연치 않았던 유건하의 표정과 눈빛이 이제는 확연히 이해가 된 것이다.

"그랬구나! 난 그것으로도 완벽하다고 생각했는데… 아니, 그 이상은 어쩔 수 없다고 생각했는데……."

서교영도 유건하의 심중을 완전히 이해하고 망연한 표정을 지었다.

사형 엄한필과 서교영 자신이 느끼기로는 완벽한 합격진이었고, 완벽한 성취였다. 그러나 사제의 입장에서 본다면 그건 부족한 뭔가가 있는 합격진인 모양이다.

"그럼, 처음부터 다시 시작해야 하나?"

엄한필이 무거운 탄식을 토했다.

"아닙니다. 사형과 사저께서 그걸 인식한 이상, 제삼비동에서는 충분히 극복하실 수 있을 겁니다. 전 단지 제삼비동에 들기 전에 그걸 한 번 짚고 넘어가고 싶었습니다. 비무 후에는 그럴 기회가 없을 것 같기에……. 죄송합니다 사형, 그리고 사저!"

유건하가 포권을 하며 고개를 깊이 숙였다.

"죄송이야 우리가 더하지. 제대로 된 성취를 이루지도 못했으면서도 삼태극합격진 두 개를 완성했다고 우쭐거리고 있었으니 말이야. 부끄럽군."

"나도 부끄러워, 사제."

"아, 아닙니다! 사형, 사저."

유건하가 손사래를 치며 얼굴을 붉혔다.

"어쨌든 제삼비동에서는 좀 더 나은 성취를 이룰 수 있을 것 같군. 똑같이 몰라도 무얼 모르는지도 모르면서 모르는 것과 무얼 모르고 있는지는 알면서 모르는 것은 큰 차이이지."

엄한필이 깊숙한 눈빛으로 유건하를 쳐다보며 고개를 끄덕이고는 한껏 가슴을 폈다.

"어서들 오게. 고생들이 많았겠구만."

화산 제이비동을 나온 세 사람을 보고 화산 장문인 진운자(眞雲子)가 형형한 눈빛으로 세 사람을 맞았다.

"장문인의 깊은 배려, 언제나 감사하게 생각하고 있습니다."

엄한필과 두 사람이 포권을 하며 진운자에게 감사의 말을 건넸다.

"내가 뭐 한 일이 있나. 모두가 무림의 안위를 걱정하신 사조님들의 뜻인걸. 난 단지 그분들의 뜻을 전하기만 할 뿐이라네."

진운자가 인자한 미소를 지으며 답했다.

"그래도 화산의 성지를 화산문도도 아닌 저희들에게 선뜻 내어주신 일은 결코 쉬운 일만은 아니지요."

엄한필이 탁자에 놓인 찻잔을 입에 대며 진운자의 눈을 바라보았다.

"어차피 그 불상 세 개가 한데 모이지 않으면 그 정기도 무의미한 것일세. 내 시대에 그 정기를 취할 인재들이 나타나고, 조사님들의 유지를 받들 수 있게 된 것은 오히려 복이지. 그리고 자네들로 인해 무림의 혈풍이 미연에 잠재워지고, 불어오더라도 최소한의 희생으로 막아진다면 그것이야말로 화산의 영광이지."

진운자의 눈빛에는 간절한 열망이 어려 있었다.

"문주님의 기대를 저버리지 않겠습니다."

옆에서 두 사람의 얘기를 듣고 있던 유건하기 다시 포권을 쥐며 말했다.

“하하! 그래야지. 그런데 그 말은 우리 화산의 사십팔수매화검진을 사정없이 깨부수겠다는 말로 들리는군. 조사님들의 뜻을 받들어 자네들이 더없이 강해지기를 바라는 마음은 간절하지만, 자네들 손에 무너진 화산의 젊은 제자들이 크나큰 좌절감을 느끼는 것을 보는 것은 심히 괴로운 일이네. 그러니 좀 살살 해주게.”

진운자가 그런 솔직한 심정 또한 감출 수 없다는 듯 착잡한 표정을 지었다. 화산 장문인으로서 사적인 감정은 버리고 선조들의 유지를 받들어야 하는 입장이지만 장문인 이전에 한 화산문도로서 자파의 후기지수들이 이들에게 무참히 나가떨어지는 것은 어쩔 수 없이 가슴 아프고, 불식간에 분기마저 솟구치게 하는 일이었다.

온갖 정성을 다해 키워놓은 제자들이 펼친 이십사수매화검진을 이들 셋이 순식간에 무너뜨려 버렸을 때는 자신도 모르게 불끈 주먹이 쥐어지며 달려들고 싶은 충동을 억제하기 힘들었다. 자신이 그런 심정이었으니 다른 사람들은 오죽했으랴. 그리고 직접 맞닥뜨려 무너진 제자들의 심정은 말로써 표현할 수 없을 것이다.

“휴—”

가슴 위에 무거운 바위가 얹혀지는 것 같은 느낌을 받은 진운자가 긴 한숨을 내쉬었다.

“비무의 순간까지는 시간이 좀 있으니 쉬도록 하게. 때가 되면 사람을 보내겠네.”

“잘 알겠습니다.”

세 사람은 근심의 표정을 지우지 못하고 있는 장문인을 뒤로하고 실내를 빠져나왔다.

*   *   *

"각자의 역할을 다 숙지했겠지?"

성모수가 어제저녁에 만났던 세 명의 사제들을 불러놓고 나직한 목소리로 질문했다.

"다 됐습니다, 대사형!"

세 사람이 무거운 눈빛으로 고개를 끄덕였다.

"그럼 다시 한 번 정리하고 비무장으로 가지."

성모수가 조심스런 눈빛으로 주변을 한 번 돌아본 후 설명을 시작했다.

"우선 그자들 셋 중 가장 중요한 위치를 차지하는 자는 제일 어린 청년으로 소림의 권각술을 익힌 자이다. 나이는 제일 어려 보여도 무공은 오히려 제일 뛰어나 보였다. 유연하고 가벼운 움직임으로 도와 검이 지나간 공백을 메우며 삼태극합격진의 흐름을 조절하는 솜씨는 감탄할 정도였다. 지난번 대결에서도 그자 때문에 몇 번의 반격 기회를 차단당하며 패하고 말았다."

성모수의 아랫입술이 자신도 모르게 이빨 사이로 물려 들어가 질끈 씹혀졌다. 그리고 이빨 사이에서 가는 선혈이 턱 아래로 흘러내렸지만 성모수는 그것을 전혀 의식하지 못하는 듯했다.

"반면 그자들 셋 중 가장 약한 자는 쾌검을 뿌리는 여인이다. 번쩍하고 뿌려질 때는 섬광이라도 가를 듯하지만 그 후에 약간의 틈이 생긴다. 아직은 내력이 달리는 결과이다. 그리고 그것이 우리가 노릴 수 있는 유일한 틈이다."

성모수는 자신들이 상대할 세 사람의 움직임을 눈앞에 그리기라도 하는 듯 눈을 가늘게 떴다.

그간 그들 세 명이 펼치는 삼태극합격진의 움직임은 수백 번도 더 머리 속에서 그려보았다. 검술 연습을 할 때는 물론이고, 길을 걸을 때, 밥을 먹을 때, 심지어는 꿈속에서도 그들의 움직임을 떠올리고 틈을 찾았다.

무지막지한 도격 후에 뒤따르는 쾌검, 그리고 그 도세와 검세의 틈을 메우며 환상처럼 날아드는 권각!

그건 정말 두려운 움직임이었다.

중(重)과 쾌(快), 유(柔)의 움직임이 완벽하게 어우러진 난공불락의 진세 같았다. 단 세 사람이 형성한 진세였지만 공수 양면에 있어 도저히 틈을 찾을 수가 없었다.

아니, 그때까지는 그랬다.

하지만 참담한 패배를 맛보고, 그 패배 속에서 처절하게 자학하고 이를 갈며 자신을 채찍질한 결과, 이제는 그 난공불락의 진세 속에 드러난 몇 개의 틈을 발견했다. 또한 편법이긴 하지만 그 틈을 파고들 방법도 마련했다.

"하지만 그 틈이란 것이……."

중민강이 성모수의 말은 인정하지만 그래도 쉽지 않다는 눈빛으로 반론을 제기하려 했다.

"그 틈은 내가 노린다. 그러니 너희들은 검진이 무너지는 마지막 순간, 내가 시킨 대로만 움직여 주면 된다!"

중민강의 말꼬리를 자른 성모수가 단호한 목소리로 말했다.

"그러다 대사형께서 사고라도 당하면……."

오덕향이 근심 어린 표정으로 성모수를 쳐다보았다.

　사내도 아니고, 위로는 사형들이 여럿 있는 자신으로서도 그날의 패배를 생각하면 분통이 터져 이불을 뒤집어쓰고 발악을 한 것이 몇 번이었던가? 하물며 누구보다 자존심 강하고, 대사형의 위치에 있는 성모수의 심정은 차마 상상할 수도 없었다. 어쩌면 이번 비무는 승패를 떠나 생사가 갈리는 위험한 지경에 이를 수도 있을 것이다. 적어도 대사형 성모수에게는 그럴 위험이 닥칠 가능성이 농후했다. 오덕향은 그것이 걱정스러운 것이다.

　"다칠 수도 있겠지. 죽을지도 모르고. 하지만 패배의 고통보다 참담하지는 않을 것이다!"

　성모수의 눈빛이 내리쬐는 양광보다 더 이글거렸다. 그런 그의 모습에 같이 있는 사제들의 표정이 숙연해졌다.

　"그러니 너희들은 사십팔수매화검진을 무너뜨리는 순간, 권각술을 쓰는 그 청년에게 모든 힘을 집중시켜라. 그때 내가 합격진의 틈을 파고든다. 이기지는 못해도 최소한 동수는 이루어야 한다. 그래야 다시는 불면의 밤을 지새우는 일이 없을 것이다."

　"알겠습니다, 대사형!"

　성모수의 눈빛에 압도된 세 명의 사제들이 나직하지만 단호하게 소리를 질렀다.

＊　　　＊　　　＊

　봄 기운이 완연한 화산의 앞마당에서 검, 도, 적수공권의 세 사람과 마흔여덟 명의 화산검수들이 여러 명숙들과 장문인을 향해 시립해 있었다. 그리고 그들 주변으로도 거의 모든 화산문도들이 자파 검수들과 세 명의 남녀를 번갈아 쳐다보며 긴장의 눈빛을 발했다.

몇 달 전, 제일비동을 나온 저 세 사람에게 이십사수매화검진이 무너지며 얼마나 많은 소란들이 있었던가? 만약 오늘도 화산의 검진이 깨어진다면 그야말로 참담한 심정을 금치 못할 것이다. 물론 그때와 오늘 일은 결과가 어찌 되든 화산 외부로는 절대로 알려지지 않을 비밀로 부쳐질 것이었지만 그 비밀이 자신들의 참담한 심정까지도 차단시켜 주지는 못할 것이다.

"실수는 절대로 안 되네. 그래도 진검을 들고 하는 비무이니 최대한 조심하여 예상치 못한 사고에 대비하게."

장문인 옆에 선 한 중년인이 화산문도들과 엄한필 등을 쳐다보며 몇 가지 당부를 하고는 자리로 돌아와 앉았다.

둥!

비무 준비가 모두 끝나자 화산 장문인 진운자가 손을 들어 올렸고, 큰 철고(鐵鼓)가 길게 한 번 포효했다.

차차창!

철고의 포효와 함께 마흔여덟 명의 화산검수들이 일제히 검을 뽑으며 어깨 위로 들어 올렸다. 시퍼렇게 벼리어진 마흔여덟 개의 검이 하늘을 향해 솟아오르자 검신에 반사된 양광이 사방팔방으로 쏟아져 내렸다. 그것만으로도 웬만한 사람은 질식할 만한 위세를 뿌렸다.

"우우!"

마흔여덟 명 검수들 개개인의 몸에서 뿜어져 나오는 기운에 주변을 둘러선 사람들이 자신도 모르게 탄성을 토해냈다.

둥—

둥—

철고가 두 개의 포효를 다시 토해내자 검을 들어 올렸던 검수들이 바람처럼 움직이며 세 사람을 중심으로 사십팔수매화검진을 짰다.

단순하게 검을 허공으로 들어 올리는 것만으로도 주변을 질식시킬 듯한 위용이 느껴지게 했던 검수들이 사방으로 빙 둘러서 엄중한 진세를 형성하자 그야말로 바람 한줄기 빠져나가지 못할 철벽 같은 기세가 느껴져 왔다.

"장난 아니네!"

서교영이 사방에서 조여오는 무형의 압력을 대하고는 천천히 검을 들어 올리며 중얼거렸다.

"입 좀 다물고 진세에나 신경 써! 까닥하다가는 뼈도 못 추리겠어!"

엄한필이 낮게 질책하며 도를 다잡았다.

"알았어요! 북소리가 세 번 울리기 전에 우리도 삼태극합격진을 형성해요."

서교영의 대답과 함께 엄한필과 서교영, 유건하가 합격진의 기수세를 펼치며 섬전처럼 움직였다.

출렁!

사방에서 조여드는 사십팔수매화검진의 압력에 형체도 없이 찌그러질 것 같던 세 명의 인영들이 빠르게 움직이며 진세를 형성하자 포탄의 폭발력과도 같은 기세가 순간적으로 터져 나오며 사십팔수매화검진을 일순 출렁거리게 만들었다.

"우우!"

마흔여덟 개의 검이 뽑아지며 하늘을 향할 때 울려 퍼진 것과 비슷한 음성들이 삼태극합격진의 발동과 함께 터져 나왔다. 세 명이 형성하는 진세에서 뻗어 나온 기운이 마흔여덟 명의 화산검수들이 뿜어내

는 기운에 조금도 위축되지 않음을 느끼고는 불식간에 터뜨린 신음성
이었다.

둥둥둥—

마침내 세 번의 연속된 북소리가 울려 퍼지자 여기저기서 마른침을
삼키는 소리들이 들려왔다.

휘리릭—

휘익!

바람이 지나가는 소리와 함께 사십팔수매화검진이 진세를 가동하기
시작했다.

검수의 위치가 쉴 새 없이 바뀌며 돌아가는 매화검진은 엄한필의 말
대로 뼈도 추리지 못할 것 같은 기운을 폭사하며 세 사람을 압박해 들
었다.

"매개만변(梅開萬變)!"

검수들 중 누군가의 입에서 일갈이 터져 나오자 진세를 압축하며 돌
아가던 검진에서 수십 개의 검이 제각각의 변화를 내포한 채 어지럽게
떨어져 내렸다.

창창!

휘이익—

맹렬한 검풍과 함께 날아든 검에 세 사람의 몸이 꼬치처럼 꿰뚫리려
는 찰나, 무겁게 회전하는 도와 쾌검이 절묘한 조화를 이루며 날아드는
검신들을 한꺼번에 쳐 올렸다. 그와 동시에 구름을 밟듯 유연한 발길
질이 검이 위로 쳐 올려진 사내들의 가슴을 향해 무수히 쏟아져 나갔
다.

"화엽소풍(花葉掃風)!"

다시 한 마디 고함 소리와 함께 처음 공격을 했던 사내들이 뒤로 물러나고 빠르게 돌아가는 검진 사이에서 바람에 날리는 꽃잎 같은 검들이 사선으로 세 사람을 향해 떨어져 내렸다.

파곽!

먼저 공격한 사내들의 가슴을 공격해 나가던 유건하의 오른발이 무수한 꽃잎을 피해 신속히 거둬들여지며 땅을 박찼다. 동시에 빙글 돌려진 신형과 함께 왼쪽 발이 뻗어 나가며 꽃잎 속을 헤집었다.

파파파팡!

쉬이익—

유건하의 연환각에 부딪쳐 화엽소풍의 검세가 주춤해진 사이로 무지막지한 도가 진세를 차단해 갔다.

파앗—

도풍이 매화 꽃잎의 흐름을 찰나적으로 차단하는 순간, 금룡입수(金龍入水)를 연상하게 하는 쾌검의 검광이 무수한 매화 꽃잎을 향해 떨어져 내렸다.

쨍강!

날카로운 금속성이 두 개의 진세 속에서 터져 나오며 맞물린 듯 돌아가던 매화검진이 잠시 출렁 하고 파도를 일으켰다. 그러나 쉴 새 없이 돌아가는 진세에 의해 그 파문은 검진 속으로 흡수되고 사십팔수매화검진은 다시 치차(齒車:톱니바퀴)처럼 정교한 검격을 가해왔다.

숨 돌릴 틈조차 주지 않고 공격을 가해오는 마흔여덟 개의 검에 서교영과 엄한필은 절로 거친 숨을 토해내며 더욱 맹렬하게 검과 도를 휘둘렀다.

“매화유운(梅花流雲)!”

삼태극합격진의 진세가 화엽소풍의 진세에 익숙해지려는 찰나, 또 다른 진세가 가동되며 화산검수들의 움직임이 확연히 달라졌다.

바람에 날리던 꽃잎처럼 사선으로 떨어져 내리던 검들이 이제는 구름을 몰고 오는 듯 표홀하게 흘러왔다. 그러나 그 표홀함 뒤에는 폭우가 되어 온 누리를 쓸어버릴 듯한 무게를 감추고 있었다.

"후읍!"

날아드는 꽃잎을 쉴 새 없이 쳐내던 엄한필이 내력을 강하게 끌어올렸다. 마흔여덟 개의 검이 한 덩이의 구름이 된 듯, 가까이 도달하기도 전에 일진광풍의 압력이 느껴졌기 때문이다.

서교영 역시 최대한의 내력으로 검을 다잡았다.

차아앙!

한 덩어리의 구름이 된 검들이 대기를 진동시키며 다가왔다.

쉴 새 없이 검을 쳐내야 하는 다급함은 사라졌지만 철벽처럼 다가드는 검의 장막은 호흡마저도 곤란하게 만들었다. 그야말로 이정제동(以靜制動)의 무리(武理)가 매화유운세(梅花流雲勢)의 검진 속에 녹아 있었다.

우우웅─

어느 쪽이라도 먼저 움직이는 쪽이 먼저 무너질 상황이었다.

엄한필과 서교영, 유건하는 태극부동세(太極不動勢)를 유지하며 미동도 않고 서 있었다. 그러나 그들이 입고 있는 의복은 폭풍에라도 휩쓸린 듯 펄럭거렸다.

"매화번천(梅花翻天)!"

두 개의 검진이 뿜어내는 기운이 서로를 향해 폭발이라도 일으키려는 순간, 철벽처럼 다가들던 검막들이 갈래갈래 찢어지며 사방팔방으로 요동 쳤다. 그야말로 무수한 매화 송이가 하늘을 뒤집는 듯한 진세였다.

"건곤태극(乾坤太極)!"

밀려드는 검력을 혼신의 힘을 다해 차단하던 유건하가 일갈을 내지르며 한 손은 허리 아래로 내려 땅을 누르고, 다른 한 손은 머리 위로 들어 올려 하늘을 받치는 자세를 취했다.

화산 제이비동에서 익힌 마지막 진세인 건곤태극세(乾坤太極勢)의 자세였다. 그와 함께 엄한필과 서교영도 신속히 자세를 바꾸며 건곤태극세의 진세를 형성했다.

위이잉—

하늘을 뒤집듯 요동 치던 검진이 어느 순간 폭풍이 되어 삼태극합격진을 향해 쇄도해 들었다.

"하앗!"

건곤태극의 자세로 하늘과 땅을 떠받치던 유건하의 양손이 가슴 앞으로 모여지며 쭈욱 뻗어 나갔다.

우웅—

유건하의 쌍장에서 폭음과 함께 무거운 장력이 매화번천의 검진을 향해 쏘아져 갔다.

퍼엉!

폭발음이 울리며 유건하의 장력에 부딪친 매화검진의 한 축이 심하게 요동을 쳤다.

쉬익—

파악!

극히 미세한 순간, 진세가 흔들리는 틈을 향해 엄한필과 서교영의 일도, 일검이 바람을 갈랐다.

차창—

째째챙—

삼태극합격진의 연속된 공격에 의해 사십팔수매화검진의 한 축이 금세라도 무너질 듯 급격히 뒤로 밀려났다.

"지금이다!"

순간, 뒤로 밀리는 검진 속에서 성모수의 고함 소리가 터져 나왔다.

그와 동시에 흔들리는 검진을 보완하기는커녕, 오히려 무너짐을 가속화시키며 네 개의 검이 삼태극합격진을 향해 쇄도해 들었다.

서교영에게 날아드는 한 개의 검을 본 엄한필이 눈을 부릅떴지만 자신에게도 두 개의 검이 무시무시한 속도로 날아들고 있었다.

흔들리는 검진을 보완하지 않고 달려드는 이런 돌발적인 독자 행동은 검진을 완전히 무너뜨리는 결과를 초래하겠지만 마지막 한 번의 공격은 유효했다. 그야말로 비무가 아닌, 동귀어진에 가까운 수법이었다.

네 명의 검수들이 목적한 바를 간파한 엄한필은 이를 악물었다.

가장 큰 힘을 쓴 유건하의 공격이 끝나는 찰나, 그리고 그 뒤를 메운 공격으로 미세한 틈이 생긴 서교영을 향해 이놈들은 필살의 공격을 가하고 있는 것이다.

"하앗!"

성모수의 검이 허리를 가르려는 찰나 서교영은 필사적으로 검을 쳐 올렸다.

전삼도파미검세에서 일초의 검격이 더 가해진 것이다.

쟁—

째쟁!

서교영을 향해 뿌려진 성모수의 검과 엄한필을 향해 뿌려진 두 개의 검이 아슬아슬하게 가로막혀졌다.

파앗—

유건하 역시 자신의 다리로 날아오는 한 개의 검을 차 올리며 엄한 필과 서교영을 공격한 세 사람에게 쌍장을 날렸다.

퍼엉!

세 명의 남녀가 이 장도 넘게 날아가 바닥에 처박혔다.

"저, 저런!"

"이, 어찌 된……."

돌발적인 사태에 전각 앞에 앉아 있던 화산 장문인과 명숙들이 자리에서 벌떡 일어서며 고함을 질렀다.

사십팔수매화검진의 덧없는 무너짐! 그리고 그 속에서 튀어나온 필사적인 공격!

그것은 절대로 정상적인 매화검진의 공격법이 아니었다.

세 명의 상대 중 가장 젊은 청년에 의해 파해 직전까지 갔던 매화검진이었지만 그럴수록 더욱 엄격한 진세를 유지해 나갔다면 출렁거림이 있은 후 다시 맞물려 돌아갈 수 있었다. 그것이 검진의 무서움이다. 그러나 검진의 주축이다시피 한 네 사람의 돌발적인 행동으로 검진은 완전히 무너졌으며, 검진을 스스로 무너뜨린 네 사람은 필사의 공격마저 실패하고 바닥에 나뒹굴고 있었다.

"역시 사제의 말이 옳았어!"

엄한필이 거의 잘릴 뻔한 어깨를 쓰다듬으며 중얼거렸다.

"그래요. 사제의 지적대로 전삼도파미검세에는 각각 한 초의 검격과 도격이 더 필요했어요."

서교영도 오싹한 표정을 지으며 고개를 끄덕였다.

"쿨럭!"

유건하의 공격에 바닥으로 나뒹굴었던 성모수와 표승이 한 모금씩 선혈을 토해냈다. 오덕향은 아예 혼절했는지 움직임도 없었다.

비틀거리며 일어선 두 사람은 입가에 흐른 선혈을 닦을 생각도 않고 멍하니 삼태극합격진의 주역들인 엄한필과 서교영, 유건하를 쳐다보고 있었다.

참패!

검진도 무너졌고, 그 검진을 무너뜨리면서까지 시도한 자신들의 공격 또한 무위로 돌아간 완전한 참패였다.

성모수의 눈이 질끈 감겨졌다.

"모두 물러서라!"

잠시 후, 장문인 진성자의 목소리가 무겁게 장내에 울려 퍼졌다.

우르르—

성모수 등에 못지않게 망연한 표정을 짓고 있던 다른 검수들이 재빨리 뒤로 물러나 일렬로 늘어섰다.

"너희들 넷은 징벌동으로 들어가서 명을 기다려라."

진성자의 노한 음성에 성모수 등이 오덕향을 부축하며 걸음을 옮겼다.

"허허!"

장문인의 엄한 목소리를 들은 명숙들이 눈을 질끈 감으며 탄식을 토해냈고, 같이 매화검진을 형성했던 화산의 젊은 검수들이 분루를 흘렸다.

“자네들 볼 면목이 없구먼!”

진성자가 엄한필 등에게 다가오며 허망한 표정으로 말했다.

“아닙니다, 장문인. 저희들이 상대하려는 칼은 훨씬 더 무섭고 예측 불능한 칼입니다. 사십팔수매화검진의 마지막 공격은 오히려 저희들의 안계를 넓혀주었습니다.”

엄한필이 도를 든 손을 모아 포권하며 답했다.

“그렇습니다. 그들의 마지막 공격을 통해 저희는 합격진의 미세한 단점을 보완할 수 있을 것 같습니다. 그것을 찾아내고 정확히 공격해 온 아까 그 네 사람과는 오늘 밤을 지새우며 토론을 해보고 싶습니다. 허락해 주십시오.”

유건하가 정색하며 진성자 장문인에게 부탁을 했다.

“허어!”

진성자가 멍하니 허공을 쳐다보며 탄식을 토했다. 제일 어리게 보이는 청년의 마음이 수천 근 무게로 가슴을 짓누른 바위를 치워주고 있었다.

“그렇게 생각해 준다니 몸 둘 바를 모르겠구만. 자네들의 부탁은 들어주도록 할 테니 숙소로 들어가 좀 쉬도록 하게. 내일부터는 제삼비동에서 다시 피땀을 흘려야 할 테니 밤을 꼬박 새우며 토론은 하지 않았으면 하네.”

진성자가 처연한 표정으로 세 사람에게 손짓을 하자 엄한필 등이 읍을 하고는 장내를 벗어났다.

“너희들도 들어가서 쉬도록 해라.”

멀어져 가는 세 사람을 한참이나 쳐다보던 진성자가 손짓을 하자 일렬로 서 있던 화산의 젊은이들도 고개를 숙이고는 장내에서 흩어졌다.

“정말 아찔한 순간이었어요.”

숙소로 돌아가는 길에서 서교영이 긴 한숨을 내쉬며 중얼거렸다.

“그래! 그 순간에는 나도 머리끝이 곤두섰지. 시합 전에 사제의 지적이 없었다면 양패구상을 당할 뻔했어.”

엄한필도 고개를 끄덕이며 긴 한숨을 내쉬었다.

“화산이란 이름이 중원에 드날리는 데는 그만한 이유가 있군. 아까 그 네 사람도 우리의 합격진에 약점이 있다는 것을 알아내고 정확히 그곳으로 공격하고 들어왔어. 오늘 밤에는 거나하게 한잔하며 대화를 좀 나눠보아야겠군. 서로 얻는 것이 많을 거야.”

엄한필이 기대감 가득한 눈빛으로 화산의 전각들에 눈을 주었다.

“그들이 올까요?”

서교영도 기대가 된다는 눈빛으로 엄한필과 유건하를 번갈아 쳐다보았다. 짧지 않은 시간 동안을 동굴 속에서 지내며 합격진을 익히는 데만 전념했기에 하루쯤 모든 긴장을 풀고 같은 또래 사람들과 대화를 나눈다는 생각에 마음이 들떠오는 모양이었다.

“장문인의 약속도 있고 하니 올 겁니다.”

유건하가 신중한 표정으로 엄한필을 대신해서 답했다.

“그래! 사제의 말이라면 무조건 믿기로 하지. 사제와 함께라면 이젠 어떤 상대라도 걱정없어!”

서교영이 슬쩍 엄한필의 눈치를 살피며 빠르게 말했다.

“내가 할 말을 대신 하고 있군.”

엄한필이 피식 웃으며 걸음을 빨리했다.

당문행(唐門行)

당문행(唐門行)

"오늘은 저곳에서 쉬고 내일 오후면 당문에 도착하겠군요."

산 아래로 넓고 번화한 마을이 내려다보이는 고갯마루에서 자운엽이 흑룡의 걸음을 멈추고 설수연과 양예청을 쳐다보며 말했다.

"마을이구나. 오늘도 노숙을 하지 않을까 염려스러웠는데 늦지 않게 도착해서 다행이야."

설수연이 환한 표정을 지으며 넓은 평지에 자리 잡은 마을을 내려다보았다.

산속으로만 길을 잡았고, 거듭된 노숙으로 인해 지쳐 가던 상황에서 눈앞에 나타난 마을의 정경은 무엇보다 반가웠다.

"우와! 정말 번창한 마을이네요. 저곳에는 제대로 된 객점도 많겠지요, 아가씨?"

양예청도 설수연과 비슷한 표정으로 눈앞에 펼쳐진 마을의 광경에

환호성을 질렀다.

"넌 아마도 제대로 된 잠자리가 그리운 모양이구나."

그동안 아무리 말려도 듣지 않고 온갖 수발을 들던 양예청은 자신보다는 훨씬 더 지쳤을 것이라는 생각에 설수연은 양예청을 보며 안쓰러운 표정을 했다.

"잠자리뿐만 아니라 모두 다 그리워요. 푹신한 잠자리에, 맛있는 음식, 한 잔 술, 그리고 웅성거리는 사람들의 목소리……. 모든 게 다 그리워요."

양예청이 호들갑을 떨며 눈빛을 반짝거렸다.

"그동안 고생 많았소, 양 소저. 오늘 저녁은 최고의 진수성찬에 제일 좋은 숙소를 잡아드리겠소."

말을 마친 자운엽이 가볍게 말에서 내렸다.

"목도 마르니 여기서 조금만 쉬었다가 마을로 내려갑시다."

흑룡의 등에서 뛰어내린 자운엽이 설수연과 양예청을 내려주고 수통을 꺼내 두 여인에게 목을 축이게 했다.

"수통이 비었네요. 저 옆에서 물소리가 나니 채워 올게요."

양예청이 수통에 조금 남은 물을 부어버리고 빠르게 개울 쪽으로 걸음을 옮겼다.

"마을이 코앞인데 물은 왜 떠 온다고 그래? 좀 쉬었다가 그냥 가도록 해."

설수연이 양예청을 불렀지만 양예청의 모습은 벌써 개울 쪽으로 사라지는 중이었다.

"원, 애두."

설수연이 가볍게 혀를 차며 양예청이 사라진 방향으로 시선을 고정시켰다.

자운엽도 양예청이 내려간 계곡 주변의 기운을 잠시 살피고는 고개를 돌렸다.

"눈치가 빠른 아가씨라 시집가면 잘살겠어요."

자운엽이 빙그레 미소를 지으며 설수연을 쳐다보았다.

"어떤 때는 부담이 될 정도야. 우리 둘이 앉아 있을 땐 언제나 저런 식으로……."

설수연이 말끝을 흐리며 얼굴을 붉혔다.

"당문에 도착하면 좋은 신랑감을 물색해 봐야겠습니다."

자운엽이 사뭇 진지한 표정을 지으며 말했다.

"시집 같은 거 안 가고 신녀문으로 돌아간다던데?"

"양 소저가 말입니까?"

"응."

"그곳이 그리운 모양이죠."

자운엽이 약간 의외라는 표정으로 설수연을 쳐다보았다.

"글쎄… 여자들은 마음에 드는 남자를 차지하지 못하면 그런 말을 하는데, 혹시 예청이가 널 좋아하는 게 아닐까?"

설수연이 미소를 머금으며 자운엽의 얼굴을 빤히 쳐다보았다.

"무슨 그런 당치 않은 말을……?"

자운엽이 얼른 상체를 뒤로 빼며 목소리를 높였다.

"호호!"

깜짝 놀라는 자운엽을 보며 설수연이 교소를 터뜨렸다.

"아가씨한테는 언제나 당하는군요. 천하의 큰공자님도 나한테는 쩔쩔매는데 말입니다."

자운엽이 고개를 몇 번 저으며 다시 상체를 끌어당겼다.

"그런데… 양 소저가 정말 절 좋아하는 것 같았습니까? 같은 여자끼리는 그런 걸 금방 눈치 챌 수 있다고……."

빙글거리며 말을 하던 자운엽이 짐짓 사나운 표정을 짓는 설수연을 보고 얼른 입을 다물었다.

"난 손톱이 무척 날카로운 여자야."

"잘 알겠습니다. 다른 얘기를 나누도록 하죠."

자운엽이 잔뜩 겁먹은 표정을 하며 얼른 고개를 돌렸다.

"푸후!"

"하하!"

두 사람의 웃음소리가 솔바람을 따라 퍼져 나갔다.

"깜박하고 있었는데, 이건 이제부터 아가씨가 걸고 다니십시오."

자운엽이 그동안 목에 걸고 있던 피독주를 벗어 둘러씌운 주머니를 풀고 설수연에게 내밀었다.

"이건… 당문의 표식 같은데?"

설수연이 손바닥에 놓여진 피독주를 살펴보다가 자운엽에게로 눈길을 돌렸다.

"그렇습니다. 예전에 사천당문 사람들을 만났을 때 우여곡절 끝에 당문의 가주에게서 얻은 피독주입니다. 이제 제게는 필요없으니 아가씨 드리겠습니다. 다시 당문에 들르면 이것보다 훨씬 좋은 것으로 바꿔준다고 약속했으니, 내일 도착하면 바꿔드리겠습니다."

"보통 물건은 아닌 것 같은데 어떻게 이런 걸……. 그리고 더 좋은 것으로 바꾼다는 건 또 무슨 말인지 모르겠어."

설수연의 눈에 의구심이 어렸다.

“또 일기의 앞 부분에 있는 얘기를 떠올리고 있는 것은 아니겠죠?”

자운엽이 슬쩍 설수연의 표정을 살피며 선수를 쳤다.

“아, 아니야! 호호호!”

설수연이 얼른 고개를 저으며 웃음을 터뜨렸다.

“난 네가 옆에 있는데 이런 게 왜 필요하겠어. 그러니 네가 계속 걸고 다녀.”

설수연이 잔잔한 눈빛으로 자운엽에게 피독주를 도로 내밀었다.

“전 이제 내공으로도 독 같은 건 얼마든지 처리할 수 있습니다. 그러니 이건 아가씨가 걸고 다니십시오.”

자운엽은 벗겨냈던 주머니를 피독주에 씌우고 다시 설수연에게로 내밀었다.

“왜 그러십니까?”

거듭 내미는 피독주를 받아가지 않고 빤히 자운엽의 얼굴만 쳐다보는 설수연을 보고 자운엽은 의문 가득한 표정을 지었다.

“난 팔이 아파.”

“팔은 왜?”

자운엽의 눈이 금방 크게 떠졌다.

“바본가 봐.”

여전히 자신의 얼굴만 쳐다보는 자운엽에게 살짝 눈을 흘긴 설수연이 고개를 들어 올리며 눈을 감았다.

“그렇군요.”

겨우 분위기를 파악한 자운엽이 피독주를 들어 올려 설수연의 목에 걸어주었다.

"정말 오랜만에 제대로 된 음식을 먹었어."

제일 고급스런 객점을 찾은 자운엽 일행은 오랫동안의 부실한 식사로 인해 결핍된 영양을 보충받기라도 하듯 푸짐한 저녁을 시켜놓고 실컷 배를 채웠다.

객점에 들어서자마자 예사롭지 않은 분위기를 풍기는 일남이녀를 보고 모든 시선이 쏠리는 것을 느낀 자운엽은 점소이에게 웃돈을 쥐어주고 아예 독실 하나를 잡았기에 설수연과 양예청은 면사를 벗어 던지고 자운엽 못지않은 양의 음식을 들었다.

"아유— 이젠 배가 불러서 일어서지도 못할 것 같아요."

양예청은 숨 쉬기도 곤란하다는 표정을 하며 상체를 뒤로 젖혔다.

"무슨 여자가 그렇게 많이 먹니? 그러다 살쪄서 시집도 못 가겠다."

설수연이 포만감에 지친 표정을 하고 있는 양예청을 보고 핀잔을 주었다.

"아가씨도 저 못지않은데 뭘 그러세요. 정말 누가 더 많이 먹었는지 세어볼까요?"

비운 그릇 수를 정말 세기라도 할 듯 양예청이 고개를 두리번거리자 설수연이 얼른 손을 내저었다.

"그만둬. 뭐 할 일이 없어서 그걸 세겠다는 거야?"

"푸후! 그러니까 저보고 흉보지 마세요."

양예청이 슬쩍 설수연과 자운엽을 번갈아 쳐다보며 미소를 지었다.

"그런데 아까부터 뭘 그렇게 생각해? 음식을 먹으면서 생각하는 게 아니라, 생각을 하기 위해서 먹는 사람 같아."

설수연이 식사 시간 내내 무슨 생각을 하고 있는 것 같은 자운엽을 보고 질문했다.

"그렇게 보였습니까? 그냥 버릇이 되어서 그런가 봅니다."

자운엽이 얼른 안색을 바꾸며 얼버무렸다.

"자 공자님 생각하는 모습을 처음 본 것도 아닐 텐데 뭘 그러세요? 틈만 나면 생각에 잠기든지, 무공 연마를 하든지 그 두 가지 일밖에 안 하잖아요. 이러다간 아가씨가 따라오는지 안 오는지도 모르고 혼자 가는 게 아닌지 모르겠어요."

양예청이 살짝 토라진 표정을 하며 쏘아붙였다.

"제가 정말 그랬습니까?"

자운엽이 걱정스런 표정을 지으며 설수연을 쳐다보았다.

"좀 그랬어. 특히 당문이 가까워지면서 그 정도가 심해졌어."

미소를 짓고 있던 설수연도 얼른 양예청과 비슷한 표정을 하며 자운엽을 공격했다.

"쩝."

두 여인의 합공을 받은 자운엽이 할 말이 없다는 듯 입맛만 다셨다.

"킥!"

"후후—"

두 여인이 자운엽의 표정을 잠시 쳐다보다가 실소를 터뜨렸다.

"웃고 나니 소화가 좀 되는 것 같네요. 아가씨, 우린 이젠 객실로 들어가서 목욕을 좀 해요. 그래야 피로가 싹 풀릴 것 같아요. 자 공자님은 문밖에서 호법을 서주셔야 한다는 건 잘 아시죠? 그리고… 아가씨가 먼저 목욕 할 테니 훔쳐보려면 곧바로 움직이세요."

양예청이 짓궂은 미소를 물고 자운엽을 쳐다보았다.

"그만 떠들고 어서 올라가! 못하는 말이 없어, 정말."

설수연이 고함을 지르고는 얼른 양예청을 끌고 이층 객실로 올라갔다.

잠시 소란을 피우던 두 여인이 사라지고 나자 자운엽도 자신의 객실에 들어와 의자에 파묻히듯 몸을 기댔다. 그리고 두 여인의 방해 때문에 끊어졌던 상념의 고리를 이어갔다.

"대체 무슨 연관성이 작용하기에 그런 효력을 나타내는 것일까?"

낮게 중얼거린 자운엽은 앞에 있는 벽이라도 뚫을 듯한 눈빛을 하며 더욱 깊은 생각 속으로 빠져들었다.

달그락!

얼마의 시간이 지났는지도 모를 만큼 깊은 생각에 빠졌던 자운엽은 방문 밖에서 그릇이 부딪치는 소리에 퍼뜩 상념에서 깨어났다.

"들어오십시오, 아가씨."

자운엽은 방문을 열고 설수연을 맞았다.

"무슨 생각을 아직까지 그렇게 하고 있어? 오면서 불빛에 비친 그림자를 보니 꼭 석상 같았어."

다기를 담은 쟁반을 들고 들어온 설수연이 차를 따라주며 자운엽의 눈을 쳐다보았다.

"무슨 고민이 있는가 봐?"

설수연이 걱정스런 표정을 지었다.

"그런 건 아닙니다. 사부님의 절기 중 다 훔치지 못한 것을 조금 생각해 보았습니다."

"다 훔치지 못한 것이라면……?"

"사부님께서 제게 주신 영약 아닌 영약이 어떻게 그런 작용을 하는 것인지 알아내려고 고민 중입니다."

자운엽이 머리가 아프다는 표정을 지었다.

“저번에 말한 술 말이야? 아무 곳에서나 볼 수 있는 재료들을 섞어서 영약으로 만들었다는?”

설수연이 눈을 반짝이며 말했다. 의술에 조예가 깊은 그녀로서는 자운엽 못지않게 그것에 관심이 가는 모양이었다.

“그렇습니다. 뭔가 감이 잡힐 듯하면서도 도저히 안 풀리는군요. 그리고 또 당문이 가까워지다 보니 어떤 놈이 생각났고, 그놈을 우리가 가는 곳으로 데려가면 우리 일이 훨씬 쉽게 풀리겠다는 생각이 들어서 이 궁리 저 궁리 하고 있었습니다.”

자운엽이 이젠 그만 생각해야겠다는 듯 상체를 펴고는 찻잔을 입으로 가져갔다.

“같이 의논하면 안 될까?”

찻잔을 입에 대며 잠시 자운엽의 얼굴을 응시하던 설수연이 조용한 목소리로 말했다.

“안 될 거야 없지만, 당문에서 그놈을 데려갈 수 있게끔 일을 꾸미는 것은 아가씨에게는 안 어울리는 일이라서요.”

“왜 그렇게 생각해?”

설수연이 깊은 눈빛으로 자운엽을 쳐다보며 물었다. 그 눈빛을 받은 자운엽의 얼굴에 언뜻 홍조가 어렸다.

“전 언제나 주변의 많은 사람들을…….”

“감쪽같이 잘 속이지.”

자운엽의 말꼬리를 자르며 설수연이 언뜻 미소를 피워 올렸다.

“그래서 나는 그런 일에 안 어울린다고 생각하는 거야?”

“하하!”

자운엽은 자신의 생각을 훤히 읽고 있는 설수연을 보고 도저히 당할 수 없다는 표정을 지으며 웃음을 터뜨렸다.

"나 역시 집을 뛰쳐나온 후로부터는 수많은 사람들의 이목을 속이며 살았어. 거짓말도 많이 했고, 거짓 행동도 많이 했지. 그러니 나에게는 그런 일이 안 어울린다고만 생각 말고 같이 의논하기로 해. 그럼 많이 편해질 거야. 그리고 너하고 같이 다니면서 나도 많이 배웠는걸."

설수연의 얼굴에 피어오른 미소가 조금 더 짙어졌다.

"아니, 저한테서 뭘 배웠다고 그러십니까? 아가씨한테는 한 번도 속이거나 거짓말한 적 없는데요."

자운엽이 두 눈을 크게 뜨며 소리를 높였다.

"호호! 나한테는 그런 적이 없지만, 날 찾아내기 위해서 어떤 일들을 벌였는지 예청에게서 하나도 빠뜨리지 않고 다 들었어. 그 흥미진진하고 신출귀몰한 얘기들을 이제껏 수백 번도 더 떠올리다 보니 자연스럽게 내 것이 되어버렸어. 그러다 보니 이젠 나도 그런 식으로 생각이 돌아가는걸. 그러니 문젯거리가 있으면 같이 의논해. 내가 도와줄 수도 있으니까."

설수연이 정색하며 자운엽을 쳐다보았다.

"그러니까… 사천당문에 검을 만들어달라고 부탁한 놈이 있는데, 그 놈을 데려가면……."

"그런 식으로 말고 처음부터 자세히 들려줘. 그래야 상황 파악을 하고 더 좋은 방법을 찾을 수가 있잖아?"

거두절미하고 결론만 말하는 자운엽의 말을 가로채며 설수연이 자운엽의 얼굴을 빤히 쳐다보았다.

"그걸 얘기하자면 무척 긴데……."

"다 들려줘, 처음부터 끝까지."

설수연이 차를 한 잔 더 따라 자운엽에게 내밀고 자신의 잔에도 한 잔 가득 채웠다.

"휴—"

찻잔을 든 자운엽이 나직하게 한숨을 내쉬었다.

감숙설가를 떠난 이후 자신의 행적에 대해서 내내 궁금해하던 설수연이 오늘은 아예 작정을 한 것 같았다.

"그게 싫으면 감숙설가를 떠난 이후부터의 행적을 일기로 써서 한꺼번에 건네주든지."

한숨을 내쉬는 자운엽을 보고 설수연이 짓궂은 미소와 함께 말했다.

"그냥 말로 하죠."

일기란 말에 고개를 흔든 자운엽이 찻잔을 끌어당겨 단숨에 들이켰다.

"푸후후!"

한꺼번에 벌컥 들이킨 다액이 뜨거운지 와락 인상을 쓰는 자운엽을 보고 설수연이 실소를 터뜨렸다.

"세상에……! 당문에 의제가 있단 말이야?"

한참 자운엽의 말을 듣던 설수연이 어느 순간 목소리를 높였다. 그리고 도저히 믿을 수 없다는 표정으로 자운엽을 쳐다보았다.

"오빠가 한 번만 형이라고 불러달라던 부탁은 일언지하에 거절한 사람이 의제를 얻다니? 무슨 그런 일이 다 있어?"

설수연이 거듭 믿기지 않는다는 목소리를 토해냈다.

"놈이 하도 멍청하기에……. 쩝!"

자운엽이 입맛을 다시며 천장만 쳐다보았다.

"쉽게 안 믿어지는 얘기이긴 하지만… 이해가 가기는 해."

잠시 말을 멈추고 있던 설수연이 잔잔한 눈으로 자운엽을 쳐다보았다.

"이해가 간다니, 그게 무슨 말입니까?"

입맛을 다시며 어색한 표정을 짓던 자운엽이 눈을 내려 설수연을 쳐다보았다.

"넌 절대로 안 그런 척하지만 그게 본래의 모습일지도 몰라. 아마 풍족한 가정에서 태어났으면 그런 모습이었을지도 모르겠다는 생각이 들어."

설수연의 호수 같은 눈동자가 자운엽의 시선을 잡아갔다.

잠시 설수연의 시선을 마주하던 자운엽이 천천히 고개를 저었다.

"절대로 안 그럴 겁니다. 나란 놈은 뭔가 생각을 할 때는 일단 비정상적인 방향으로 먼저 머리가 회전한 후, 시간이 남아 억지로 생각을 이끌면 남들처럼 정상적인 방향으로 회전을 하지요. 그러니 어디서 태어났어도 마찬가지일 겁니다."

자운엽이 절대로 그럴 리 없다는 듯 고개를 흔들었다.

"그건 그렇고… 의제를 당문에서 빼내는 데 이걸 이용하면 안 될까?"

고개를 흔들고 있는 자운엽의 표정에서 한 가닥 거부감을 읽은 설수연이 얼른 시선을 거두고 목에 걸고 있던 피독주를 꺼내며 대화의 방향을 바꾸었다.

"어떻게 이용한다는 말입니까?"

자운엽은 갑자기 대화의 방향을 바꾸며 피독주를 꺼내 드는 설수연을 향해 궁금한 표정을 지었다.

“이 피독주에 어떤 사연이 있는지 이제 자세히 알았으니, 이걸 이용하면 네가 원하는 사람을 중원으로 데려갈 수 있는 방법이 있을지도 몰라.”

“어떻게 말입니까?”

자운엽이 번쩍 고개를 들며 안광을 빛냈다.

“조금 더 생각해 보면 좋은 방법이 떠오를 것 같아. 그러니 그 문제는 내게 맡겨줘.”

설수연이 뭔가 복안이 있는 듯 의미심장한 미소를 지었다.

“후후. 아가씨는 정말 영리한 여인입니다.”

설수연의 미소를 바라보던 자운엽이 자신도 미소를 지으며 말했다.

“무슨 생각을 하고 있는지 운도 띄우지 않았는데 내 생각을 짐작한다는 말이야?”

설수연이 설마 하는 표정으로 자운엽을 쳐다보았다.

“전 그걸 말한 게 아닙니다.”

“그럼?”

“아가씨는 내가 조금이라도 싫어할 만한 대화로 접어들면 언제나 먼저 대화의 방향을 바꾸며 절 편하게 해주죠. 전 그게 좋습니다.”

깊은 눈빛으로 설수연을 쳐다보던 자운엽의 손이 천천히 설수연의 허리를 끌어당겼다.

영원 같은 순간이 지나고 장미꽃 향기를 모두 마신 자운엽이 고개를 숙여 다시 설수연의 눈동자를 쳐다보았다.

“왜 그런지 알아?”

잠시 숨이 막혔던 설수연도 고개를 들어 자운엽의 눈을 쳐다보았다.

“글쎄요?”

자운엽이 미소와 함께 고개를 흔들었다.

"아주 오래전이었지……."

설수연의 시선이 먼 과거로 향했다.

"오래전 어느 날, 찬모 아주머니가 내가 누구에게 심부름시킨 걸 자기가 받아왔다면서 느닷없이 작은 보따리 하나를 가져다 주었어. 난 그런 심부름을 시킨 적이 없었지만 뭔지 궁금해서 보따리를 풀어보았지. 그 보따리 속에는 서투른 글씨로 쓰여진 두툼한 일기가 한 권 들어 있었어. 무심코 그 일기를 읽어가던 난 옆에서 벼락이 떨어진다 해도 모를 정도로 그 일기 속으로 빠져들었지."

설수연이 그때의 기억이 생생하게 떠오르는 듯 숨이 가빠졌다.

"비록 글씨는 서툴렀지만 그 내용은 한시도 눈을 못 떼게 만들었지. 숨도 크게 쉬지 않고 그 일기를 다 읽고는 며칠 밤을 꼬박 새우며 눈물을 흘렸어. 오빠와 새어머니, 그리고 할머니… 황씨 할아버지……. 그 일기에는 내가 모르고 있었던 우리 집안의 비사들이 너무나 잘 나타나 있었지. 특히 새어머니와 오빠… 그전에도 언뜻언뜻 오빠와 새어머니 사이에 뭔지 모를 섬뜩한 기류가 흐른다는 것을 느꼈지만, 그래서 그걸 알아보려고도 했지만 오빠는 나를 그 진흙탕 속에 빠지지 않게 하려고 사전에 모든 걸 차단시켜서 세세히 알 수가 없었어. 그런데 그 일기를 읽으며 그동안 어떤 일이 있었는지 머리 속에 선명하게 그려졌어. 어릴 적 그렇게 다정하던 오빠의 그 어두운 표정이 어디에서 연유한 것인지, 또 날 시집보내려는 새어머니의 의도가 무엇인지… 그리고 얼굴도 기억 안 나는 어머니의 죽음이 절대로 우연이 아닐 것이라는 것도……."

어머니의 얘기를 하던 설수연이 잠시 말을 멈추고 눈물을 참으려는 듯 심호흡을 했다.

"괴로우면 그만 하십시오, 아가씨."

결국은 두 볼을 타고 흐른 눈물을 닦아주며 자운엽이 설수연의 등을 쓸었다.

"아니야. 내가 하려는 말은 이제부터인걸……."

설수연이 눈물 고인 눈으로 미소를 지으며 다시 말을 이었다.

"네가 집을 떠나고 난 얼마 후 나도 집을 뛰쳐나왔고, 중원 한복판으로 숨어들어 신녀문이란 곳에 몸을 의탁했지. 그리고 그곳에서 품속에 간직하고 온 일기를 하루에도 수십 번씩 꺼내 읽었지. 후후!"

설수연이 낮은 웃음을 흘린 후 다시 말했다.

"그 일기는 열네 살 소년이 연정을 품고 있던 주인집 아가씨에게 일기를 건네주고 탈출하면서 끝이 났지만 수백 수천 번도 더 그 일기를 읽으면서 그 소년은 내 가슴속에서 성장하기 시작했어. 열네 살 소년에서 스무 살 청년으로 성장했고, 어느덧 헌헌장부가 되었지. 그렇게 많은 시간이 지나고, 의가에 숨어 있다가 쫓기던 내 앞에 나타난 네 모습은 내 가슴속에서 성장한 그 모습과 한 치도 다르지 않았어. 검은 무복에, 흑마를 타고, 흑립을 눌러쓴 모습……. 정말 신기하리만치 똑같았어."

설수연이 발그레하게 상기된 얼굴로 자운엽을 쳐다보았다.

"내 가슴속에서 자란 네 모습이 지금의 너와 그렇게 정확히 일치하는 이상 네가 어떤 걸 싫어하고, 어떤 생각을 하는지 난 다 알 수가 있어."

말을 마친 설수연이 자운엽의 가슴에 천천히 얼굴을 묻었다.

"그때 좀 더 멋지게 나타날 걸 그랬군요. 하루 종일 검을 휘두르며 말을 달리느라 외모에 신경 쓸 틈이 없었거든요."

설수연의 등을 쓰다듬던 자운엽이 짓궂은 미소와 함께 느물거렸다.

"후후. 그것만으로도 얼이 빠질 지경이었는걸."

자운엽의 품에서 얼굴을 떼어낸 설수연이 살짝 자운엽을 쳐다보며 옥용을 붉혔다.

"예청이 무척 피로했나 봐. 목욕을 하고 나자마자 내려오는 눈꺼풀을 이기지 못하고 쓰러졌어."

미소 띤 얼굴로 자운엽의 눈동자를 바라보던 설수연이 양예청의 걱정을 했다.

"그렇기도 하겠죠."

자운엽이 묵묵히 고개를 끄덕였다.

"밤새… 누가 업어가도 모를 거야, 아마."

조심스레 말을 끝낸 설수연이 살며시 자운엽의 품을 벗어났다. 그리고 손을 올려 감아 올렸던 머리를 풀었다.

출렁―

촉촉이 젖은 흑발이 황촛불 아래서 물결치며 흘러내렸다.

"정말 아름답군요!"

자운엽이 나직하게 탄성을 토했다.

"천라지망 속에서 잠시 상봉했을 때, 양손으로 쥔 내 손을 차마 놓지 못하겠다는 듯 손가락 끝까지 매만지는 널 두고 일어설 땐 눈물이 쏟아졌어. 그러나 마음 놓고 눈물을 흘릴 수도 없는 상황이어서 이를 악물고 돌아섰지. 그렇게 헤어진 후부터는 참 많이… 보고 싶었어. 만나고 나면 안 그럴 줄 알았는데… 같이 있어도 항상 그런 것 같아."

꿈결 같은 미소와 함께 속삭인 설수연이 실내를 밝히고 있는 황촛불

쪽으로 고개를 돌렸다.

“후—”

장미꽃 입술 사이에서 뿜어져 나온 한줄기 숨결에 미동도 않고 두 사람을 훔쳐보던 황촛불이 차마 감기지 않는 눈을 감았다.

*   *   *

땅— 땅—

시뻘겋다 못해 시퍼렇게 달아오른 화로 옆에서 구릿빛으로 그을린 건강한 어깨를 온통 드러낸 사내 하나가 쉴 새 없이 망치를 두드렸다.

망치가 두드려질 때마다 사방으로 뿜어 나오는 음향은 듣는 사람의 마음까지 상쾌하게 만들어주어 그 망치질에 얼마나 심혈이 기울여졌는지 짐작이 가고도 남음이 있었다. 그리고 망치질에 의해 담금질되고 있는 물건이 결코 대수롭지 않을 물건이라는 것 또한 짐작이 가고도 남았다.

“밥만 축내는 버러지 같은 놈!”

근처를 지나가던 젊은 사내 하나가 규칙적으로 들려오는 망치 소리에 걸음을 멈추고 잠시 귀를 기울이다 이내 미간을 찌푸리며 역정 가득한 목소리를 토해냈다.

“카악— 퉤!”

잠시 더 눈살을 찌푸리며 대장간을 노려보던 사내는 대장간을 향해 가래침을 뱉고 총총히 사라졌다.

“휴우—”

조금 뒤 음식 소쿠리를 든 여인 하나가 걱정스런 표정을 지으며 젊

은 사내가 사라진 방향으로 눈길을 주다 얼른 대장간 안으로 걸음을
옮겼다.

"그만 좀 쉬었다 하세요. 이러다 쓰러지겠어요."

음식 소쿠리를 내려놓은 당유화가 종리재정의 팔을 잡으며 걱정을
했다.

"아니오. 형님께서 죽지 않았다는 소식을 들은 이상, 최대한 빨리 벽
력검을 만들어야 하오. 그 소식을 조금만 빨리 들었어도 좋았을 것
을……."

종리재정이 한시도 시간을 낭비할 수 없다는 듯 당유화를 돌아보지
도 않고 망치질을 했다.

"아주버님께서 잘못되었다는 소식을 들었을 때는 술독에 빠져 폐인
이 될까 걱정되다가 살아 있다는 소식을 접하고 이젠 한시름 놔도 되
겠구나 생각했는데, 오히려 더 걱정스럽군요."

당유화는 안타까움과 원망이 서린 눈빛으로 종리재정의 뒷모습을
쳐다보았다.

"미안하오. 나 때문에 그동안 당신의 마음 고생이 얼마나 컸는지 짐
작하고도 남소. 조금 전에도 누군가 이곳을 향해 침을 뱉고 가는 소리
를 들었소."

종리재정의 목소리에 당유화를 걱정하는 기운이 자욱하게 묻어 나
왔다.

"아니에요. 제가 오면서 기침을 좀 했어요. 그걸 당신이 잘못 들은
거예요."

당유화가 커다란 눈을 깜박이며 얼른 변명했다.

"그런 것이 기분 나쁘다거나 하는 감정은 추호도 없소. 난 오직 당

신이 안타까워서 하는 말이오. 흑살의 우리 속에 갇혀서 짐승같이 살던 놈이 선녀 같은 당신과 맺어졌으면 그 값을 해야 하는데… 그동안 술독에 빠진 채 오히려 짐이 되는 행동만 했으니 나라도 그럴 것이오. 하지만 형님께서 살아 있는 이상 꼭 벽력검을 찾으러 올 것이오. 그러니 어서 완성시켜야 하오. 그때까지만 참아주시오. 벽력검만 완성시키고 나면 그 즉시 당문의 숙원을 풀어드리겠소.”

여전히 망치질을 멈추지 않은 채 종리재정이 단호하게 말했다.

“다른 사람들이 무슨 소리를 해도 상관없어요. 그리고 당신의 능력이 어떠하다는 것은 누구보다 잘 알아요. 제가 걱정하는 것은 그런 것이 아니에요. 밤낮을 가리지 않고 이렇게 무리하면 무쇠라도 견디지 못해요. 그러니 이젠 망치를 내려놓고 쉬면서 음식을 들도록 해요.”

당유화가 음식 소쿠리에서 음식 그릇을 탁자 위에 올려놓으며 종리재정의 어깨를 끌었다.

“미안하지만 좀 먹여주겠소?”

여전히 망치질을 멈추지 않은 종리재정이 낮은 목소리로 부탁했다.

“당신 정말!”

당유화가 기가 막힌다는 표정으로 종리재정을 쳐다보며 소리를 질렀다.

“지금 이 순간이 제일 중요하오! 여기서 망치질을 멈추면 쇠의 강도가 떨어질 수밖에 없소. 그럼 제대로 된 검이 만들어지지 못하오.”

종리재정이 빠르게 소리를 지르자 당유화의 신형이 흠칫 굳어졌다.

“당신… 아침도 안 먹었잖아요? 그런데 계속 망치질을 하면…….”

“그러니 당신이 좀 먹여주시오. 실은 기운이 떨어지려 하오.”

“아, 알겠어요.”

당유화가 급히 음식 그릇을 들고 와 젓가락으로 음식들을 집어 종리재정의 입에다 넣어주었다. 배고픔도 잊은 채 쉬지 않고 망치질을 하던 종리재정이 코앞에서 음식 냄새가 풍기자 얼른 머리를 움직여 음식을 받아먹었다.

"천천히 드세요."

망치질을 계속하면서 허겁지겁 음식을 씹어 삼키는 종리재정을 보며 당유화의 눈이 젖어들었다.

"그렇게 먹다간 체하기 십상이네."

쉴 새 없이 젓가락으로 종리재정의 입에 음식을 넣어주는 당유화의 등 뒤에서 낮은 목소리가 들려왔다. 최대한 자신의 감정을 억제한 채 낮고 굵게 들려오는 목소리였지만 그곳에는 결코 가볍지 않은 노기가 서려 있었다.

"수, 숙부님."

당유화가 얼른 고개를 돌리며 손에 든 젓가락을 뒤로 숨겼다. 그리고 음식 소쿠리도 슬쩍 옆으로 밀쳤다.

"자넨 내가 왔는데 인사도 차리지 않는가?"

당유화의 숙부인 당천경(唐天硬)이 계속해서 망치만 두드리고 있는 종리재정의 등을 쳐다보며 엄한 목소리로 질책했다.

"죄송합니다, 숙부님. 지금은 망치질을 멈추어서는 안 되는 순간입니다. 그건 숙부님께서도 잘 아실 테니 이해해 주십시오."

당유화가 간절한 눈빛을 하며 당천경에게 애원했다.

"그건 이해하도록 하지. 한데 저놈이 만드는 물건이 무엇이더냐? 우리 당문을 위한 물건이더냐? 그렇다면 백 번을 이해하고는 남을 일이지."

눈빛을 더없이 엄하게 빛낸 당천경이 당유화와 종리재정을 번갈아 쳐다보았다.

"죄송합니다, 숙부님. 이 검만 완성시키고 나면 시키는 대로 하겠습니다. 그러니 그때까지만 시간을 주십시오."

"글쎄… 이제껏 기다려 준 시간만으로도 넘친다고 생각하는데 자네 생각은 그게 아닌 모양이군."

"유성 오라버니."

조금 전 대장간을 쳐다보며 침을 뱉고 가던 당유성(唐柳星)도 천천히 걸어오며 분기가 어린 소리로 말했다.

"여긴 웬일이냐?"

당유성의 출현에 당천경이 약간은 걱정스런 표정을 지으며 고개를 돌렸다.

"그냥 지나가다가 아버님 목소리가 들리기에 발길을 돌렸습니다."

당유성이 가볍게 고개를 숙이고는 대장간 안으로 들어왔다.

묵직한 발걸음으로 성큼 대장간 안으로 들어서는 모습이 뭔가 단단히 마음을 먹은 것 같아 당유화는 가슴이 철렁했다.

"난 지금 막 나가려던 참이다. 그러니 같이 가도록 하자."

당천경 역시 아들의 눈빛이 심상치 않음을 느꼈는지 서둘러 등을 돌렸다. 그러나 당유성의 표정과 우뚝 선 모습에서는 부친을 따라 움직일 기색이 전혀 보이지 않았다.

"그럼 아버님께선 먼저 가십시오. 저는 유화와 조금 얘기를 나누고 가겠습니다."

당유성이 아예 대장간 구석에 있는 의자를 끌어당기며 당천경에게 고개를 숙였다.

"흐음!"

당천경이 못내 걱정스러운 표정으로 한숨을 내쉬다 등을 돌렸다. 그간 종리재정의 행동을 제일 못마땅해하던 아들이 무슨 짓을 벌이지 않을까 걱정이 되긴 했지만 사촌 간에 할 얘기가 있다는 데야 별수가 없었다.

"넌 신랑 교육을 어떻게 시키는 것이냐?"

당천경이 대장간을 나가 완전히 시야에서 사라지자 당유성이 기다렸다는 듯이 당유화에게 소리를 지르며 종리재정의 등을 쳐다보았다. 그러나 쉴 새 없이 망치를 두드리는 종리재정은 조금도 흔들림없이 망치만 두드렸다.

'이놈이?'

당유성의 눈꼬리가 치켜 올라갔다.

처음 당유화와 당기철이 기상천외한 방법으로 만들어진 암기를 가져와 감탄사를 토하며 막무가내로 그 암기를 제작한 사람을 찾아간다고 했을 때는 자신도 가슴이 뛰었다. 자신 역시 흑살이라는 살수들이 뿌린 몇 가지 암기를 보고 감탄을 금치 못했다. 그리고 그것이 노인의 솜씨가 아닌, 힘이 넘치는 젊은 청년의 솜씨일 것 같다는 당유화의 말에 은근히 당유화의 뜻이 이루어지기를 바랐다. 그리고 모든 것이 바라는 대로 이루어져 남궁가의 잔치에 참석한 백부님과 조부님 등과 함께 그 청년이 당문의 식구로 같이 온다는 말을 들었을 때는 도착할 날을 손꼽아 기다렸고, 귀한 술까지 준비하여 마중을 나갔다.

흑살의 암기를 만들었던 놈이라면 자신의 간절한 바람인 필살의 암기를 만드는 데 큰 도움을 줄 수도 있을 테니까.

그런데 마차 안에서 내리는 놈의 꼴이라니…….

술에 절어 몸을 가누지 못했고, 세상을 포기한 듯한 눈엔 단 한 번도 초점이 잡혀지지 않았다. 그런데도 조부님과 백부님은 그놈을 감싸고 돌았다. 특히 아끼던 사촌 동생인 당유화는 혼례마저도 생략하고 저 병신 같은 놈과 부부가 되었다.

어릴 때부터 기특한 짓만 골라서 하고, 누구보다도 아꼈던 동생이었기에 푸짐한 결혼 선물을 안겨주려 했건만.

당유성은 다시 한 가닥 역정이 울컥 치밀어 오르는 것을 가까스로 참았다. 그리고 실망 가득한 눈으로 종리재정을 쳐다보았다.

자신의 기대와는 달리 이놈은 아무짝에도 쓸모없는 병신 같은 놈이었다.

그런데 문제는 그 다음부터다.

하루 종일 술에 절어 몇 달을 보내던 놈이 어느 날 갑자기 눈빛이 돌아오더니 사람의 모습을 되찾나 싶었는데 병신 짓은 오히려 더했다.

더 더욱 기가 막힐 일은 가문에서 가장 뜨거운 열기를 낼 수 있는 녹탄로(綠炭爐)까지 빌리더니 쉬지 않고 검을 만들기 시작했다. 그때부터 경멸은 위험 신호로 바뀌었다.

녹탄로는 가문에서도 접근이 엄격히 통제되는 곳이다.

자신의 기억 이전부터 당문에서는 그런 문규(門規)가 생겼고, 녹탄로는 당문에서도 정해진 사람만이 사용할 수 있었다. 아마도 녹탄로에서 개인의 야욕만을 위한 치명적인 암기를 아무나 만들지 못하게 하기 위한, 그래서 당문의 미래를 지키고자 하는 선조들의 결정일 것이다.

어쨌든 그 녹탄로는 자신이 가장 원하는 곳이었다. 언젠가는 자격을 얻어 그 녹탄로의 주인이 될 것이다.

그런데 어느 날 저 병신 같은 놈이 자신보다 먼저 녹탄로에 들어 검

한 자루를 만들기 시작했다. 물론 한시적으로 검 한 자루를 만들 때까지만 사용하도록 허가를 받았지만 자신은 아직 구경도 못한 곳에 저놈이 먼저 접근했다는 것은 위험 신호였다.

"병신 같은 놈!"

당유성의 입에서 자신도 모르게 욕지거리가 터져 나왔다.

"오라버니, 제발!"

당유화가 애원 섞인 눈빛으로 당유성을 쳐다보았다.

"넌 저놈을 어떻게 교육시켰기에 손위 처남들을 보며 인사도 안 하는 것이냐? 우리 가문이 그렇게 하잘것없는 가문이더냐?"

당유성의 목소리가 점점 높아졌다.

"당문의 사람이 되었으면 당문의 문규를 따르고 당문을 위해 살아야 한다. 그런데 저놈은 그동안 단 한 번도 당문의 문규를 지키지 않았으며, 당문을 위해 살지도 않았다. 그런 놈을 네 신랑이라는 이유만으로 참아 넘기기에는 한계가 있다. 할아버님과 백부님은 언제까지나 기다릴 수 있을지 모르지만 난 아니다. 더 이상은 참을 수 없다."

당유성의 눈빛이 화로의 불빛을 담고 이글거렸다.

"오라버니, 제발…… 저 사람이 저 검을 완성시킬 때까지만 시간을 주세요. 그런 후엔 제가 제일 먼저 나서서라도 저 사람을 가만두지 않겠어요. 그러니 제발……."

당유화가 눈물을 흘리며 애원했다.

"휴우—"

당유화의 눈물을 본 당유성이 긴 한숨을 내쉬며 애써 감정을 가라앉혔다.

"벌써 몇 달이 넘게 밤낮을 가리지 않고 검을 만들고 있고, 이미 여

러 자루의 검을 부러뜨렸다. 그런데 얼마나 더 기다려야 검을 완성한
단 말이냐? 완성하지 못하면 늙어 죽을 때까지 이렇게 살아갈 셈이
냐?"

당유성이 다시 언성을 높였다.

"이번이 마지막이오!"

당유성이 대장간으로 들어오든 말든, 그리고 언성을 높이든 말든 아
는 체도 않고 망치만 두드리던 종리재정이 불쑥 고함을 질렀다. 그 고
함 소리는 쇠를 두드리는 소리와 어우러져 무쇠보다 더 단단하게 대장
간 안에 울려 퍼졌다.

"다, 당신?"

당유화가 얼른 종리재정에게로 다가가 담금질이 가해지고 있는 검
과 종리재정의 얼굴을 번갈아 살폈다.

이젠 부부의 연을 맺은 이 사람은 자신이 다루는 쇠를 닮은 사람이
었다. 쇠처럼 굳은 심성과 쇠처럼 무거운 입을 가졌다. 하루 종일 한마
디도 안 하고 지낼 때가 많았지만 이렇게 단호하게 내뱉은 말에는 추
호의 거짓이나 어김이 없었다.

등 뒤에서 신경을 거슬리게 하는 당유성의 말을 들은 척도 않고 있
다가 이번이 마지막이라며 무쇠 같은 음성으로 던져 온 말은 그동안
겹겹이 쌓여 있던 당유화의 모든 긴장과 피로를 한꺼번에 풀어주는 듯
했다.

"당신, 당신이 방금 한 말 정말인가요? 정말 이번에는 성공할 수 있
는 건가요?"

당유화가 양 볼을 타고 내리는 눈물을 닦을 생각도 않고 종리재정의
얼굴만 쳐다보았다.

"오늘 하룻밤만 더 담금질을 하면 완성 단계에 도달하오."

종리재정이 여전히 규칙적으로 망치질을 하며 무표정하게 답했다. 그리고는 어느 순간 망치질을 멈추었다.

화르르—

망치질을 멈춘 종리재정은 화로의 불을 살펴보고는 적탄(赤炭)덩어리 몇 개를 더 던져 넣고는 풀무질을 시작했다. 현철을 녹일 수 있는 녹탄보다는 열기가 낮았지만 담금질을 하기에는 충분한 열기를 내주었다.

'망할 놈! 저 아까운 것을…….'

적탄덩어리들이 거침없이 화로 속으로 던져지는 것을 본 당유성이 내심 신음을 터뜨리며 아쉬워했지만 투박한 듯하면서도 더없이 세심하게 움직이는 종리재정의 손놀림은 한 치의 흐트러짐이 없었다.

화르르—

처음부터 푸르스름한 빛으로 타오르고 있던 불꽃이 종리재정의 풀무질에 의해 열기가 점점 더 강해졌다.

휘익—

불길을 유심히 지켜보던 종리재정이 집게로 쥐고 있던 검을 어느 순간 신속하게 불꽃 속으로 집어넣었다. 그리고 검신 전체에 골고루 열기가 가해지도록 팔을 움직였다.

화르르—

푸르스름한 불길이 자신의 몸에 닿는 것은 그 어떤 것이라도 태워 없애겠다는 듯이 더욱 세찬 열기를 뿜어냈다. 그리고 그 열기에 달구어진 검신도 붉은 색깔에서 푸르스름한 색깔로 바뀌어갔다.

스윽—

눈도 한 번 깜박이지 않고 검신을 주시하던 종리재정이 집게를 들어 올려 옆에 있는 커다란 기름통 속으로 신속하게 집어넣었다.

치이익―

검신 전체가 거의 동시에 기름 속으로 파묻히게끔 수평으로 떨어져 내렸고, 지독한 열기를 머금은 검을 삼킨 기름통 속이 한바탕 난리를 쳤다.

"휴우―"

부글거리던 기름이 처음의 모습처럼 고요해지자 한숨 한줄기를 내뱉은 종리재정이 비로소 얼굴을 뒤덮은 땀을 닦았다. 그리고 천천히 검을 들어 올렸다.

"어, 어떤가요? 당신이 원하는 만큼 강해졌나요?"

숨소리도 내지 않고 쳐다보던 당유화가 조심스레 질문했다.

"제일 중요한 순간은 넘겼소. 하지만 밤새 담금질을 반복해야 하오."

종리재정이 신중한 눈빛으로 검신 곳곳을 쳐다보며 묵직한 목소리로 답했다.

"이번이 마지막이라니, 그 말을 믿고 난 그만 가겠다. 하지만 정말로 이번이 마지막이다. 그건 명심해라."

당유성이 여전히 차가운 표정을 하며 당유화와 종리재정을 쳐다보았다. 그 눈빛은 마치 그 약속을 지키지 못하면 절대로 가만두지 않겠다는 강한 의도가 담겨져 있는 것 같아 당유화의 가슴을 서늘하게 만들었다.

"이 사람은 자기 입으로 뱉은 말은 절대로 어기지 않을 사람이에요. 그러니 걱정 마세요, 오라버니."

당유화가 애써 담담한 표정을 지으며 당유성을 배웅하고 얼른 적탄로로 돌아왔다.

*　　　　*　　　　*

"이, 이게 누구신가? 사돈 총각 아닌가?"

"오랜만입니다, 두 분 어르신!"

다음날 오후 사천당문의 대문을 두드린 자운엽 일행의 소식을 듣고 당문정과 당천의가 바람처럼 달려나왔다. 그리고 두 사람을 따라 나온 많은 당문 식구들이 약간은 어리둥절한 표정을 하며 연신 자운엽과 면사를 쓴 두 여인의 모습을 힐끔거렸다.

사돈 총각이라는 호칭으로 가문의 최고 어른과 가주가 반색을 하는 모습으로 봐서는 자신들도 일면식이 있지 않을까 하여 기억을 되살려 보았지만 자운엽의 얼굴은 도저히 기억이 나지 않았다.

자신들의 기억 속에서 궁금증을 풀지 못한 당문 사람들은 서로를 쳐다보며 궁금증을 풀어보려 했지만 모두들 비슷한 표정으로 고개만 저었다. 그러다 저만치서 상기된 얼굴을 하고 뛸 듯이 다가오는 당유화의 모습을 보고 뭔가를 짐작하고는 무겁게 고개를 끄덕였다.

"아주버님!"

마침내 자운엽 앞에 선 당유화가 울음이라도 터뜨릴 듯한 표정으로 자운엽을 쳐다보았다.

보통 사람의 상식을 초월하는 자운엽과 종리재정의 친분 때문에 그간 종리재정이 겪은 심적 고통은 이루 말할 수가 없었고, 옆에서 그것을 지켜보는 자신의 심정 또한 말로 표현할 수가 없었기에 자운엽을 바라보는 당유화의 얼굴에는 만감이 교차했다.

"그간 얼마나 깨가 쏟아졌는지요, 제수씨?"

당문의 두 어른과 인사를 나눈 자운엽은 빙긋 웃는 얼굴로 당유화를 향해 고개를 돌렸다. 그리고 뭔가 한마디 더 짓궂은 농을 던지려다 천천히 입을 다물었다.

종리재정을 찾고, 남궁가의 잔치까지 동행하던 때와 비교해 당유화의 얼굴이 눈에 띄게 수척해져 있는 것을 느낀 것이다.

처음 만났을 때는 여우 짓도 거리낌없이 하며 자신을 궁지로 몰아넣던 당유화였다. 그런데 지금 마주 선 당유화의 초췌한 얼굴과 눈빛에서는 옛날의 모습을 찾아볼 수가 없었다.

'임신이라도 한 것인가?'

자운엽은 기대감 어린 눈빛으로 슬쩍 당유화의 허리를 쳐다보았지만 당유화의 허리는 예전보다 훨씬 더 가늘어져 있었다.

내심 입맛을 다신 자운엽은 다시 당유화와 시선을 마주쳐 갔다.

"정말, 정말 잘 오셨어요, 아주버님! 한때는 잘못됐다는 소식을 듣고……."

당유화가 말을 끝내지 못하고 결국 눈물을 쏟았다.

"어이쿠! 이거 왜 이러십니까, 제수씨? 그런데 그놈은……?"

눈물을 흘리는 당유화를 만류한 자운엽은 고개를 돌려 종리재정의 모습을 찾았다.

"대장간에 있어요. 그보다… 어서 들어가세요."

당유화가 얼른 흑룡과 다른 두 마리의 말고삐를 잡았다.

"눈인사는 나눴으니 어서 들어가세. 들어가서 일행 분들과도 인사를 나누고 회포를 품세."

당천의도 너털웃음을 터뜨리며 손짓을 하자 몰려 나와 있던 당문 식구들이 분주히 움직이며 자운엽 일행을 안으로 이끌었다.

"들어갑시다."

자운엽은 면사 위로 드러난 눈이 더없이 커진 양예청을 향해 안심하라는 표정을 지었지만 양예청의 눈에 어린 의구심은 점점 커져 갔다.

이곳으로 길을 잡는 이유가 사천당문에 검 한 자루를 부탁했고, 그걸 찾으러 가는 줄만 알았는데 문전에서부터 예사롭지 않은 당문 어른들의 환대와 사돈 총각이라는 호칭은 머리 속을 혼란하게 만들었다.

"아가씨."

독과 암기의 종가인 사천당문 한복판으로 점점 빨려 들어가고 있는 자신을 느낀 양예청은 잔뜩 겁먹은 눈빛으로 나직하게 설수연을 불렀다.

"여기도 사람 사는 곳이야. 겁먹지 말고 어서 따라가도록 해."

설수연이 낮게 속삭이고는 양예청의 팔을 잡으며 걸음을 빨리했다.

"설수연이라고 해요. 이 아가씨는 제 동행인 양예청이고."

당문의 한 별채로 안내받은 자운엽 일행은 당유화와 탁자를 사이에 두고 마주 앉았다. 그리고 이제껏 얼굴을 가리고 있던 면사를 떼어낸 설수연이 당유화와 인사를 나누었다.

"왜 그러세요?"

인사하는 자신을 빤히 쳐다보고만 있는 당유화를 향해 설수연이 질문했다.

"너무 아름다우세요."

당유화가 한참 더 설수연을 쳐다보다 입을 열었다.

　자운엽과 같이 동행하고 있는 여인이기에 그때 찾아 헤매던 여인일 것이라는 짐작과 함께 무척이나 궁금해했다. 그리고 면사로 가려진 얼굴이었지만 눈과 이마만으로도 그 미모가 어떨 것이라는 것은 짐작이 가고도 남았는데 면사를 떼어내며 드러난 얼굴은 역시 눈을 뗄 수 없게 했다.

　"아주버님께서 그렇게 목을 매고 찾아다닐 충분한 이유가 있으시군요."

　처음 보았을 때 초췌했던 표정과는 달리 더없이 환한 미소와 함께 설수연과 자운엽을 쳐다보는 당유화의 얼굴에는 옛날의 모습이 되살아나고 있었다.

　"과찬이세요, 당 소저. 아니……."

　당 소저라 부르던 설수연이 말끝을 흐렸다. 당유화를 부를 호칭이 마땅찮았기 때문이다.

　"제 이름은 당유화예요. 그냥 편하게 당 소저라 불러주세요. 아직 혼례식을 못 올렸……."

　당유화가 쓸쓸한 표정으로 말을 하다가 자운엽의 눈빛을 대하고는 얼른 입을 다물었다. 혼례식을 올리지 못했다는 당유화의 말을 듣는 순간 자운엽의 눈빛이 순식간에 바뀌며 시퍼렇게 날이 서기 시작했기 때문이다.

　"그건 다 아주버님 때문이니까 그런 표정 짓지 마세요."

　당유화가 원망 어린 눈빛으로 자운엽을 쳐다보았다.

　"나 때문이라니, 그게 무슨 말이오?"

　자운엽이 당유화의 눈을 뚫어질 듯 쳐다보며 목소리를 높였다. 예전에 비해 너무 초췌해진 모습이 마음에 걸렸는데 그동안 무슨 우여곡절이 있었다는 짐작이 들었다.

"이곳에 도착할 즈음 아주버님께서 잘못되었다는 소식을 듣게 되었어요. 저 역시 너무 안타까웠지만 어쩔 수도 없는 상태였어요. 우리가 그 소식을 들었을 때는 벌써 한참이나 시간이 지났으니까요. 많이 망설이다가 그 사람에게 그 사실을 말해 주었어요."

당유화는 잠시 말을 멈추고 찻잔을 들어 목을 축였다. 이젠 자운엽을 이렇게 마주하고 있지만 그때 일을 떠올리니 다시 목이 말라오는 것 같았다.

"그때부터 그 사람은 폐인이 되어갔어요. 그 후 무수한 수소문 끝에 아주버님께서 살아 있다는 소식을 다시 접하기 전까지는 하루 종일 술독에 빠져 있었지요. 그땐 정말 저러다 영영 사람 하나 버리겠다 싶었어요. 그리고 아주버님께서 살아 계시다는 소식을 접하고는 또 그날부터 대장간에서 먹고 자고 나오지도 않아요. 그래서 아직 혼례식도 올리지 못했어요."

당유화가 다시 쓸쓸한 미소를 지었다.

"휴우— 머저리 같은 놈!"

가라앉은 눈빛으로 당유화의 얘기를 듣고 있던 자운엽은 어이없는 표정을 하며 한숨을 토했다. 그리고 까마득히 잊고 있었던 한줄기 감정덩어리가 가슴 저 밑바닥에서부터 치밀어 오르는 것을 느끼며 자신도 모르게 미간을 찌푸렸다.

'네놈은 언제나 내게 이런 짜증을 불러일으키게 하는구나!'

양미간을 잔뜩 찌푸리며 내심 중얼거린 자운엽은 다시 한 번 한숨을 토해냈다. 그리고는 거칠게 찻잔을 당겨 벌컥 소리나게 비웠다.

간단한 설명이었지만 당유화의 얼굴과 눈빛으로 보아 그간 종리재정이 어떤 생활을 했었는지 짐작이 가고도 남았다.

아무 생각도 어리지 않은 어린애 같은 눈으로 자신을 쳐다보며 히죽 웃기만 하던 바보 같은 놈! 그런 모습들이 선명하게 떠오르며 자운엽은 익숙지 않은 감정덩어리가 만근석보다 더한 무게로 가슴을 짓눌러 오는 것을 느꼈다.

"빌어먹을!"

자운엽은 자신도 모르게 욕지기를 토했다.

"왜 자꾸 내뱉으려고만 해?"

한순간도 놓치지 않고 자운엽의 표정과 행동을 살피고 있던 설수연이 자운엽을 향해 나직하게 속삭였다.

"무슨……?"

자신만의 감정의 소용돌이에 빠져 허우적거리던 자운엽이 퍼뜩 눈을 들어 설수연을 쳐다보았다. 그리고는 얼른 눈길을 돌렸다.

"어떤 사람인지 나도 보고 싶어."

두 사람을 지켜보던 당유화가 얼른 자리에서 일어섰다.

"그래요. 두 분을 보면 너무 좋아할 거예요."

당유화가 환한 표정으로 설수연의 손을 잡고 앞장섰다.

"그럼, 전 그동안 짐을 정리하겠어요."

양예청이 짐을 풀어 정리하기 시작했다.

제80장

무인검(無刃劍)

무인검(無刃劍)

땅— 땅—

망치 소리가 여느 때와 다름없이 규칙적으로 울리고 있었다. 이젠 막바지로 접어드는 듯 그 소리 속에는 뭔지 모를 완성의 기운을 느낄 수 있었다.

취익—

망치 소리 사이로 뜨거운 열기 한줄기가 바람을 타고 뿜어져 나왔다.

"덥군."

대장간 안으로 천천히 들어선 자운엽이 묵묵히 종리재정의 등을 쳐다보다 옆에 있는 의자에 주저앉으며 말했다.

"도착했군요."

자운엽의 목소리를 들은 종리재정이 슬쩍 고개 돌려 자운엽을 쳐다보고는 히죽 미소만 짓고 망치질을 계속했다.

"신기한 물건이군."

짧은 순간 종리재정과 눈길을 주고받은 자운엽이 화로 옆에 있는 적탄을 하나 집어 들어 유심히 살펴보고는 화로 속으로 던져 넣었다.

화르르—

적탄을 삼킨 화로가 잠시 주춤하다가 맹렬한 불꽃 한줄기를 토해냈다.

"다 만들어가는 것이냐?"

"거의 다 되었습니다. 조만간 형님께서 이곳으로 오실 것 같은 생각이 들어 서두르다 보니 거친 부분들이 좀 있습니다. 그것만 다듬으면 됩니다."

종리재정이 손길을 좀 더 빨리 움직이며 온 얼굴 가득 갓난애 같은 흡족한 표정을 지었다.

"그럼 잠시 멈추고 바깥바람을 좀 마시도록 하자. 네놈 땀 냄새 때문에 질식할 지경이다."

종리재정의 손에서 칼을 뺏어 든 자운엽이 종리재정의 어깨를 잡아 일으키며 대장간 문 쪽으로 등을 돌렸다.

"그러지요, 형님."

마치 그 자리에 뿌리라도 내린 듯 하루 종일 앉아 있던 종리재정이 성큼 몸을 일으켜 대장간 밖으로 걸어나왔다.

대장간 밖으로 걸어나온 종리재정은 오후의 햇살이 눈이 부신 듯 잠시 미간을 찌푸리다 당유화와 함께 자신을 쳐다보고 있는 설수연을 발견하고는 주춤 걸음을 멈추었다.

대장간 바깥의 밝기에 적응한 후 다시 한 번 설수연을 쳐다보던 종리재정이 고개를 돌려 자운엽을 쳐다보았다.

종리재정의 눈길을 받은 자운엽의 얼굴에 보일 듯 말 듯한 미소가 어렸다.

잠시 그 미소를 쳐다보던 종리재정의 입가에도 작은 미소가 피어오르더니 마침내 입이 가로로 커다랗게 찢어지며 온 얼굴 가득 황소웃음이 번져 나갔다.

철썩―

설수연을 향해 눈도 제대로 들지 못한 채 연신 황소웃음만 짓고 있는 종리재정의 뒤통수를 손바닥으로 세게 한 대 갈긴 자운엽이 종리재정의 뒷덜미를 끌고는 대장간 아래쪽으로 보이는 개울가를 향해 걸음을 옮겼다.

"휴우―"

서로의 얼굴을 보자마자 대성통곡이라도 하며 요란을 떨지 않을까 기대하고 있던 당유화가 겨우 무뚝뚝한 말 몇 마디와 함께 자신들 앞에서 사라지는 두 사람을 보고는 어이없는 표정으로 설수연을 쳐다보다가 똑같은 표정으로 자신을 쳐다보는 설수연과 함께 실소를 터뜨렸다.

"두 사람이 참 많이 닮은 것 같아요."

미소를 머금은 설수연이 여전히 종리재정의 뒷덜미를 끌다시피 하여 개울로 내려가는 자운엽을 보며 조용히 말했다.

"아주버님과 저 사람이 닮았다고요?"

당유화가 말도 안 된다는 표정을 짓다가 고개를 끄덕였다.

"하긴, 한 번 쳐다보게 하고는 소개도 시켜주지 않고 자기네들끼리 가버리는 멋대가리없는 모습은 꼭 닮았네요."

따라오라는 말도 하지 않고 자기네들끼리만 풍덩 하고 개울 속으로
뛰어들고 있는 두 사람을 쳐다보던 당유화가 설수연의 팔을 끌며 개울
쪽으로 걸음을 옮겼다.

"날은 세우지 않았습니다."
종리재정이 들고 온 검을 자운엽에게 건네주며 말했다.
옷을 입은 채로 물속에 뛰어들어 종리재정의 몸에 밴 땀 냄새를 씻
어낸 자운엽은 보자기에 둘둘 말아 들고 나온 검을 들어 이리저리 유
심히 살폈다.
종리재정의 말대로 검날 부분은 모양만 날처럼 생겼지 전혀 날이 서
지 않고 둥그스름하게 마무리가 되어 있었다.
"이런 검에 날이 선다면 그게 더 이상하지."
간단하게 답하며 검첨에서부터 검병까지 한 곳도 빠짐없이 쳐다보
는 자운엽의 눈에서는 들고 있는 검을 녹일 듯한 열기가 뿜어져 나왔
다.
검병을 손아귀로 굳게 모아 쥔 자운엽은 영혼이 온통 빨려 들어가는
듯한 표정으로 검을 쳐다보았다.
우웅—
검 역시 주인을 알아보는지 이따금씩 무거운 검명을 뿜어냈다.
"정말 멋진 놈이구나!"
한참 동안 이리저리 검을 돌려보던 자운엽의 입에서 마침내 찬사가
터져 나왔다.
종리재정의 말대로 아직은 완전히 다듬어지지 않아 투박스러운 곳
이 있었지만 그것은 미관상의 문제일 뿐, 자신의 내력을 완벽하게 뿜어

줄 벽력검의 모습은 이미 다 갖추고 있었다.

현철로 된 검의 표면에서 뿜어져 나오는 묵빛 광채는 단 한 곳도 색깔이 연하거나 진하지 않고 검첨에서 검병까지 완벽하게 같은 빛을 뿜어내고 있었다. 그것은 그 검이 얼마나 담금질이 잘되어 있고, 얼마나 굳강할지 한눈에 알아볼 수 있게 했다.

"손잡이 역시 검신과 한 덩어리로 되어 있습니다. 모양은 좀 이상하지만 이질적인 재료로 손잡이를 만들면 벽력의 힘을 견디지 못할 것 같기에……."

검병에 손바닥을 갖다 대고 쥐었다 펴기를 반복하고 있는 자운엽을 보고 종리재정이 설명을 덧붙였다.

"이런 면에 있어서 네놈은 천재 중의 천재다."

마치 한 몸이라도 된 듯 자신의 손아귀에 한 치 틈도 없이 꽉 쥐어지는 검을 한 바퀴 휘익 돌리며 자운엽은 미소를 지었다.

"형님 마음에 드신다니 더없이 기쁩니다."

종리재정도 히죽 웃으며 안도의 한숨을 내쉬었다.

"이젠 이놈하고도 혈연의 의식을 맺어야겠구나."

자운엽은 한순간도 지체할 수 없다는 표정으로 아직은 미완성의 모습인 묵검을 당겨 왼쪽 팔뚝 쪽으로 가져갔다.

"아직 손질을 좀 더 해야 합니다."

종리재정이 빙긋 미소를 지으며 자운엽의 행동을 만류했다.

"필요없다! 난 지금의 이런 투박한 모습이 더 마음에 든다. 화려한 용무늬 치장 같은 것은 사양하겠으니 더 이상 이놈을 손질할 생각 말고 검집이나 하나 만들어라."

자운엽은 자신의 손에 든 묵검을 절대로 놓치고 싶지 않은 듯 설레

설레 고개를 흔들며 묵검을 잡은 손에 내력을 주입했다.

우우웅—

묵검이 한층 더 기꺼운 소리를 내며 요동 쳤다.

팟—

묵검 끝이 자운엽의 왼팔 팔뚝 한곳을 가볍게 건드리자 팔뚝에서 가
는 선혈 한 가닥이 흘러내렸다.

똑—

팔을 기울인 자운엽이 묵검의 검신에 자신의 피를 떨어뜨렸다.

찌잉—

우우웅—

자운엽의 팔뚝에서 흘러내린 피를 머금은 묵검이 잠에서 갑작스레
깨어나듯 펄떡 하고 용틀임을 했다. 그리고 긴 기지개를 켜며 스스로
온몸 구석구석 생명의 기운을 불어넣었다.

“하하!”

자운엽이 자신도 모르게 경쾌한 웃음을 터뜨리며 애정 가득한 눈길
로 묵검을 내려다보았다.

“생명을 띠고 태어났으니 이름을 지어주마. 네놈의 이름은 묵령(墨
靈)이다. 묵령이 이제부터 네 이름이다. 알겠느냐, 이놈아? 하하하!”

자운엽은 다시 한 번 호쾌한 웃음을 터뜨리며 벽력의 검신을 부드럽
게 쓰다듬었다.

“흐흠!”

첫아들을 얻은 듯이 기뻐하던 자운엽이 짧은 순간 눈길을 어느 한곳
으로 주었다가 다시 묵검의 검신을 쓰다듬었다.

“그 검 좀 구경해도 되겠나?”

조금 전 자운엽이 짧은 순간 눈길을 준 방향에서 카랑한 음성이 들리며 한 중년인이 천천히 걸어나왔다. 그리고는 자운엽을 향해 손을 내밀었다. 자운엽이 들고 있는 묵검을 보여달라는 단도직입적인 행동이었다.

'꽤나 예의 바른 사람이로군. 후후!'

불쑥 내밀어진 중년인의 손을 보며 자운엽은 희미한 미소를 지었다.

아마도 종리재정 이놈이 저 정도 나이가 되면 필시 저런 모습으로 변할 것이라는 생각과 함께 자운엽은 불쑥 나타난 중년인에게서 한 가닥 호감을 느꼈다.

"고모부님!"

옆에 있던 종리재정이 자운엽을 향해 손을 내밀고 있는 중년인을 보고 언뜻 반가운 표정과 함께 고개를 꾸벅 숙였다. 그러나 중년인은 보일 듯 말 듯 고개만 끄덕거려 종리재정의 인사에 답하고는 여전히 완강하게 팔을 뻗은 채 서 있었다.

'쩝!'

자신과 피를 나눈 검을 이름도 모르는 사람에게 무턱대고 건네준다는 것이 선뜻 마음에 내키지 않았지만 왠지 항거할 수 없는 중년인의 분위기와 중년인을 대하는 종리재정의 반가운 표정을 본 자운엽은 천천히 묵령을 중년인의 손에 넘겨주었다.

"으음―"

나직한 탄성과 함께 묵령을 건네받은 중년인의 눈빛이 번쩍 하고 빛을 뿜었다. 그리고 조금 전 자운엽이 검을 쳐다보던 모습 못지않게 진중한 모습으로 묵령의 전신을 훑었다.

"그동안 내 녹탄로를 빌려 네 녀석이 최초로 만든 작품이냐?"

숨도 쉬지 않는 듯한 모습으로 묵령을 훑어보던 중년인은 고개를 돌려 종리재정을 쳐다보며 목소리를 높였다.

"그렇습니다, 고모부님."

종리재정이 다시 고개를 숙이며 공손하게 답했다. 그 모습은 예의범절과는 동떨어지게 살아가는 종리재정 같은 사람에게는 많이 이질적인 모습이기에 자운엽은 중년인의 행색을 유심히 살폈다.

휘익ㅡ

"아악ㅡ"

종리재정의 대답을 들은 중년인이 다짜고짜 들고 있던 묵령을 종리재정에게 휘둘렀고, 저만치서 다가오던 당유화가 비명을 질렀다.

'여러모로 사람을 놀라게 하는군!'

갑자기 묵령을 휘두르는 중년인을 보고 움찔하던 자운엽도 중년인이 검을 휘두르는 동작이 결코 검격이 아닌, 몽둥이를 휘두르듯 종리재정의 어깨로 휘두르는 것을 보고 긴장을 풀었다.

"이런 물건을 만들 줄 아는 놈이 그동안 병신 짓만 골라서 하며 병신 대접을 받고 살았단 말이냐?"

중년인이 더없이 분노한 표정으로 종리재정을 쏘아보았다.

"고모부님……."

중년인의 엄한 눈빛을 받은 종리재정이 오금을 펴지 못하며 고개만 잔뜩 숙이고 서 있었다.

휘익ㅡ

일갈을 지르며 종리재정을 쏘아보던 중년인이 다시 묵령으로 종리재정의 어깨를 내려쳤다.

"이건 유화 몫이다."

묵령을 몽둥이처럼 한 번 더 내려친 중년인이 유화를 때린다는 말인지, 아니면 유화를 대신해서 종리재정을 때린다는지 모를 말을 던졌다. 그러나 그 말은 이어지는 중년인의 말에 의해 의미가 명백해졌다.

"네놈이 병신 취급을 받으면 네 아낙이 된 유화도 그와 비슷한 대접을 받게 된다. 앞으로 다시 한 번 그런 일이 있으면 네 녀석을 가만두지 않겠다!"

중년인이 다시 한 번 종리재정을 향해 고함을 질렀다. 그러나 왠지 그 고함 소리는 옆에 있는 자운엽 자신을 향한 고함 소리처럼 폐부를 파고들어 자운엽은 자신도 모르게 점점 종리재정과 비슷한 자세가 되어갔다.

"이 검의 주인인가?"

잠시 말을 멈추고 있던 중년인이 자운엽을 향해 소리를 질렀다.

"예? 예!"

자운엽이 얼른 고개를 들어 중년인을 쳐다보았다.

"유화는 내 딸 같은 아이일세."

검을 돌려주는 줄 알고 주춤 손을 내밀었던 자운엽을 향해 중년인은 무거운 목소리를 내뱉었다.

검을 받으려고 주춤 내밀었던 손이 부끄러운 듯 어정쩡한 모습을 한 자운엽이 재촉하는 눈빛으로 중년인을 쳐다보았지만 검을 든 중년인의 손은 조금도 움직이지 않았다.

"저놈이 이 검의 주인 될 사람 때문에 사람 대접을 못 받는 동안 유화도 개차반 같은 놈들에게서 비슷한 대접을 받았네. 그걸 어떻게 보상할 셈인가?"

중년인이 칼날 같은 시선으로 자운엽을 쳐다보았다.

“그랬습니까?”

자운엽이 짧게 반문하고는 잠시 당유화와 종리재정을 쳐다보았다.

“그 값은 치르고 떠나지요.”

자운엽이 중년인을 보고 답했다.

그래도 여전히 중년인은 검을 돌려줄 생각을 하지 않았다.

“눈에는 눈, 이에는 이란 말을 전 상당히 좋아합니다.”

자운엽의 말을 들은 중년인의 표정이 미세한 변화를 일으켰다.

“두고 보지!”

자운엽의 눈을 잠시 쳐다본 중년인이 손에 들고 있던 묵령을 자운엽에게로 던졌다.

‘휴—’

묵령을 손에 쥔 자운엽은 내심 안도의 한숨을 쉬며 중년인을 쳐다보았다. 그러나 중년인의 눈길은 온통 종리재정에게로 쏠려 있었다.

“이제부터 내 화로의 주인은 네놈이다!”

중년인이 종리재정을 향해 짤막하게 말했다.

“예에— 그게 무슨?”

종리재정이 벼락 치듯 고개를 들며 눈을 부릅떴다.

“난 저런 검을 만들 수 없다. 그러니 내일부터 내가 쓰던 녹탄로의 주인은 네놈이다. 가주의 허락은 내가 받아주겠다.”

“안 됩니다. 그게 무슨……”

“갈—”

종리재정이 놀란 표정을 하며 손을 내젓다가 중년인의 고함 소리에 찔끔 입을 다물었다.

“병신 취급을 받지 않으려면 그곳에서 보란듯이 저런 물건을 계속

만들어내라. 그렇게 하지 못하면 이젠 나도 가만히 있지 않겠다.”

단호하게 덧붙인 중년인이 설수연과 자운엽에게로 고개를 돌렸다.

“예쁜 처자를 얻었구만. 하지만 내 눈엔 유화가 몇 배 더 예쁘네.”

중년인은 주춤거리며 고개를 숙이는 설수연을 보고 한마디 하고는 휑하니 사라졌다.

‘무공을 배운 것 같지는 않은데 절정고수보다 더 사람을 움츠리게 하는 기운을 내뿜는군.’

자운엽은 중년인이 사라지는 방향으로 눈길을 고정시킨 채 빙긋 웃음을 지었다.

“당황했죠? 대신 사과드릴게요.”

멍한 표정을 하고 있는 자운엽을 보며 당유화가 미안한 표정을 지으며 말했다.

“무공을 익혔으면 절세고수가 될 만한 분이군요. 고모부십니까?”

자운엽이 고개를 돌리며 당유화에게 물었다.

“네. 아버지 바로 아래 동생인 고모님과 결혼하셔서 우리 가문의 사람이 되셨죠. 함자는 백철형(白鐵衡)이고 무척 괴팍하시고 고집이 세서서 할아버지께서도 두 손 다 드신 분이에요. 하지만 저에게는 아버님과 같은 분이세요. 아버님께서 돌아가시고 난 후부터는 더 더욱 그랬죠.”

당유화의 얼굴에 진한 그리움이 빠르게 지나갔다.

“그러시군요. 그래서 이곳에 나타난 모양이군요.”

자운엽이 고개를 끄덕이며 다시 중년인이 사라진 방향으로 눈길을 주었다.

“그래서 나타나다니, 그게 무슨……?”

당유화가 눈 사이를 좁히며 자운엽을 쳐다보았다.

"그냥 우연히 지나친 것 같지는 않다는 말이지요."

자운엽이 대수롭지 않은 듯 답했다.

"그 말이 그 말이잖아요? 그런데 아까 그 값은 치르겠다는 말과 함께 검을 되돌려 받았는데… 그게 무슨 말인가요?"

당유화가 문득 생각났다는 표정으로 질문했다.

"별말 아니었소. 검을 돌려받기 위해 엉겁결에 한 말인데 나도 무슨 말을 했는지 잘 모르겠소."

자운엽이 시치미를 떼며 얼버무리자 당유화의 눈가에 의혹이 어리다 천천히 미소가 번져 나갔다.

"여전하세요, 아주버님은. 호호!"

당유화가 처음 자운엽을 만났을 때를 떠올리는 듯 장난스런 웃음을 터뜨렸다.

"또 누가 오는군요."

중년인이 사라진 방향에서 빠르게 다가오는 한 인영을 보고 자운엽이 고개를 돌렸다.

"아가씨, 저녁 드실 시간이에요! 손님 분들과 함께 안채로 오시라는 가주님의 말씀이세요!"

"알았다 곧 가도록 하마!"

하녀인 듯한 소녀의 고함 소리에 같이 소리를 질러 대답한 당유화는 자운엽과 설수연의 팔을 끌었다.

"어서 가요. 가면서 얘기해요."

자운엽과 설수연의 팔을 끈 당유화가 종리재정과 함께 앞장을 섰다.

"그런데 이에는 이로 돌려줄 상대가 누군지는 알아?"

개울에서 벗어나 당문의 안채를 향해 몇 걸음 옮길 즈음 생각에 잠겨 있던 설수연이 자운엽을 보고 조용히 물었다.

"글쎄요. 오늘 저녁과 내일 아침을 먹으며 부지런히 찾아봐야죠. 아까 대문을 들어설 때도 왠지 그런 눈빛들이 느껴졌는데 고모부란 사람의 말을 듣고 나니 좀 더 확실해졌습니다."

자운엽이 잠시 설수연을 쳐다보다 빙그레 웃으며 답했다.

"무슨 말씀이신가요, 두 분은?"

자운엽과 설수연의 대화를 듣고 있던 당유화가 고개를 돌리며 물었다.

"아니에요. 그냥 우리끼리……."

자운엽의 팔을 가볍게 잡고 걸음을 옮기던 설수연이 얼른 팔을 놓고 손사래를 쳤다.

"호호. 왜 손을 놓고 그러세요? 보기 좋은데."

당유화가 짓궂은 표정으로 설수연을 쳐다보다 고개를 돌렸다.

픽—

당유화의 말을 듣고 입이 함박만해지며 황소웃음을 짓던 종리재정의 뒤통수에 자운엽의 손바닥이 다시 한 번 바람을 가르며 날아들었다.

"어서 오시게, 사돈 총각."

당문의 최고 어른인 당문정이 당유화를 따라 실내로 들어서는 자운엽 일행을 보고 만면 가득 웃음을 피워 올렸다. 동시에 넓은 식탁에 모인 여러 사람들도 실내로 들어서는 자운엽과 설수연에게 시선을 고정시켰다.

대문을 들어설 때부터 최고 어른인 당문정과 가주 당천의가 달려나가 맞은 사람이라는 사실에도 관심이 고조되었지만, 무엇보다 당문의 숙원을 풀어줄 사람이라는 큰 기대와 함께 당유화의 짝이 되었으나, 오자마자 사람 구실을 제대로 하지 못하던 종리재정이 몇 달 전부터 무섭게 변하여 검을 만들게 한 그 모든 원인을 제공한 사람이라는 소문이 그 관심을 더욱 증폭시켰다.

뒤이어 대장간에만 틀어박혀 있던 종리재정이 함께 나타난 것을 보자 당문의 식구들은 뜻밖이란 표정을 지었고, 그중 몇몇 사람들은 종리재정의 출현이 달갑지 않은 듯 눈살을 와락 찌푸렸다.

그러나 그들의 찌푸린 얼굴은 당유화와 함께 들어오는 설수연을 보고는 순식간에 활짝 펴졌다.

대문을 들어설 때는 먼발치에서 보았고, 면사를 쓰고 있었기에 진면목을 볼 수가 없었지만 이렇게 면사를 벗고 가까이 대하게 되자 자신도 모르게 시선이 고정되었다.

"초대해 주셔서 감사합니다."

잠시 당문 식구들을 쳐다보던 자운엽이 당문정을 보며 가볍게 고개를 숙였다.

"허허! 못 본 사이에 예의가 훨씬 발라지셨구먼. 어서 자리에 앉으시게."

당문정이 너털웃음을 터뜨리며 자리를 권했다. 그리고 설수연과 양예청에게 시선을 돌렸다.

"아까는 눈인사만으로 끝냈으니 정식으로 인사를 드려야겠구먼. 소개를 좀 해주시게, 사돈 총각. 그런데 사돈이라는 호칭 뒤에 총각이라는 말을 계속 붙여도 될지 모르겠구먼."

　당문정이 자운엽과 설수연, 양예청을 번갈아 쳐다보며 의미심장한 미소를 지었다.

　"그만 하세요, 할아버지. 손님들이 식사도 하기 전에 체하겠어요."

　당유화가 얼른 나서며 당문정을 만류했다. 가만있다간 또 어떤 예측 불허의 말이 튀어나와 그렇지 않아도 자신에게 쏠리는 많은 눈길에 부담스러운 표정을 짓는 설수연을 곤란하게 할지도 모르는 일이었다.

　"허허! 그래서야 안 되지. 내 집처럼 편하게 생각하며 식사를 하시게. 하지만 사돈 총각이 표사 일까지 하며 목숨도 아끼지 않고 찾아다니던 사람이 아니라 다른 사람일지도 모른다는 생각에 궁금해서 견딜 수가 없구만. 어서 소개를 좀 해주시게."

　당문정이 더욱 짓궂은 표정을 하며 자운엽과 설수연을 번갈아 쳐다보았다.

　'여전히 피곤한 노인네로군.'

　자운엽은 지속적인 당문정의 공세에 내심 쓴웃음을 지었다. 표사 일을 하던 중, 처음 만났을 때도 옆 자리에 바짝 다가앉아 쉴 새 없이 질문을 퍼부으며 귀찮게 하더니 지금 역시 조금도 변함없는 모습이었다.

　"설수연이라고 합니다."

　당문정의 집요한 눈길에 설수연이 살짝 미소를 지으며 자신의 이름을 말했다.

　"그리고……?"

　"그리고는 무슨 그리고예요, 할아버지?"

　설수연이 자신의 이름을 소개했는데도 조금도 누그러지지 않고 더욱 집요한 표정을 짓는 당문정을 보고 당유화가 소리를 질렀다.

　"이름만 말하면 누군지 어찌 알겠나? 서로 모르는 사람들인데 우연히 요 앞에서 만나서 같이 우리 가문으로 왔는지 모르는 일이 아니냐?”

당문정이 말도 안 되는 이유를 내세우며 자운엽과 설수연을 쳐다보았다.

“아버님, 그만 식사를 하시지요. 음식도 들어오는데…….”

음식 접시들이 날라져 오는 것을 본 당천의가 당문정을 쳐다보며 식사하기를 권유했다.

“궁금한 것이 있으면 난 밥이 안 넘어가는 사람이라는 것을 가주도 잘 알지 않는가?”

당문정이 당천의의 권유를 뿌리치며 다시 설수연을 쳐다보았다. 그 눈에는 인자함이 가득했지만 타고난 장난기 한줄기는 여전히 짙은 빛을 발하고 있었다.

그런 당문정의 눈에서 어느 순간 장난기가 싹 달아났다.

“아니, 왜 웃으시는가? 질문에는 답하지 않고…….”

짙은 장난기를 머금고 설수연을 쳐다보던 당문정은 설수연의 얼굴에 언뜻 피어오르는 한줄기 미소를 대하고는 상체를 벌떡 세웠다. 짧은 순간 햇살처럼 퍼져 나간 웃음이었지만 그 웃음 뒤에서 왠지 만만치 않은 기운을 느낀 당문정이 눈을 가늘게 떴다.

“설마 내가 잘못 본 건 아니겠지, 처녀?”

당문정이 설수연의 미소를 악착같이 물고 늘어졌다.

“당문의 대문 앞에서 어떤 사람이 저보고 당문 최고 어른의 기행과 장난기 때문에 가주님의 수명이 많이 줄어들었을 것이라고 하더군요. 갑자기 그 말이 떠올라서 실소를 흘리고 말았습니다. 용서하십시오.”

설수연이 황망한 표정을 지으며 사과를 했다.

“푸훗!”

"킥."

설수연의 말과 함께 당유화와 몇 명의 며느리들이 터져 나오는 웃음을 참지 못하고 킥킥거렸다. 그리고 동시에 이곳저곳에서 헛기침 소리들이 터져 나왔다.

'만만치 않은 처자로세. 크험!'

많은 사람들 앞에서 수줍은 미소를 짓던 표정과 달리, 난처한 상황이 되자 전혀 주눅 들지 않고 자신의 장난에 반격을 해오는 설수연을 보고 당문정은 내심 헛기침을 했다.

같은 일행인 또 다른 처자는 처음 이곳에 발을 디딜 때부터 잔뜩 겁을 먹고 가문의 사람들과 가까워질 때마다 숨을 멈추는 기색이었는데, 온화하고 부드러운 듯하면서도 전혀 당문을 겁내는 기색이 없는 설수연의 모습에 당문정의 눈빛이 점점 기광을 발했다.

"내 장난기가 가주의 생명을 단축시킨다……. 험험!"

당문정이 헛기침을 하며 당천의를 쳐다보자 당천의가 얼른 입가에 어린 미소를 지우며 덤덤한 표정으로 바꾸었다.

"그건 좀 생각해 볼 말이구먼. 아비가 되어서 자식의 수명을 단축시킨대서야 말이 아니지. 험험."

왠지 한 방 먹은 것 같은 느낌을 받은 당문정이 헛기침을 하며 뭔가 다른 수단으로 공격을 하려는 찰나, 문이 왈칵 열리며 뜻밖의 인물이 들어왔다.

"밥 한 그릇 주십시오!"

거칠게 문을 열고 들어와 빈자리 한곳에 털썩 주저앉으며 소리를 지른 사람은 이런 자리라면 질색을 하는 당유화의 고모부인 백철형이었다. 평소에는 두 번 세 번 사람을 보내도 절대로 나타나지 않던 사람이

제 발로 찾아와서 밥을 내놓으라고 고함을 치는 모습에 한동안 설수연
에게로 모아져 있던 시선들이 모두 백철형에게로 옮겨졌다.

"허허! 이거 참! 자네가 스스로 이 자리에 나타나다니……. 내일은
해가 서쪽에서 뜨겠구먼. 어쨌든 잘 왔네. 오늘은 특별히 신경 써서 만
든 음식들이니 실컷 들고 가게나."

당천의도 정말 뜻밖이라는 눈빛으로 백철형을 쳐다보며 너털웃음을
터뜨렸다.

"형님 말씀대로 내일은 정말 해가 서쪽에서 뜰 것 같소. 이런 자리
라면 큰절을 하고 모시러 가도 오지 않던 사람이 두 사람이나 한꺼번
에 나타났으니 말이오. 도대체 무슨 바람이 불었소?"

당천경이 백철형과 종리재정 쪽으로 눈길을 한 번 준 후 달갑지 않
은 표정으로 백철형을 쳐다보았다.

"왜? 자네는 내게 밥 한 그릇 주는 게 그리 아까운가?"

백철형이 날카로운 눈빛으로 당천경을 쏘아보며 언성을 높였다.

"그게 무슨 말이오, 매형? 평소에 안 하던 행동을 하니 의아해서 그
런 것 아니오?"

백철형의 눈길을 대한 당천경이 기분 나쁜 표정을 노골적으로 드러
내며 대꾸했다.

"말은 그렇게 하지만 자네 표정에는 내가 와서 기분이 무척 나쁘다
고 쓰여 있군."

백철형이 다시 한 번 당천경을 쏘아보고는 고개를 돌리자 당천경의
표정이 험악해졌다.

"매형, 정말……."

"그만두거라! 밥상머리에서 무슨 짓들이냐, 손님도 있는데."

두 사람을 지켜보던 당문정이 조용히 나무라자 반쯤 몸을 일으키던 당천경이 도로 주저앉으며 거친 숨을 몰아쉬었다.

"그만 식사들 하자. 식사하면서 환담을 나누자꾸나."

당문정이 수저를 들어 올리며 먼저 손을 움직이자 다른 사람들도 수저를 움직이기 시작했다.

"제 녹탄로를 저 아이에게 물려주기로 했습니다. 그걸 모든 사람께 알려드리러 왔습니다."

달그락거리는 식기 소리만 나며 식사가 이어지던 중 다시 백철형의 목소리가 실내에 울려 퍼지자 모든 사람들이 음식을 집던 젓가락을 도로 내려놓으며 놀란 눈으로 백철형을 응시했다.

녹탄로라면 당문에서 가장 고열을 내는 화로이다. 일반 화로에서는 만들지 못하는 병기들은 녹탄로에서 만들어진다. 그리고 그 화로는 백철형이 삼십 년 동안 지키며 당문의 비밀 무기나 암기들을 만들어낸 곳이기도 하다. 이제껏 누구에게도 함부로 근접조차 허락하지 않던 그 화로를 당문의 염원을 풀어주기는커녕 병신 취급을 받던 인간에게 선뜻 빌려준 것도 쉽게 납득이 가지 않은 일이었는데, 이제는 아예 그것을 종리재정에게 넘겨주려 한다는 말을 들은 사람들은 뭔가 잘못 듣지 않았나 하고 자신들의 귀를 의심했다.

"무슨 말인가, 자네? 자네의 녹탄로를 저 아이에게 빌려주는 것이 아니라 아예 넘긴다고 했나?"

당천의 역시 믿기지 않는다는 표정으로 쳐다보며 백철형의 말을 확인했다.

"그렇습니다, 가주! 이젠 저놈에게 내 모든 것을 줄 때가 되었다고 생각합니다. 아니, 솜씨로는 오히려 저놈에게 배워야 할 입장이니 녹탄로만 넘기겠습니다.”

백철형이 대수롭지 않다는 듯 음식을 입에 넣으며 답했다.

“말도 안 되는 소리요, 그건!”

백철형이 들어오자마자 한바탕 할 뻔하다 당문정의 제지에 애써 감정을 억누르고 있던 당천경이 벼락 치듯 벌떡 일어섰다. 그리고 두 눈에서 불을 뿜어냈다.

백철형이 당문의 사람으로 들어오지 않았다면 녹탄로는 삼십 년 전에 자신의 것이 되었을 것이다. 그리고 그 녹탄로에서 가장 효율적으로 사람의 목숨을 끊을 수 있는 암기들을 제작하여 온 무림에 이름을 떨칠 수 있었을 것이다. 그러나 백철형이 매형이 되어 당문으로 들어왔고, 어느 면으로 보아도 백철형의 솜씨가 더 뛰어났다. 결국은 분루를 삼키며 백철형에게 녹탄로를 넘겨주었고 걸어다니는 암기통이 되고 싶었던 청운의 꿈은 접을 수밖에 없었다.

그러나 이젠 백철형도 그 녹탄로에서 물러날 때가 되었다. 그렇다면 그곳은 당연히 아들 당유성의 차지가 되어야 한다. 아니, 그렇게 될 가능성이 거의 확실했다.

당유화가 신기에 가까운 솜씨를 지닌 청년을 데려온다는 말을 들었을 때는 바짝 긴장하기도 했지만 고맙게도 그놈은 병신 짓만 골라 했다. 그랬기에 자신이 못 이룬 암왕의 한을 아들이 이루어줄 것을 믿어 의심치 않았다.

그런데……!

그런데 백철형이 자기 마음대로 그놈에게 녹탄로를 물려주겠다는 선언을 했다.

그건 절대로 받아들일 수 없는 말이다.

자신이 느꼈던 그 좌절감을 아들 당유성이 그대로 이어받게 할 수는 없다.

녹탄로만 차지하면 유성은 자신이 설계하고 이제껏 묻어두었던 그 필살의 암기들을 비밀리에 만들어줄 수 있을 것이다. 그리고 더 나은 성능으로 개조할 수도 있을 것이다.

그렇게 되면 당문의 이름과 아들 당유성의 이름은 온 중원에 공포의 대명사로 위명을 떨치게 될 것이다.

그런데 저 병신 같은 놈이 녹탄로를 차지한다면……?

저놈은 백철형보다 더 바보 짓을 할 것이다.

최소한의 힘으로 최대한의 살상력을 발휘하는 무기보다는, 최대한 사람을 상하게 하지 않고 겁을 주는 정도로 그치는 암기만을 만들어낼 것이다. 처음부터 그런 싹수가 보이는 놈이다. 그래서는 그 누구도 당문을 무서워하지 않을 것이다.

아버지 당문정의 기행과 가주 당천의의 온유로운 성격 덕분에 당문은 역사 이래 가장 유약해진 모습을 보였다.

암기도 날카롭지 않았고, 독도 깊이깊이 감추어두고 있다.

언제나 그것이 불만이었다.

당문의 사람이라면 그 누구라도 감히 접근을 꺼리는 그런 시절이 그리웠다. 그런 모든 생각들과 함께 당천경의 눈에서 뿜어져 나오는 안광에 광기가 어렸다.

"왜 안 되나?"

당천경의 광기 어린 눈빛을 조금도 위축되지 않고 마주 쏘아보던 백철형이 무심하게 물었다.

"그걸 몰라서 물으시오?"

"난 모르겠네."

백철형의 목소리가 짤막하게 끊어졌다.

"그럼 말해 드리지요."

당천경의 얼굴에 득의에 찬 미소가 어렸다.

현재 녹탄로의 주인이 백철형이고, 그가 원하는 사람이 조금은 유리하다고 하지만 이번에는 상황이 너무 확실하다.

"비록 녹탄로를 수십 년이나 매형이 소유했지만 그건 매형의 것이 아니라 당문의 것이오. 매형이야 워낙 솜씨가 출중하시니 누구도 매형이 그것을 차지하는 데 이견이 없었지만, 그 다음 주인은 다르오! 모두들 아시다시피 매형이 녹탄로를 넘겨주겠다고 말한 저 아이는 도저히 녹탄로의 주인 될 자격이 없소. 그건 매형도 잘 알 것이 아니오?"

잠시 말을 멈춘 당천경이 조소를 머금은 채 백철형을 쳐다보았다.

"계속해 보게."

전혀 개의치 않는 백철형의 태도에 조소를 물고 있던 당천경이 잠시 미간을 찌푸리다 다시 말을 이었다.

"저 아이는 당문에 오자마자 아무것도 만들지 못했고, 항상 술독에만 빠져 있었소. 그런데도 저 아이에게 녹탄로를 물려주겠다니, 정말 제정신으로 하는 말이오?"

당천경이 더 이상 구구절절한 설명이 필요없다는 표정으로 말을 맺었다. 그의 생각대로 그간 종리재정의 행동은 거의 모든 당문 사람들의 눈살을 찌푸리게 하고도 남음이 있었으니 오히려 이렇게 한마디로 끊어버리는 것이 더 설득력이 있었다.

"저 아이의 솜씨는 흑살이라는 살수들이 쓰는 암기에서 이미 그 자질을 인정받은 것으로 아네. 그리고 그건 자네도 인정하지 않았나?"

"그건 이제 억지에 불과하오. 그간 저 아이의 행동으로 보아 그걸 정말 만들었는지도 의심스럽소."

당천경이 고개를 가로저으며 불신의 표정을 지었다.

"자네가 그렇게 생각한다면 거기에 대해서는 할 말이 없네. 하지만 저 아이가 아무것도 안 만든 건 아니네."

백철형이 조금도 흔들리지 않는 눈빛으로 답하자 당천경의 눈빛이 조금 흔들렸다. 백철형은 언제나 말수가 적었지만 이렇게 흔들림없이 맞받아쳐 올 때는 한 번도 이겨본 적이 없는 자신이었다. 지금 역시 그런 심정 때문에 눈빛이 흔들리는 것이다.

"자네 검을 좀 빌려주겠나?"

잠시 당천경을 바라보던 백철형이 자운엽을 향해 양해를 구한 후 하녀에게 자운엽이 문밖에 보관해 둔 묵령을 가져오게 했다.

"이건 얼마 전부터 저 아이가 만든 검일세. 난 이걸 보고 내 녹탄로를 저 아이에게 넘겨줄 결심을 했네."

백철형이 둘둘 말린 헝겊을 풀고 묵령을 손에 들었다.

"자네 역시 나 못지않은 솜씨를 가진 장인이니 한번 봐주게."

백철형이 들고 있던 묵령을 당천경에게 불쑥 내밀자 당천경이 움찔 상체를 뒤로 젖히며 묵령을 받아 들었다. 그러나 거무튀튀한 빛깔과 함께 우아하거나 화려한 구석이라고는 한 군데도 없는 검이었다. 성질 같아서는 쳐다보지도 않고 던져 버리고 싶었지만 보는 눈이 많으니 일단 살펴보는 척이라도 해야 했다.

'으음!'

건성건성으로 묵령을 살펴보던 당천경이 어느 순간 내심으로 신음을 흘렸다.

비록 겉모습은 세련미라고는 조금도 없고 투박하게 보였지만 검신 전체가 완벽한 한 가지 빛깔을 뿜어내고 있었다.

아무리 보검이라도 장인의 눈으로 살펴보면 부분부분 미세하게나마 다른 색깔을 띤다. 길이가 두 자가 넘는 쇠의 전 부분을 완벽히 동시에 기름통 속에 빠뜨리고, 완벽히 같은 힘으로 망치질을 하는 것은 불가능하다. 그러기에 부분부분 미세한 빛깔의 차이는 있게 마련이다. 그것을 최대한 없애고 최대한 매끄럽게 하는 것이 장인의 솜씨이고, 그렇게 탄생된 검이 보검이 되는 것이다.

지금 당천경 자신이 들고 있는 검이 그랬다. 자신의 눈으로는 그런 미세한 빛깔의 차이를 잡아내지 못할 만큼 완벽했다. 그리고 그 강도 또한 예측이 불가능했다.

'이것이 정말 저 병신 놈이 만든 물건이란 말인가?

당천경은 도저히 믿을 수 없는 사실에 간담이 서늘해지는 것은 느끼며 애써 표정을 숨기다가 뭔가를 발견하고 미세하게 눈살을 찌푸렸다.

검에 날이 서지 않았다.

너무 놀란 나머지 칼날조차 살펴보지 못했는데 지금 보니 묵검에는 날이 서지 않았다.

칼등처럼은 아니었지만 그에 못지않게 뭉툭하게 날이 서 있지 않았다.

'설마?'

당천경은 거듭 놀라며 묵검을 이리저리 돌려보았다.

나중에 날을 세우기 위해 우선적으로 이렇게 뭉툭하게 만든 것은 절대 아니다. 그렇게 한다면 이 검은 날 부분만 비정상적으로 약해져서 금방 이빨이 빠져 버리고 만다.

이 검은 지금 이 상태로 완성품이다.

검병 부분에 조금 더 치장을 하고, 검집에 화려한 용무늬 등으로 세련미를 가미할 수는 있겠지만 뭉툭한 칼날 부분은 더 이상 손댈 곳도 없고, 손대어서는 안 된다.

그렇다면 이것은 무인검(無刃劍)이다.

무인검이라면 이것은 완벽한 무인검이라고 할 수 있다.

그런데 저 병신 놈이 무인검을 왜 만들었단 말인가?

무인검은 보검이면서도 보검일 수가 없는 검이다.

날이 없는 이런 검은 보통 사람들이 휘둘러 보아야 쇠몽둥이에 불과하다.

물론 쇠몽둥이보다는 조금 날카롭겠지만 큰 차이가 없는 것이다.

고수가 휘두르더라도 마찬가지이다.

검날을 위로 향하게 하여 수평으로 뻗어놓고 머리카락 하나를 바로 위에서 떨어뜨려 두 조각으로 자를 만한 예기를 뿜어내는 보검을 든 고수와 이런 검을 든 고수가 마주친다면 시퍼런 검날이 번뜩이는 검을 휘두르는 사람이 백 번 유리할 것이다.

혹시 전설에나 나오는 고수의 수준인 사람이라면 이런 검이 더 유리할지도 모른다. 그러나 그것은 현실성이 결여된 추정일 뿐이다.

그렇다면 이 묵검은 쓸모없는 쇠몽둥이일 뿐이다.

귀하디귀한 녹탄과 현철을 가지고 이런 검을 만들었다니?

그리고 이런 검을 만들었다고 녹탄로의 주인 자격이 있다니?

당천경은 어이가 없어 입이 다물어지지 않는 것을 느꼈다.

"우하하하!"

결국 당천경의 입에서 광소가 터져 나왔다.

"매형! 지금 농담하십니까?"

광소를 그친 당천경이 더없이 환한 표정으로 주변을 둘러봤다.

당문 내에서 최고의 명장은 백철형이고 다음은 자신이다. 그러기에 모두들 백철형과 자신의 대화와 행동 하나하나를 주시하고 있다. 그리고 이런 대소와 득의에 찬 표정은 모든 당문 사람들에게 무언가를 짐작하게 해줄 것이다.

그런 다음, 누가 이 묵검을 살펴보아도 자신과 같은 결론을 내릴 것이다. 처음에는 신기에 가까운 담금질 솜씨에 감탄을 하겠지만 결국에는 아무 쓸모 없는 쇠몽둥이 하나를 만들었다는 결론에 도달할 것이다.

날이 없는 검은 검이 아니다.

그리고 온 천하를 벌벌 떨게 할 만한 암기가 아니라면 그것은 당문의 암기가 아니다.

이런 검으로 무엇을 하겠는가?

아무리 튼튼해 보여도 검은 결국 무언가를 잘 베어야 좋은 검인 것이다.

이것으로 무엇을 벨 수 있을까?

당천경은 가슴이 뛰었다.

이제 녹탄로는 아들 유성에게 돌아갈 것이다.

그러면 그동안 머리 속에만 구상하고 묻어두었던 암기다운 암기를 만들고, 예전처럼 사천당문이라는 이름만으로도 사색이 되어 오줌을 지리는 놈들이 생길 것이다.

"내가 당문에 들어와 언제 한 번이라도 농담한 적이 있던가?"

득의양양하게 웃음을 짓고 있는 당천경의 귀에 백철형의 싸늘한 목소리가 들려왔다.

당천경이 얼른 정신을 차렸다.

"물론 그런 적이 없었지요. 그런데 마지막으로 크게 한 번 농담을 하시는군요. 하하하!"

당천경이 다시 한 번 웃음을 터뜨리며 묵검을 당천의에게 내밀었다.

"형님의 자랑스런 조카 사위가 만든 물건이오! 한번 감상해 보십시오."

당천경이 묵검을 건네주자 묵묵히 두 사람의 대화를 듣고 있던 당천의가 묵검을 받아 들고는 바로 의자 밑으로 내렸다.

"손님을 위해 만든 저녁 자리인데 예의가 아닌 것 같군. 감상은 저녁을 든 후 차를 마시며 해도 늦지 않으니 우선은 저녁을 들도록 하지. 음식이 더 식기 전에 말일세."

말을 마친 당천의가 묵묵히 수저를 놀리자 모든 식구들이 얼른 손을 움직여 음식을 집기 시작했다.

"그런데… 사돈 총각은 벌써 다 들었구면. 그리고 옆에 있는……."

당문의 수십 년 앙숙인 당천경과 백철형의 첨예한 대립에 노심초사하던 당문정이 아차 하는 표정으로 자운엽과 설수연에게로 고개를 돌렸을 때는 두 사람의 식사는 거의 끝나가고 있었다.

'허허!'

남궁세가의 잔치 때에 서문가 전체와 충돌을 일으키고도 눈 하나 깜짝 안 하던 자운엽의 심성을 익히 알고 있던 당문정은 설수연까지 비슷한 행동을 하는 것을 보고는 입맛을 다셨다.

'배짱뿐만 아니라 식성도 좋은 처자로구만.'

내심 중얼거린 당문정이 서둘러 젓가락을 놀렸다.

"형님의 의견은 어떠신지요."

식사가 끝나기를 기다렸다는 듯이 당천경이 당천의에게 질문을 던졌다.

"글쎄……."

당천의가 한 손으로는 찻잔을 들어 마시며 다른 한 손으로는 묵령을 들어 올렸다.

"자네들 두 사람만한 눈을 가지지 못한 내 의견이 큰 소용이 있을까?"

당천의가 덤덤한 표정으로 묵검을 이리저리 돌려보았다.

당문의 장남으로 태어났기에 장인의 길과는 전혀 무관하게 살아온 당천의는 말 그대로 두 사람만한 눈을 가지지 못했고, 어느 한쪽으로 일방적인 편을 들어줄 입장이 아니었기에 두 눈만 껌벅였다.

"검에 날이 제대로 안 섰군요."

당천의의 옆에서 고개를 내밀고 목검을 살펴보던 당유성이 불쑥 한마디 했다.

그러자 당천의도 검을 돌려보았고, 다른 모든 시선들도 검날에 모여졌다. 그리고 뭉툭하게 마무리되어 있는 검날을 보고 의아한 표정을 지었다.

"이런 것을 만들려고 몇 달 동안 금보다 비싼 녹탄과 현철을 소모한 것입니까, 고모부?"

당유성이 비릿한 미소를 지으며 목소리를 높였다.

"네놈이 나설 자리가 아니다."

백철형이 와락 미간을 좁히며 당유성을 쏘아보았다.

"검 값을 치를 때가 된 것 같군요. 후후!"

유심히 당문 사람들의 언쟁을 지켜보던 설수연의 귀에 자운엽의 목소리가 나직하게 들려왔다.

무인검의 가격

무인검의 가격

“백문이 불여일견이 아닌지요?”

당문 사람들을 보며 보일 듯 말 듯한 미소를 머금던 자운엽이 찻잔을 내려놓고 불쑥 고함을 지르자 백철형에게로 향해졌던 모든 시선들이 자운엽에게로 모여졌다.

“그게 무슨 말인가, 사돈 총각?”

당문정도 들고 있던 묵검에서 시선을 돌리며 물었다.

“동생으로부터 선물을 받았으니 이제 그 검은 제 것입니다. 그리고 전 그 검이 현재 당문이 가지고 있는 어떤 보검보다 더 훌륭한 검이라는 데 이의가 없습니다. 그런데 정반대의 의견을 말하는 사람이 있으니 서로 자신의 의견을 증명해 보이는 것이 가장 간단한 해결책이 아닐까요?”

자운엽이 희미한 미소로써 답하자 당유성의 얼굴에도 조소가 피어

올랐다.

"당문의 어떤 보검과 겨루어도 이길 수 있다는 말이오, 그 검으로?"

당유성이 더욱 짙어진 미소로 자운엽을 쳐다보았다.

"물론이오."

자운엽이 더 이상의 설명은 불필요하다는 듯 짤막하게 말했다.

"그 말에 책임질 수 있소?"

"서로 어떻게 증명할지 방법이나 말해 보시오. 하자는 대로 할 용의가 있으니까 말이오."

자운엽이 대답 대신 대결을 제의했다.

"푸하하—"

조소를 점점 더 짙게 피워 올리던 당유성이 마침내 대소를 터뜨렸다.

"우리 가문에서는 보검을 하나 만들고 나면 뒤뜰에 있는 청석(靑石)에 그 보검을 시험하오. 그것에다 그 묵검을 시험해서 얼마나 깨끗이 자를 수 있는지 증명해 보이면 되지 않겠소?"

당유성이 웃음을 멈추고 제안했다.

"그 방법은 왠지 싱겁게 들리는군요. 그러니 자신있는 보검끼리 서로 맞부딪쳐 봅시다. 그러면 제일 확실하게 우열이 드러날 테니까요."

자운엽이 당유성이 얼굴에 피워 올라 있던 조소와 똑같은 조소를 피워 올리며 다른 방법을 제시했다. 그 미소는 보일 듯 말 듯 희미했지만 당유성의 비위를 뒤틀리게 하고, 호승심을 불끈 끓어오르게 하는 데는 충분하고도 남았다.

"좋소, 그렇게 합시다."

당유성은 앞뒤 잴 것도 없이 곧바로 답했다.

비록 검은빛을 띠는 저 묵검이 담금질 면에 있어서는 더없이 완벽해 보였지만 날도 서지 않은 저런 검 따위에 자신이 만든 설아검(雪牙劍)이 못 이길 리가 없다. 아무리 현철로 만들어지고 수없이 담금질된 검이라도 설아검의 이빨이 먼저 몸뚱이 속으로 파고든다면 그때부터는 일사천리로 베고 나갈 것이다. 칼이나 검을 만드는 데 있어 자신은 날카로운 날을 가장 중요시했고, 그곳에 가장 심혈을 기울였다. 그런데 병신 같은 저놈은 무슨 생각인지 묵검에 날을 세우지 않았다.

당유성은 가슴이 뛰어왔다.

이젠 그토록 염원하던 녹탄로는 자신의 것이 될 수 있을 것 같았다. 그 화로만 차지한다면 부친 당천경과 자신이 머리를 맞대고 설계해 두었던 암기를 만들 수가 있는 것이다.

"그건 좀 생각해 봐야 할 문제네!"

당유성의 입술이 자신도 모르게 말려 올라가며 대결 시간과 장소를 정하려는 찰나, 가주 당천의의 목소리가 급하게 울려 퍼졌다.

"서로의 검을 맞부딪친다는 건 검만의 문제가 아닐세. 검을 잡은 사람의 무공이나 내력이 검 못지않게 작용을 한다네. 그러니 서로 직접 검을 부딪치는 것은 무리가 있네."

자운엽의 단전에 쌓인 내력과 검 실력을 알고 있는 당천의는 자운엽의 제안에 무리가 있음을 지적하며 고개를 저었다.

"그렇군요. 그걸 간과했군요."

자운엽도 충분히 인정한다는 표정으로 크게 고개를 끄덕였다. 그리고 그 표정의 끝에는 여전히 보일 듯 말 듯한 조소를 피워 올리는 것을 잊지 않았다.

"상관없습니다, 백부님!"

당유성이 눈에 불꽃을 튀기며 고함을 질렀다.

가주 당천의의 걱정대로 검을 휘두르며 강호를 누비는 절정검객은 아니더라도 결코 만만치 않은 무공을 익힌 자신이었다. 또한 어릴 때부터 여러 가지 영약으로 내공 또한 착실히 다졌다고 자신했다. 설사 무공에는 전혀 인연이 없는 초부(樵夫)라 할지라도 이런 상황에서는 절대로 물러설 수가 없었다.

그러나 무엇보다도 물러설 수가 없는 이유는 한 쌍의 눈에서 흘러나오는 눈빛 때문이었다.

무관심한 듯하면서도 이따금씩 호기심의 빛을 뿜어내는 한 쌍의 눈빛은 당유성을 절대로 물러설 수가 없게 했다.

면사를 떼어낸 모습으로 이곳에 들어서는 순간부터 숨이 막히게 했던 여인은 이런 상황에는 전혀 관심이 없는 듯 찻잔만 기울이고 있었지만 아주 짧은 순간 잠깐씩 빛나는 호기심 어린 눈빛은 당유성 자신의 검과 저 묵검이 정면으로 충돌하는 것을 바라는 것 같았다. 그리고 두 개의 검이 충돌하여 자신의 검이 저 묵검을 간단히 잘라 버린다면 미세한 호기심만 뿜어내던 저 눈빛은 약간 놀라는 빛을 띠고 자신의 눈을 쳐다봐 줄 것 같았다.

설사 자신의 패배가 불을 보듯 뻔하다 하더라도 저 한 쌍의 눈빛을 저버리고 싶지는 않았다.

"제가 비록 검을 휘두르는 데보다는 만드는 데 더 많은 시간을 보냈다고는 하지만 현란한 검초를 펼치는 것도 아니고, 허공 중에서 한 번 부딪치는 데는 아무런 지장이 없을 만큼은 됩니다. 그러니 내일 아침 저 검과 제 검을 마주쳐 보겠습니다. 그리고 저 검이 잘라진다면 녹탄로는 제게 넘겨주십시오. 그렇게 하시겠습니까, 고모부님?"

당유성이 어떤 일이 있어도 자신은 직접 검을 부딪쳐 볼 것임을 강하게 피력하고는 백철형을 쳐다보았다.

"그렇게 하게. 대신 자네 검이 잘리면 내 의견에 더 이상 토를 달지 말게."

"알겠습니다."

당유성이 순간의 망설임도 없이 흔쾌히 답했다.

"거참!"

뭔가 불길한 예감을 느꼈지만 이젠 엎질러진 물이 되어버린 상황을 보고 당문정은 입맛을 다셨다. 결과는 내일이 되어봐야 알겠지만 자운엽의 본색을 어느 정도 파악하고 있는 당문정은 왠지 이번에도 자신의 손자가 걸려들었다는 느낌을 지울 수가 없었다. 특별히 무슨 말로 손주 놈을 도발시키지 않았지만 손주 놈이 평소와 다르게 격분하며 검을 맞부딪치겠다고 고집하는 모습은 뭔가 술수를 부린 것 같았다. 그러나 딱 꼬집어낼 만한 것은 아무것도 없었다.

'흐음! 복수를 좀 해주어야겠군!'

당문정은 개운치 않은 기분에 숨을 한 번 내쉬고는 의미심장한 표정을 하고 설수연을 쳐다보았다.

"어떻게, 음식이 입에는 잘 맞으시었는가?"

"네, 정말 맛있게 먹었습니다."

당문정의 갑작스런 질문에 당유화와 뭔가 대화를 속삭이던 설수연이 얼른 고개를 들고는 온화한 미소와 함께 답했다.

"허허! 그렇다면 다행이구먼. 같이 온 처녀는 영 음식을 안 들기에 우리 집 음식이 입에 맞지 않나 싶었다오."

당문정이 혹시 독이라도 들지 않았나 긴장된 표정으로 내내 헛손질만 하던 양예청을 슬쩍 한 번 쳐다보며 말했다.

"아닙니다. 너무 맛있어서 과식까지 한 것 같습니다."

설수연이 다시 미소를 지으며 답했다.

"고맙구먼. 험험! 그런데 아까 우리가 어디까지 얘기했던가?"

당문정이 잠시 생각하는 표정을 지으며 고개를 갸웃거렸다.

"그렇지! 처녀의 이름을 소개받고 처녀가 누군지를 물었었지?"

당문정이 생각났다는 듯 무릎을 치며 고개를 끄덕였다.

"이젠 식사도 끝났고 하니 이 늙은이의 질문에 답을 해줄 때도 되었지 않은가?"

당문정이 정색을 하며 설수연을 쳐다보았다.

그때는 잘 몰랐지만 지나고 보니 자운엽에게 철저히 당해 피독주까지 내어준 것 같은 기분이 들었기에 그 복수까지 설수연에게 하고 싶은 당문정이었다.

"할아버지는 자꾸 왜 그러세요? 물어보지 않아도 뻔히 알 만한 사실을 가지고……."

다시 당유화가 나서며 말렸지만 당문정의 표정은 전혀 변함이 없었다.

"허허! 처녀는 이 늙은이의 말이 우스운 모양이구만."

환한 미소와 함께 자신의 공격에도 크게 흔들리는 모습을 보이지 않는 설수연을 보며 당문정이 공격의 수위를 높였다.

"전 이곳 당문에 어떤 물건을 교환하러 온 사람입니다."

끈질기게 정체를 묻는 당문정의 질문에 설수연이 차분한 목소리로 자신의 정체(?)를 밝혔다.

"물건을 교환하러 온 사람?"

좀 색다른 방법으로 자신의 정체를 밝히는 설수연의 답을 들은 당문정이 노안을 껌벅거렸다.

"당문의 사돈 총각께서 이걸 제 목에 걸어주며 당문으로 가져가면 당문의 가주께서 백온옥과 교환해 주실 것이라 하더군요."

설수연이 대답을 끝내고는 목에 걸고 있던 피독주를 꺼내 식탁 위에 올려놓았다.

"저, 저것은 청명주(淸命珠)!"

"어허! 저것이 어찌……?"

당문의 문양이 선명히 새겨진 피독주를 보며 당문 식구들이 저마다 한마디씩 하며 설수연이 식탁에 올려놓은 피독주에 시선을 고정시켰다.

"그 일은 어르신께서도 익히 알고 계시는 일이라고 하더군요."

설수연이 여전히 변함없는 미소와 함께 당문정을 쳐다보았다.

'어이쿠!'

예상치 못한 설수연의 역공을 받은 당문정이 내심 비명을 질렀다.

어쩐지 만만치 않은 처자 같다는 느낌은 받았지만 이 정도일 줄은 몰랐다. 남궁가로 향하는 도중 자운엽에게 그런 약속이야 했지만 아무래도 속은 것 같았고, 사돈 관계란 사실을 내세워 은근슬쩍 넘어갈 수도 있었는데 설수연의 개입으로 꼼짝없이 백온옥을 뺏기게 생겼다는 생각에 당문정의 표정에는 낭패감이 흘러넘쳤다.

"제가 잘못 알고 있었나요? 그랬다면 정말 죄송합니다. 손이 부끄럽군요."

딩천의가 대답없이 한참 멍하니 식탁 위의 피독주만 쳐다보고 있자 설수연이 얼른 미소를 지우고 당황한 표정과 함께 내밀었던 피독주에 손을 가져갔다.

"아니오, 소저의 말이 맞소."

설수연의 손이 피독주에 닿으려는 찰나, 당천의가 체념한 얼굴로 대답했다.

"그렇군요. 전 제가 잘못 알고 있는 줄 알고 얼마나 부끄러웠는지……."

설수연이 다시 손을 내리며 환한 미소를 지었다. 그 미소를 대한 당문의 식솔들이 모두 꿀 먹은 벙어리처럼 입을 닫고 있었다.

손이 부끄럽다며 당황하던 모습을 볼 때는 안타깝기 그지없다가 당천의의 시인에 안도하는 미소를 보니 자신들도 불식간에 한숨을 내쉴 만큼 안심이 되었다.

그런데……

예쁜 처녀를 무안하게 하지 않아 안심이 되는 것까지는 좋았지만 가문의 무가지보인 백온옥의 행방은?

차츰 그런 현실이 인식되자 한 사람 한 사람 표정이 달라지기 시작했다.

"형님, 방금 그 말이 사실입니까?"

"아주버님, 어쩌자고……."

"형님! 백온옥은 우리 가문에 없어서는 안 될 보물입니다! 그런데……."

잠깐 동안의 침묵이 있는 후 남녀노소 이구동성으로 소리를 질렀다.

"그때는 그럴 수밖에 없는 상황이었다. 그리고 그건 가주의 결정이다!"

당문정이 무거운 표정으로 소리를 지르자 웅성거리던 소란이 잠시 가라앉았다.

"아무리 그렇지만 형님! 아이들이 독을 시험하다 중독되면 백온옥만이 그걸 완벽하게 해독할 수가 있지 않습니까? 저 청명옥으로는 한계가 있습니다!"

당문정의 둘째 아들 당천우(唐天宇)도 나서며 경악에 가득 찬 소리를 질렀다.

"우리 가문에서 아직까지 백온옥을 써야 할 만큼 심각한 중독을 당한 사람은 없었다. 그러니 앞으로도 청명옥만으로도 충분할 것이다. 다른 소리는 하지 말거라. 그건 당가 기주의 약속이었다!"

당천의가 다시 한 번 잘라 말하자 모두들 마지못해 입을 다물었다. 그러나 당가 사람들 모두의 표정에는 더할 수 없는 비통함이 어려 있었다.

"너는 어서 가서 백온옥을 가져오너라!"

잠시 후 당천의가 누군가를 보며 외쳤다. 그러나 명을 받은 청년은 움직일 생각을 하지 않았다.

"어서 가져오지……."

"아닙니다, 기주님."

당천의가 다시 한 번 고함을 치려는 찰나 설수연의 목소리가 당천의의 말을 가로막았다.

"제가 아무것도 모르고 실수를 하였군요. 전 청명옥이 어떤 건지, 백온옥이 어떤 건지도 모르고 어르신의 짓궂은 장난에 잠시 순간을 모면하고자 꺼낸 말입니다. 백온옥이 그런 물건이라면 저보다는 당문에 절실히 필요한 물건이군요. 전 이것만으로도 충분합니다. 그러니 없었던 얘기로 해주십시오."

설수연이 차분한 표정으로 말을 끝내자 실내에 쥐 죽은 듯한 침묵이 흘렀다.

남자들은 못 느꼈겠지만 '저 여우 같은 계집'이라는 표정으로 설수연을 쳐다보던 당문의 여인들도 설수연의 말을 듣자 모두 그런 표정을 씻은 듯이 지워 버리며 설수연의 입만 쳐다보았다.

"그, 그래도 되겠는가, 처녀?"

당문정이 감격에 겨운 눈빛으로 설수연을 쳐다보았다.

"그렇습니다, 어르신. 전 이것을 목에 걸고 다니는 것도 무척 무겁거든요. 그런데 아무래도 백온옥은 좀 더 무거울 듯하니……."

설수연이 쑥스런 미소를 지으며 청명옥을 바라보자 당문의 식구들 얼굴에 말로 표현할 수 없는 안도의 미소가 번져 나갔다.

백온옥은 결코 청명옥보다 크지 않다.

크기나 무게로 따지자면 오히려 청명옥의 반도 되지 않는다. 그러기에 목에 걸고 다니기에는 백온옥이 훨씬 나을 것이다. 그러나 그것은 아주 사소한 이점일 뿐이다.

백온옥의 피독력!

그것은 청명옥에 비할 바가 아니다. 가주 당천의의 말대로 용독의 최고가인 사천당문에서 독을 잘못 다루어 백온옥으로 피독을 할 만한 상황은 아직 발생하지 않았다. 어떤 심각한 상황에서도 자신들의 용독술로 해독이 가능했고, 청명옥의 피독력이 가미된다면 완벽했다. 그것은 앞으로도 그럴 것이다. 그래서 백온옥은 당문에서 불필요한 피독주일지도 모른다.

그러나 그것을 역으로 생각해 본다면?

사천당문이 독의 종가이기 때문에 당문의 사람들은 언젠가는 가장 지독한 상태로 중독당할 가능성이 있다. 그것은 아마 누군가 다른 사람들에게 당한 것보다는 스스로의 독에 그렇게 될 확률이 높았다. 그때는 중원 어느 곳에 있는 명의도 그 독을 해독시킬 수 없을 것이다.

그러기에 당문은 중원 어느 가문보다도 백온옥이 필요한 곳이다.

그런 생각을 본능적으로 하고 있던 당문의 사람들은 이대에 걸쳐 너무나 당문 사람 같지 않은 전, 현 가주 당문정과 당천의 기행에 경악하면서도 가주의 약속이라는 한마디에 통탄을 삼키고 있다가 백온옥이 뭔지, 청명옥이 뭔지도 모르고 피독력이 높으면 당연히 크기도 클 것이라 지레짐작하고 백온옥을 사양하는 설수연의 말에 가슴속 깊숙한 곳에서 쾌재를 외쳤다.

만약 그 쾌재가 가슴 밖으로 터져 나왔다면 식탁 위에 있는 대부분의 그릇들이 멀쩡한 모습으로 남아 있지 않겠지만 다행히도 누구 한 사람 그 함성을 밖으로 터뜨리지는 않았다.

“정말 고맙구만, 처녀. 백온옥은 독을 다루는 우리 가문에 없어서는 안 될 물건일세. 그것이 가주의 약속 때문에 처자에게 건네져서 우리 가문을 떠나게 되었다면 우리는 며칠 동안 밥맛을 잃었을 것이라네. 그것을 알고 사양해 준 처녀의 처사에 감사하고 또 감사할 따름이네.”

가주 당천의의 부인인 경국려(庚菊麗)도 감탄 어린 표정으로 설수연을 쳐다보았다.

약속의 당사자도 아니면서 대뜸 나서 백온옥을 바꿔가겠다는 말을 들었을 때는 주리를 틀고 싶은 심정이었지만, 그것이 뭘 모르고 한 소리라며 얼른 백온옥을 사양하는 모습을 보니 몇 년 만에 본 친딸처럼 안아주고 싶은 심정으로 바뀌었다.

“대신에 청명옥을 하나 더 줄 터이니 사돈 총각과 사이좋게 걸고 다니게나."

경국려가 목에 걸고 있던 청명옥을 꺼내어 설수연에게 내밀었다.

"아닙니다. 이것 하나만으로도 충분한데, 하나를 더 가진다는 것은 과유불급이라는 생각이 듭니다."

설수연이 당황한 표정으로 손을 내젓자 경국려가 내밀었던 손을 거둬들이며 천천히 고개를 끄덕였다.

"그렇겠구만. 두 개씩이나 가질 필요는 없는 물건이지. 서로 떨어지지 않는 이상 처녀 목에 걸려 있다면 사돈 총각도 걱정할 필요가 없을 테고……."

경국려가 설수연과 자운엽을 번갈아 쳐다보며 인자한 미소를 지었다.

"그럼 다른 것을 하나 선물할 테니 말해 보시게. 가주의 약속이 있었던 일이니 뭐라도 보상을 해주고 싶구먼. 우리 가문에는 아녀자들이 호신용으로 쓰기에는 더없이 좋은 물건들이 많이 있다네."

경국려가 꺼냈던 청명옥을 다시 품속으로 넣으며 당천의를 쳐다보았다. 또 한 개의 청명옥을 선물하겠다는 결정은 자신의 목에 걸린 것이니 자신의 생각대로 할 수 있었지만 당문의 비밀 암기 하나를 선물하겠다는 것은 최종적으로는 가주의 허락이 있어야 하는 일이다.

경국려의 생각을 읽은 당천의가 천천히 고개를 끄덕였다.

그렇게 두 사람의 시선이 마주치고 다른 시선들도 당천의와 경국려에게로 모이는 순간, 설수연의 시선은 자운엽에게로 향했고 자운엽의 표정에 참기 힘든 듯한 억눌림의 미소가 스쳐 지나갔다.

"안 그래도 한 가지 부탁할 일이 있었는데 먼저 말씀을 해주시니 고맙습니다."

아무도 모르게 자운엽과 시선을 교환한 설수연이 가볍게 고개를 숙이고는 다시 말했다.

"무슨 부탁인지 말해 보시게."

경국려가 뭐든 들어주겠다는 듯이 재촉했다.

"제 부탁은…… 여기 이 사람의 의제 부부와 중원 여행을 한 일 년 같이 하고 싶습니다. 의형제의 연을 맺었다고 하나 같이했던 시간이 너무 짧은지라 서로 아쉬움이 많아 보이더군요."

설수연이 본론만 간단히 말하고는 경국려를 쳐다보았다.

그렇지 않아도 하고 싶은 부탁이 있었다는 말에 궁금한 표정을 하던 경국려는 설수연의 부탁이란 것이 암기나 독이 아니라 종리재정 부부와 함께 중원 여행을 하고 싶다라는 것이자 잠시 뜻밖이라는 표정이 되었다가 이해가 간다는 눈빛으로 미소를 지었다.

가족이 없는 것으로 알고 있는 사돈 총각과 그와 비슷한 처지인 종리재정, 그리고 정체는 모르겠지만 사돈 총각과 가족 관계가 될 것 같은 처녀가 한 일 년 같이 여행을 하며 정을 붙일 기회를 갖고 싶다는 말은 가슴에 와 닿는 바가 있었다.

"그런 부탁이라면 뭐 어려울 것이 있겠는가? 내일 당장에라도……."

"안 됩니다, 그건!"

경국려가 흔쾌히 설수연의 부탁을 들어주려는 찰나 백철형의 목소리가 거칠게 울려 퍼졌다.

그 목소리는 자운엽과 종리재정에게 우호적인 표정을 하던 모습과는 너무 달라 백온옥을 넘겨줄 위기를 모면하고 찻잔을 든 채 안도의 표정을 하고 있던 모든 당문 식구들을 다시 긴장의 소용돌이 속으로 몰아 넣었다.

"왜 안 된다는 것인가요, 고모부님?"

경국려가 무척 당황한 표정으로 백철형을 쳐다보며 질문했다.

당문에서 제일 괴팍하고 다루기 힘든 백철형이긴 했지만 당유화와 그 신랑에게만큼은 친딸, 친사위 이상으로 자상하게 대해주는 사람이었다. 오죽하면 당문의 녹탄로를 종리재정에게 물려주겠다는 말을 하러 생전 얼굴을 내밀지 않던 이런 자리에까지 왔겠는가? 그렇다면 당유화와 종리재정의 중원 여행은 쌍수를 들어 환영해야 할 것인데 오히려 고함을 치며 막는 모습은 도저히 납득이 가지 않았다.

"아까도 말했듯이 저 아이는 내일부터 녹탄로를 물려받고 당문을 위해 그동안 하지 못했던 일을 해야 할 것이오. 그런데 또 일 년이나 가문을 떠나 있게 둔다는 것은……."

"그 말은 너무 성급한 게 아니오, 매형?"

백철형의 말을 중간에서 자르며 당천경이 불쑥 고함을 질렀다.

녹탄로가 누구 차지가 될지는 내일 아침 자신의 아들과 종리재정이 만든 검을 부딪쳐 봄으로써 결정될 일이다. 어느 한 곳도 이질적인 빛을 발하지 않고 완벽하게 똑같은 묵광을 발하고 있는 병신 놈의 검이 신경이 쓰이긴 했지만 굵디굵은 강철 막대기도 무 베듯 베어내는 아들의 보검이라면 충분히 자를 수 있을 것이다. 그런데도 마치 녹탄로의 주인은 이미 정해진 듯 행동하는 백철형을 보며 당천경은 다시 분기탱천한 모습이 되어갔다.

"아직까지는 녹탄로의 주인이 누가 될지 결정되지 않았소. 그런데도 매형은 마치 저 아이가 녹탄로의 주인이나 된 듯이 말하는구려."

당천경이 노골적으로 기분 나쁘다는 표정을 지었다.

"난 내가 확신하는 말만 할 뿐이네."

백철형이 짧게 내뱉고는 입을 다물었다.

자신의 눈에는 내일 아침 당유성의 검이 저 묵검에 두부처럼 잘려져 나가는 모습이 선명하게 보이고 있었지만, 어쨌든 모든 사람들 눈에 직접 증명되는 것은 내일 아침의 일이다.

그때까지는 오로지 자신 혼자만의 확신일 뿐이었다.

안타까웠다.

그 광경을 지금 당장 보여주지 못하여 옥석의 구분이 내일 아침에나 가능하다는 것은 너무 안타까운 일이었다. 그 때문에 또 일 년이 늦어진다면 그만큼 갈망의 시간이 더 늘어날 것이다.

최초의 갈망은 손가락 두 마디만한 작은 암기에서 시작되었다.

가장 단순하면서도 어떤 복잡한 장치가 부착된 것보다 더 확실하게 동작하는 암기!

자신이 평소에 휘두르던 망치를 잘못 다루어 뒤통수를 가격했더라도 그런 충격은 받지 못했을 것이다.

가장 단순하면서도 가장 정확한 동작을 하는 그런 암기야말로 암기를 만드는 사람들이 궁극적으로 추구하는 물건일 것이다.

그것은 갈망을 넘어선 안타까움이었다.

그러나 그 갈망은 기적처럼 이루어졌다.

술에 절어 고주망태가 되어 있었지만 그놈이 당문의 식구가 되어 자신 앞에 나타난 것이다.

마차에서 내리자마자 폐인처럼 널브러진 모습에서는 그 솜씨를 확인할 수가 없었지만 술이 깨고 나면 자신의 갈망을 해소시켜 줄 것이다.

긴 기다림이었지만 놈은 무인검을 만들어 다시 그 안타까움과 갈망에 불을 질렀다.

당장이라도 녹탄로를 넘겨주어 갈망을 풀어야겠다는 생각에 맥박까지 빨라져 이곳까지 얼굴을 내밀었다.

그런데 또 일 년이라면…….

흰머리가 수백 개는 더 늘 만한 기다림의 기간이다.

'멍청한 놈!'

백철형은 불만 가득한 표정을 짓고 있는 당천경의 얼굴을 쳐다보고는 통한의 한숨을 내쉬었다.

사리사욕에 눈이 어두워 옥석을 구분 못하는 놈!

오로지 자신의 이름만을 날리기 위하여 눈에 불을 켜고 안달하는 구역질나는 놈!

저런 놈은 언제가 자신의 악명을 위하여 당문 전체를 위험에 빠뜨릴 수 있는 놈이다.

저놈 같은 인간들 때문에 당문으로 불어닥칠 폭풍을 막기 위해서라도 저 아이는 꼭 필요하건만…….

탄식처럼 이어지던 백철형의 상념은 다시 들려오는 당천경의 목소리에 의해 끊어졌다.

"매형은 신이 아니오! 그러니 내일 아침이면 증명될 일을 성급하게 확신이니 뭐니 하며 떠들건 없소. 그리고 저 아이들의 중원 여행을 허락할 사람은 가주이지 매형이 아니오."

당천경이 딱딱 끊어질 듯 말을 맺고는 당천의를 쳐다보았다.

"당문의 품을 떠날 뻔했던 백온옥을 되찾아준 것이나 마찬가지인 사람의 부탁이니 나로선 거절할 수는 없지만… 이런 경우는 당사자들의 의견이 우선한다고 생각하네."

당천경의 눈빛을 받은 당천의가 신중하게 답하고는 당유화와 종리재정에게로 시선을 돌렸다.

"자네, 그리고 유화의 생각은 어떠냐? 중원 여행을 하고 싶으냐?"

당천의가 종리재정 부부의 의견을 묻자 두 사람의 얼굴에 난감한 빛이 어렸다.

그동안의 답답했던 마음을 훌훌 털어버리고 여행을 하고 싶은 마음은 간절했지만 친아버지처럼 자신들을 돌보고 정을 주었던 백철형의 완강한 반대가 마음에 걸렸다. 이제껏 자신들이 아는 바로 백철형은 단 한 번도 허튼 행동이나 허튼 말을 하지 않았다. 저런 완강한 반대 뒤에는 무슨 곡절이 있을 것 같았다. 그런 생각에 당유화도 종리재정도 쉽게 답을 하지 못하고 백철형의 눈치만 살폈다.

그러나 백철형의 눈은 여전히 완강하게 거절의 빛을 발하고 있었다.

안타깝지만 거절할 수밖에 없었다.

당유화가 체념한 표정으로 입술을 움직이려는 순간, 설수연의 목소리가 조용하게 흘러나왔다.

"시댁에도 한 번쯤 가봐야 하지 않나요? 일 년도 넘었으니 시아버님께서 많이 기다리실 텐데……."

설수연의 목소리에 물길의 방향이 완전히 돌려졌다.

"정말 대단하군요, 아가씨. 하하!"

저녁 식사를 마치고 숙소로 돌아오며 자운엽은 설수연을 쳐다보며 참았던 웃음을 토했다.

자신이 종리재정 부부를 어떻게 당문에서 빼내갈까 고심하는 것을 보고 목에 걸린 피독주를 이용하면 될 것 같다면서 맡겨달라던 때는 반신반의했었는데, 깜짝 놀랄 정도로 상황을 이끌며 완벽히 마무리하는 모습을 생각하니 자꾸만 웃음이 터져 나왔다. 동시에 어깨 한쪽이 한없이 가벼워지는 것을 느꼈다.

"네가 하던 방법을 그대로 따라 하니 모두 술술 풀려 나가던걸. 이젠 나도 다 배웠나 봐. 푸후!"

설수연도 자운엽을 쳐다보며 웃음을 터뜨렸다.

"무슨 얘긴가요, 두 분은?"

당문 식구들과 있을 때는 숨도 크게 쉬지 못하고 질려 있던 양예청이 긴 한숨을 토해내며 동그랗게 뜬 눈으로 두 사람을 쳐다보았다. 자신으로서는 두 사람의 행동에서 전혀 이상한 점을 발견하지 못했는데 참았던 웃음을 터뜨리며 나누는 두 사람의 대화를 들으니 자신이 모르는 무슨 음모(?)가 있는 것 같았다.

"아니, 아무것도 아니야. 그냥 일이 잘 풀려서 기분 좋아서 하는 소리야."

설수연이 얼버무리며 얼굴 가득 떠올라 있던 미소를 지웠다.

"그런데 백온옥을 포기해서 아깝지 않습니까?"

숙소가 가까워진 정원 근처에서 자운엽이 천천히 걸음을 멈추며 설수연을 향해 질문했다.

"그럼, 두 분은 천천히 얘기 나누다 들어오세요. 전 잠자리를 준비해 놓을게요."

양예청은 언제나처럼 눈치 빠르게 숙소로 먼저 들어갔다.

"백온옥은 어차피 바꿔갈 물건이 아닌 것 같았어. 가주의 약속만 내세워 백온옥을 이것과 바꿨더라면 두고두고 당문 사람들의 원한을 샀을 거야. 그런 물건이라면 다른 용도로 사용하는 게 낫잖아?”

설수연은 백온옥과 바꾸겠다고 청명옥을 꺼내놓았을 때 모든 당문 사람들의 얼굴에 비치는 적의를 생각하며 아찔하다는 표정을 지었다.

“그런데…….”

대화를 이어가려던 설수연이 저만치서 다가오는 인기척을 느끼고는 입을 다물었다.

어둠을 뚫고 인기척과 함께 두 사람 앞에 나타난 사람은 고집스런 얼굴을 한 백철형이었다.

“음식들은 잘 드셨소, 소저?”

다가오자마자 백철형은 자운엽은 안중에도 두지 않고 설수연을 향해 인사를 건넸다.

“네, 맛있게 먹었습니다. 음식이 입에 맞더군요.”

설수연이 고개를 끄덕였다.

“다행이구려. 같이 있던 처녀는 전혀 못 먹는 것 같더니…….”

백철형이 잠시 뜸을 들인 후 다시 설수연을 쳐다보았다.

“소저는 청명옥과 백온옥 중 어느 것이 더 클 거라고 생각하시오?”

잠시 설수연의 눈을 응시하던 백철형이 느닷없는 질문을 던졌다.

“무조건 크다고 해서 피독력이 높은 것은 아니겠지요.”

“그 말은……?”

“피독력은 높지만 백온옥이 청명옥보다 오히려 더 작을 수도 있겠지요. 당문 사람들의 표정을 보니 틀림없이 그럴 것 같더군요.”

설수연이 백철형의 고집스런 눈빛에 전혀 주눅 들지 않고 담담하게 답했다.

“내 짐작이 맞았군. 완벽하게 당했어.”

백철형이 눈길을 거두며 한탄 어린 목소리로 중얼거렸다.

"그럼 두 분… 대화들 나누십시오. 전 들어가서 쉬도록 하겠습니다. 심력을 많이 소모했더니 좀 피곤하거든요."

설수연이 가볍게 고개를 숙이고는 숙소로 들어가자 백철형의 고집스런 얼굴에 허탈한 미소가 어렸다가 얼른 사라졌다. 그리고는 훨씬 더 괴팍한 표정으로 바뀌며 자운엽을 쳐다보았다.

"그런데 여긴 어쩐 일로……."

백철형의 눈빛을 대한 자운엽이 떠올라 있던 미소를 천천히 지우고 정색을 하며 물었다.

"왜 데려가려 하는가?"

백철형의 목소리에 수만 개의 가시가 돋쳐 자운엽을 향해 쏘아져 나오는 듯했다.

"사돈어르신과 같은 이유지요."

"같은 이유?"

"그놈의 솜씨 때문에 사돈어르신도 못 데려가게 하려는 게 아닙니까?"

자운엽이 여유있는 표정으로 대답했다.

"그 묵검만으로는 부족한가?"

"그렇습니다. 그놈과 제수씨의 도움이 꼭 필요합니다."

자운엽이 일절 다른 토를 달지 않고 짧게 답했다.

그 대답을 들은 백철형이 으음! 하고 신음인지 한숨인지 모를 소리를 뿜어냈다.

"무슨 일을 벌이려고 그러는지 모르겠지만 자네 같은 사람이라면 평범하게 칼이나 암기 정도를 만들려는 것은 아닐 것이라는 짐작이 드네.

그러니 그만큼 위험도 따르겠지?"

백철형의 눈빛이 어둠을 가르고 찌르듯이 자운엽의 망막을 향해 쏘아져 왔다.

"여기도 그리 안전해 보이지는 않는군요."

"무슨 소린가?"

백철형의 눈 사이가 좁아졌다.

"아까 어르신을 매형이라고 부르던 사람의 눈빛을 보니 심상치가 않더군요. 녹탄로인지 뭔지… 이대로 그놈이 차지한다면 무슨 사단이 일어날 것……."

"내가 있는 한 그런 짓은 통하지 않네!"

백철형이 자운엽의 말꼬리를 자르며 목소리를 높였다.

"그냥 녹탄로라는 화로는 그 사람에게 주고 제 의제 놈에게는 다른 화로를 물려주는 것도 괜찮지 않습니까?"

백철형의 눈치를 살피며 자운엽은 슬쩍 한마디 던졌다. 당문 정도라면 그런 화로쯤은 얼마든지 더 만들 수 있을 것이거늘 유독 그 녹탄로를 고집하는 이유를 알고 싶었다.

"그놈들에게 그 녹탄로가 넘어갔다가는 당문은 멀지 않은 장래에 몰락의 길을 걷게 될 걸세."

자운엽의 말이 끝나자마자 얼굴 가득 조소와 함께 백철형의 말이 터져 나왔다.

"우리 당문이 이처럼 아무 탈 없이 번성하고 있는 것은 헛된 야욕을 철저히 경계하고, 독과 암기의 제작에 엄격한 통제를 하고 있는 전, 현 가주 덕분일세. 자네도 느꼈다시피 마음대로 녹탄로를 증설하고, 또 마음대로 암기와 독을 만들게 하면 당천경 그놈은 제철 만난 메뚜기처럼 극악무도한 암기를 만들어 악명을 떨치고, 당문은 금세 흑도의 무리로 낙인찍히게 될 걸세. 그럼 그 운명은 뻔한 것이지. 제놈 하나 이름 날리고 온 가문 전체가 폭삭 내려앉는 일이 생길 거란 말일세. 그러니 녹탄로는 절대로 그놈들 손에 넘어가서는 안 되네.”

백철형은 현 당문의 분위기와 상황을 짧으나마 소상히 자운엽에게 설명해 주었다.

“그렇군요.”

자운엽이 담담하게 고개를 끄덕인 후 다시 입술을 움직였다.

“그런데 그 부자의 처소는 어딥니까?”

“누구? 방금 말한 천경 그놈 말인가?”

자운엽이 고개를 끄덕였다.

“저곳인데, 그건 왜 묻나?”

갑작스런 자운엽의 질문에 백철형이 날카로운 표정으로 자운엽을 쳐다보았다.

“검을 얻은 값을 해야지요.”

“검을 얻은 값?”

백철형이 눈이 가늘어졌다.

“또한 그 바보 같은 놈의 앞날을 위한 일도 아울러.”

자운엽의 눈빛이 어둠을 가르며 빛을 발하기 시작했다.

“무슨 생각을 하고 있나?”

백철형이 자운엽의 얼굴과 손에 들고 있는 묵검을 번갈아 쳐다보았다.

“후후!”

나직한 웃음과 함께 자운엽의 눈에 짓궂기 짝이 없는, 그러면서도 오싹한 느낌을 주는 한줄기 기운이 일어났다.

"능청스런 눈빛 속에 이무기가 숨어 있구만. 그것도 아주 무시무시한."

자운엽의 눈빛과 표정을 한참이나 쳐다보던 백철형이 한숨을 내쉬며 말했다.

"너무 큰 기대는 하지 마십시오. 조카 분의 검에 싹둑 잘려 나가고 웃음거리가 될 수도 있으니까요."

다시 예전의 표정으로 돌아온 자운엽이 느물거리며 말했다.

"날 바보로 아나? 그 정도였으면 아까 개울가에서 부숴 버렸을 걸세."

백철형이 다시 딱딱한 말투로 쏘아붙이며 등을 돌렸다.

"그런데 사돈한테 처음부터 끝까지 하대를 하며 말을 막하는 것 같군요. 너무 무례한 것 아닙니까?"

등을 돌리고 자신의 처소 쪽으로 빠르게 걸음을 옮기는 백철형을 향해 자운엽이 소리를 질렀다.

"얼어죽을……!"

세상만사가 다 불만스럽다는 듯한 목소리가 어둠 속에서 불쑥 튀어나왔다.

날이 밝아왔다.

어둠이 다 걷히지 않은 이른 새벽부터 당문의 사람들은 잠에서 깨어나 분주히 움직이기 시작했다.

하녀들은 물을 길어와 아침을 준비하느라 바빴고, 불이 지펴지느라 연기가 피어오르기도 했다.

그런 모습들은 아침이면 언제나 보게 되는 일상적인 움직임이었다.

그런 일상적인 움직임들 속에서 오늘은 몇 가지 비일상적인 모습들이 눈에 띄었다.

매일 새벽이면 어김없이 연무장으로 나와 암기를 던지는 연습보다는 소림의 출신이 아닌가 싶을 정도로 권각술을 단련하기에 여념이 없던 당문 최고 어른인 당문정의 모습이 보이지 않았다. 또한 새벽 공기를 마시며 느긋하게 몸을 풀거나 일찌감치 화로에 불을 붙여 열기를 올리려는 모습도 보이지 않았다.

평화로운 분위기 속에서도 뭔가 보이지 않는 한 가닥 팽팽한 긴장감이 당문 전체에 새벽 안개처럼 드리워져 있었다.

그중에서도 긴장의 기운이 조금 더 짙게 드리워진 곳은 당천경 일가가 거주하는 건물이었다. 그곳은 여느 때와 다르게 밤새도록 불이 꺼지지 않은 방이 있었고, 밤을 꼬박 지새운 듯한 움직임들도 눈에 들어왔다.

사악— 사악—

코에서 뿜어져 나오는 탁기가 검신에 닿지 않도록 종이를 입에 문 당유성은 삼매경에라도 빠진 듯한 표정으로 한 자루 보검을 닦고 있었다. 종리재정이 만든 묵검과는 전혀 반대로 새하얀 백광을 발하는 보검이 고운 헝겊이 지나갈 때마다 더욱 강한 백광을 뿜어냈다.

아마도 어제저녁부터 계속 검을 손질한 듯 당유성의 무릎 앞에는 여러 장의 면포가 수북이 쌓여져 있었다.

설아검(雪牙劍)!

눈의 이빨! 또는 눈처럼 하얀 이빨.

당유성이 지금 손질하는 검의 이름이다.

비록 녹탄로의 열기 속에서 만들어진 검은 아니었지만 재질은 종리재정이 만든 묵검과 같은 현철이었고 근 일 년에 걸쳐 제련하고 담금질하여 만든 보검이었기에 몇 달 만에 급하게 만들어낸, 날도 제대로 서지 않은 묵검 따위는 깨끗이 자를 충분한 자신이 있었다.

그런 자신감에다 밤을 새운 정성까지 가미한다면 병신 놈이 만든, 그리고 착각이었나 싶을 정도로 짧은 순간이었지만 왠지 자신을 얕보는 듯한 표정을 하던 건방진 놈의 손에 들린 묵검을 소리 하나 내지 않고 깨끗하게 자르고 꿈에 그리던 녹탄로를 차지할 수 있을 것이다. 그런 염원을 담아 당유성은 밤을 꼬박 새우며 설아검을 닦았다.

탁!

창문이 훤해지며 날이 완전히 밝아오자 당유성은 밤새도록 손질하던 설아검을 검갑에 넣었다.

"휴우—"

입에 물었던 종이를 다른 여러 장의 종이들 위에 던진 당유성은 밤새 가늘게 가늘게만 이어갔던 호흡을 길게 토해냈다. 그리고 굳었던 몸을 풀고는 가부좌를 틀었다.

밤새 검을 닦느라 소모된 기력을 운기조식으로 보충하고 나면 일견하기에도 투박하기만 한 묵검을 자를 준비가 끝나는 것이다.

눈을 감은 당유성의 호흡이 점점 더 낮아졌다.

같은 시각, 자운엽의 처소에서도 당천경 식구들이 거처하는 곳과 마찬가지로 팽팽한 긴장감이 어려 있었다. 그러나 그 긴장감은 당천경 식구들의 거처에서 뿜어 나오는 긴장감과는 사뭇 거리가 있었고, 어느 순간 무거운 한숨 소리와 함께 실망감으로 바뀌었다.

아침에 맞부딪쳐 대결을 하기로 한 묵검은 자운엽의 침상 위에 잘 놓아져 있었지만 여전히 헝겊에 둘둘 싸인 채였고 자운엽과 설수연, 그리고 양예청의 눈은 대결을 앞둔 묵검이 아니라 탁자 위에 올려진 작은 술잔에 고정되어 있었다.

"휴우—"

한참 동안 술잔을 지켜보던 세 사람은 그 술잔 안에 든 액체가 붉은색으로 변하는 것을 보고는 더없이 실망하는 모습으로 한숨을 푹 내쉬었다.

"정말 모르겠어, 어떻게 그런 반응이 일어나는지……."

한 번 더 한숨을 내쉰 설수연이 머리를 한 번 가로젓고는 뒤로 물러났다. 그리고는 자운엽을 향해 의구심 가득한 눈빛을 던졌다.

"사부님은 어떤 사람이야? 대체 어떤 사람이기에 하룻밤 사이에 이런 걸 만든단 말이야?"

설수연이 도저히 이해가 안 간다는 표정으로 자운엽을 쳐다보았다.

"저번에 말하지 않았습니까, 천재 중의 천재라고요. 그리고 천형과도 같은 체질을 극복하고자 아마 수십 년… 적어도 오십 년은 이런 연구를 하셨을 겁니다. 그리고……."

"그런 분이 만든 걸 어떻게 나보고 만들라는 거야. 너무 무리한 부탁인 것 같아."

설수연이 자신없다는 눈빛으로 자운엽을 바라보며 말했다.

"그때 천라지망 속에 갇혔을 때 탈진한 상태에서 아가씨가 준 환단은 정말 효력이 엄청났습니다. 목구멍으로 넘어가자마자 순식간에 손가락 발가락 끝까지 힘이 뻗치며 천라지망을 탈출할 수 있었죠. 그러니 충분히 만들 수 있을 겁니다."

자운엽은 점점 자신없는 표정을 하는 설수연을 달래며 말했다.

"그거야 책에 쓰여 있는 대로 따라 한 것이니까 가능했지만 이건 너무 어려워……."

설수연이 다시 작은 술잔 속에 담긴 붉은 액체로 눈을 돌리며 답했다.

"그래도 아가씨가 도와주니 제가 하던 때보다는 붉은색이 훨씬 옅어졌습니다. 그건 고무적인 일이지요. 이젠 제수씨까지 거들며 해나간다면 머지않아 성공할 수 있을 겁니다."

자운엽이 너무 걱정 말라는 표정으로 느긋하게 말했다.

"당 소저까지 악착같이 데려가려는 이유가 그거였구나."

설수연이 고개를 끄덕이며 도저히 못 당하겠다는 듯 미소를 지었다.

"같이 동행하게 되었을 때 어느 표국에서 쇄혼혈편독에 반응을 하는 물질과 천리추종향을 만드는 솜씨가 놀랄 만했습니다. 아가씨와 힘을 합친다면 사부님께서 주신 영약의 비밀을 풀고 그런 방식으로 영약을 만들 수가 있을 겁니다. 그리고 틈틈이 저도 그 배합에 어떤 비밀이 숨겨져 있는지 찾아보도록 하겠습니다. 처음에는 단순한 술 한 병과 좁쌀, 도토리, 고기 껍질 등에서 도저히 연관성을 찾을 수 없었지만 조금씩 그 비밀을 벗길 수 있을 것도 같으니 꼭 성공할 수 있을 겁니다."

자운엽이 확신에 찬 표정을 지었다.

"푸후!"

그런 자운엽의 표정을 물끄러미 쳐다보던 설수연이 웃음을 터뜨렸다.

"단 한 번도 포기하는 걸 못 보겠어. 천하의 고집쟁이야."

설수연의 미소가 더 짙어졌다.

“그런가요?”

자운엽도 따라 웃으며 설수연을 쳐다보았다.

“그래. 그런데 그건 왜 사부한테서 못 훔쳐 왔어? 그것도 훔쳐 왔으면 쉬울 텐데.”

설수연의 눈에 장난기가 피어오르며 자운엽을 바라보았다.

“사부님께서 안 보실 때 이것저것 많이 훔쳐 두었는데 그런 건 안 보이더군요. 아마 그건 동굴 더 깊은 곳에 있지 않았나 싶습니다. 다음엔 그쪽에 있는 것도 기필코 훔쳐 내겠습니다. 그땐 아가씨가 망을 좀 봐 주십시오.”

“깔깔깔!”

자운엽과 설수연의 대화를 말없이 듣고 있던 양예청이 배를 잡고 웃음을 터뜨렸다.

“세상에… 두 분은 어떻게 그렇게 죽이 잘 맞아요? 자 공자님은 그렇다 치더라도 아가씨까지 그럴 줄은 몰랐어요. 공자님께서 착하고 순진하신 우리 아가씨를 똑같은 사람으로 만들어놓은 것 같아요. 푸후후!”

양예청은 다시 웃음을 터뜨리며 두 사람을 번갈아 쳐다보았다.

“무슨 웃음소리가 그렇게 커? 깜짝 놀랐어.”

설수연이 양예청을 향해 살짝 눈을 흘기고는 따라 웃었다.

“그런데 그 약을 만들어서 뭘 하려고 그래? 넌 그런 건 필요없잖아?”

미소를 지우고 정색한 설수연이 다시 의문스런 눈빛을 했다.

말을 타고 자신을 구하러 왔을 때 현상금을 노린 맹호방의 무리들을 휩쓸던 무위와 천마성주의 제자인 오빠와 대결하던 모습에서 뿜어져 나오던 자운엽의 내력은 영약 따위에 연연할 수준이 아니었다. 그런데도 집요하게 사부가 준 영약의 비밀을 캐내려 하는 자운엽의 모습은 궁금증이 일게 했다.

"확실히 성공하고 나면 아가씨도 하나 복용하고, 양 소저도……."

"그럼 우리가 그 약의 실험 대상까지 되어야 하나요?"

양예청이 동그란 눈으로 자운엽을 쳐다보며 소리를 질렀다.

"그럴 리가요? 그걸 실험해 줄 사람은 따로 있습니다."

자운엽이 얼른 손을 내저으며 답했다.

"누군데, 그 사람은?"

다시 뭔가 말하려는 양예청을 만류하며 설수연이 침착한 표정으로 물었다.

자신에게는 아무 필요도 없는 약을 그렇게 악착같이 만들려고 하는 이유는 방금 자운엽이 말한 그 사람 때문이라는 생각이 들었다. 당유화와 종리재정을 데려가고, 단번에 내공을 상승시킬 수 있는 영약을 만드는 것 등등이 서서히 하나로 귀결되어 간다는 것을 느낀 설수연의 눈빛은 점점 더 깊은 빛을 발했다.

"한때 같이 일하며 손발이 잘 맞았던 사람이 있습니다. 싫어도 조만간 다시 만나게 될 사람입니다."

자운엽의 얼굴에 반가움인지 지겨움인지 모를 표정 하나가 어렸다.

"그럼 그 사람에게 주려고……?"

"그 사람에게 준다기보다는 제일 먼저 그 사람들에게 실험을 해봐야죠. 그래서 확실한 약효를 발휘하면 아가씨랑 양 소저에게도 드리겠습니다."

자운엽이 양예청을 쳐다보며 거듭 안심해도 좋다는 표정을 지었다.

"그 사람은 누군데… 그걸?"

설수연이 조심스럽게 물었다.

"후후! 날보고 사숙이라 부르겠다더군요. 나이로 따지자면 그 사람이 큰형님뻘이지만, 어찌어찌 족보를 따져 보니 내가 자기 사숙뻘이라더군요."

"그럼 사질도 있단 말인가요?"

자운엽의 말을 듣고 있던 양예청이 웃어야 되는지 말아야 되는지 모르겠다는 표정으로 자운엽을 쳐다보았다. 의제라는 사람과의 관계도 뭔가 이상하기 짝이 없는 것 같았는데 사질은 또 어떨지 쉽게 상상이 가지 않았다.

"사질?"

자운엽이 양예청의 말을 되뇌며 눈살을 찌푸렸다.

"그렇잖아요? 공자님께서 사숙이면 그 사람은 사질이죠."

양예청이 당연하지 않느냐는 듯 반문했다.

"소름 끼치는군."

단철패와 그 일당들의 얼굴을 떠올린 자운엽이 천장을 쳐다보며 중얼거렸다.

"그럼 그 사람들의 무공을 높이기 위해……."

설수연이 조금은 의문이 풀린 표정으로 다시 물었다.

"무공은 별로지만 심부름 하나는 칼같이 했습니다. 그러니 앞으로도 제대로 부려먹으려면 내공과 무공을 좀 더 높여줄 필요가 있습니다."

자운엽이 장난스런 미소와 함께 얼른 말을 맺었지만 설수연의 표정에는 긴장이 어려져 갔다. 말은 빙글빙글 돌려가며 부려먹는다고 했지만 뭔가 치밀하게 준비를 해가고 있는 것이다.

천재적인 손재주를 가진 장인, 뛰어난 용독술을 지닌 당문의 여인, 그리고 내공을 단번에 높여주려고 하는 사질이라는 사람…….

설수연의 머리 속에도 어렴풋이 여러 가지의 그림이 그려지기 시작했다.

"또한 그건 강 건너 불 구경보다 더 재미있는 싸움을 시키기 위한 미끼로도 사용될…… 시간이 됐군요. 이건 제수씨와 함께 풀어보기로 합시다. 제수씨가 동참하게 되면 금방 성공할 것입니다."

뭔가 다른 용도를 설명하려던 자운엽은 얼른 입을 다물고 창밖에 떠오른 해를 보며 침상 위에 있는 묵령을 집어 들어 둘둘 말려 있는 헝겊을 풀었다. 변함없는 짙은 묵빛 그대로의 검이 잠에서 깨어나며 창가에서 쏟아져 들어온 빛을 받아 번쩍 눈을 떴다.

잘 벼리어진 보검에서 뿜어져 나오는 파리한 백광과는 전혀 다른 광채였지만 검은색 검신에서 뿜어져 나오는 묵광은 거암의 무게 같은 묵직함이 담겨져 있어 보는 이의 마음을 차분하게 가라앉혀 주었다.

"조심해. 그리고 너무 심하게는 하지 말고."

묵령을 들어 올려 깊은 눈빛으로 찬찬히 살펴보는 자운엽을 향해 설수연이 차분한 음성으로 말했다.

"하하! 알겠습니다, 아가씨. 어서 가봅시다."

자운엽이 아무 걱정 말라는 듯 미소를 짓고는 다시 묵령을 천에 감아 앞장섰다.

아침을 들기엔 조금 이른 시각, 당천경 부자의 거처 앞마당에는 어제저녁 만찬에 모인 모든 사람들과 그때는 보이지 않던 다른 사람들이 두런두런 얘기를 나누며 마당 주변에 빙 둘러서 있었다. 두 개의 검이 부딪쳐서 결판이 나는 것을 보고 난 후 아침을 들고 일상으로 돌아갈 생각인 듯 모두들 가벼운 차림으로 서서 자운엽과 당유성이 나타나기를 기다리고 있었다.

"넓은 연무장 놔두고 왜 이곳 천경 부자 처소 앞마당에서 검을 시험하려는지 모르겠군."

누군가 고개를 갸웃거리며 말했다.

"사돈 총각이란 사람이 그러는 게 예의라면서 여기서 하자고 했다더군. 그리고 집 안에 있는 사람들은 한 사람도 남김없이 나와서 구경해 주십사 하고 정중히 부탁했다는구먼."

대답 소리가 뒤에서 들려왔다.

"그런가? 그렇게 예절 발라 보이는 청년 같지는 않던데 다시 봐야겠군."

두런두런 하던 얘기는 저만치 자운엽의 모습이 보이자 그쳐졌다. 그와 동시에 당천경 식구들의 거처에서도 문이 열리며 당천경 부자와 모든 식구들이 마당으로 걸어나왔다. 당유성은 밤을 꼬박 새워 닦은 설아검을 오른손에 불끈 쥐고 있었다.

특별한 일이 아니고는 처소 깊은 곳에 애지중지 모셔놓고 보여주지도 않던 검을 굳게 쥔 당유성의 표정에는 자신도 의식하지 못하는 사이 손에 쥔 설아검에 대한 신뢰감이 드리워져 있었다.

반면, 아무렇거나 천에 둘둘 만 묵령을 들고 나타난 자운엽의 표정은 들고 있는 검에 대한 신뢰감이나 조심스러운 모습은 전혀 보이지 않았다. 오히려 마당 주변으로 빙 둘러싼 사람들의 면면을 머리 속에 각인시키기라도 하려는 듯 한 번씩 쳐다본 후 마당 옆에 서 있는 큰 정자나무, 그리고 당천경 식구들의 거처인 이층 전각을 쳐다보며 고개를 이리저리 두리번거렸다.

"허허! 저 친구는 여기 뭐 하러 나오는지 모르겠구먼."

당유성과는 달리 손에 든 검에는 전혀 신경 쓰지 않고 주변 상황에만 관심을 보이는 자운엽의 모습을 보고 당문정이 어이없는 웃음을 터뜨렸다.

"먼 여정에 피곤할 텐데 쉬지도 못하고 아침부터 이런 일을 벌이게 되어 미안하구만."

당천의가 자운엽 일행을 보고 인사를 건넸다.

"제가 자청한 일이니 그렇게 생각하실 필요 없습니다. 바로 시작하기로 하지요."

자운엽은 묵령의 검신을 감고 있던 헝겊을 풀었다.

사람의 마음을 차분하게 해주는 묵광이 아침 햇살에 반사되어 사방으로 퍼져 나갔다.

"이제 보니 저 검도 보통 물건이 아닐세!"

어제저녁 만찬에서는 그냥 단단하게 생긴 묵검으로만 생각했던 당문의 사람들이 햇살 아래에서 자태를 드러낸 묵령을 보고는 한마디씩 탄성을 토했다.

"여전하구만!"

묵령을 보고 탄성을 터뜨리던 사람들은 이번에는 검갑에서 뽑아진 당유성의 설아검을 보고 미소를 지었다.

묵령의 검신에서 뿜어져 나오는 광채는 평범한 듯하면서도 은은히 마음을 가라앉게 해주는 기운을 가진 반면, 당유성의 설아검에서 뿜어져 나오는 광채는 단번에 그것이 보검이라는 것을 나타낼 정도로 강렬하게 사람의 마음을 잡아끌었다.

묵령을 보고 갈증 뒤에 시원한 샘물을 마셨을 때처럼 상쾌하고 차분하게 가라앉았었던 마음이 설아검에서 뿜어져 나오는 백광과 함께 대번에 들뜨게 되었다.

"저놈은 언제 봐도 사람을 흥분시킨단 말이야. 볼 때마다 왠지 한 번 실컷 휘두르고 싶은 마음이 들게 하는군."

"그러게 말입니다. 녹탄로를 놓고 다툴 만한 충분한 자격이 있는 놈입니다, 유성이 저놈은."

설아의 광채에 마음이 들뜬 두 중년인이 고개를 끄덕이며 설아와 묵령을 번갈아 쳐다보았다.

그러는 사이 자운엽과 당유성은 마당 중앙으로 나와 섰다.

"꽤 괜찮아 보이는 검이오. 그러나 한 번에 승부가 안 나면 다른 말 필요없이 계속해서 부딪쳐 보는 것이 어떻소?"

자운엽이 어제저녁 당유성을 보며 피워 올렸던 미소를 다시 보일 듯 말 듯 피워 올리며 물었다.

"그런 걱정은 안 해도 좋소! 꼬리를 내려 검을 뒤로 빼지만 않는다면 단 한 번에 끝날 테니까."

당유성이 눈 사이를 좁히며 으르렁거리듯 답했다.

"어쨌든 그렇게 합시다."

자운엽이 다시 한 번 당부하며 묵령을 들어 올렸다.

당유성도 설아검을 들어 올려 비스듬히 눕혀 묵령과 부딪칠 준비를 했다.

"셋과 동시에 부딪칩시다."

자운엽이 제안하자 당유성이 고개를 끄덕이고는 숫자를 헤아렸다.

"하나… 둘……."

“셋!”

휘익!

우웅—

두 개의 검이 서로의 몸통을 노리며 무섭게 휘둘러졌다.

까강—

날카로운 쇳소리가 고막을 찢을 듯이 터져 나오며 검이 부딪친 자리에서 불꽃이 튀었다.

그 소리에 가장 가까운 곳에 있던 당천경의 미간이 와락 찌푸려졌다. 고막을 자극하는 소리 때문이기도 했지만 정작 미간을 찌푸린 이유는 두 개의 검이 부딪친 곳에서 소리가 나고 불꽃이 튀었다는 데 있었다.

아들 당유성의 검이 저 거무튀튀한 검을 한 번에 자를 것이라 믿어 의심치 않았기에, 그 믿음대로 그렇게 잘려 나갔다면 저런 소리와 불꽃은 발생하지 않아야 하는 것이다.

“이게……?”

당유성 역시 똑같은 생각으로 손아귀에 찢어질 듯한 충격을 주며 퉁겨져 나온 자신의 검을 놀란 눈으로 쳐다보았다.

머리카락도 세로로 가를 만큼 예리한 검날이기에 내력을 운기하며 휘두르면 강철 막대라도 두부 자르듯 자를 수가 있다. 그러나 그렇지 못할 경우엔 오히려 이빨이 빠질 가능성이 크다.

그러나 다행스럽게도 이빨은 멀쩡했다.

‘병신 같은 놈!’

안도감과 함께 당유성은 묵검을 보며 내심 중얼거렸다.

날이 없는 묵검이었기에 상대의 검에 흠집을 내지 못했다.

그런 검밖에 못 만드는 주제에 녹탄로의 주인 자격이 있다고?

"다시 하지 않을 거요?"

종리재정에게 속으로 욕을 퍼붓던 당유성은 자운엽의 목소리에 안광을 빛냈다.

한 번으로 안 되면 계속해서 부딪쳐 보자는 말이 기억났다.

"하앗!"

당유성이 다시 설아검을 비스듬히 휘둘러 묵령을 잘라갔다.

까강—

역시 불꽃이 튀고 쇳소리가 터져 나왔다.

"망할!"

눈썹이 역팔자로 모여진 당유성이 조금 전보다 더 강하게 검을 휘둘렀다.

까강—

여전히 불꽃이 튀고 쇳소리만 날 뿐 누구의 검도 잘려지지 않았다.

다시 두 개의 검이 충돌하고 그 간격이 짧아지더니 어느새 비무의 형태가 되고 말았다.

"아니? 저… 저……!"

"뭐 하는 짓들인가?"

서로 비스듬히 세워서 부딪치던 두 개의 검이 초식을 전개하며 맹렬히 휘둘러지는 것을 보고 모두들 한마디씩 내뱉었지만 그 소음들은 쉴 새 없이 터져 나오는 쇳소리에 묻혀 버렸다.

"타앗!"

휘두르기만 하던 당유성의 검이 베고 찌르기를 반복하며 자운엽의 심장을 노렸다. 그러나 흐릿하게 사라졌다 나타나는 듯 움직이는 자운엽의 신형은 애초에 심장이 없는 것 같았다.

서로 몽둥이질을 하듯 휘두르며 부딪치는 상황에서는 상대가 됐지만 이런 비무에서는 도저히 상대가 안 된다는 것을 느낀 당유성은 창룡비상의 자세로 허공으로 솟구쳤다.

'바라는 바다!'

비무로서는 도저히 못 당하겠지만 전력을 다한 내 칼은 네놈 칼을 자를 수 있다는 눈빛으로 날아오른 당유성을 본 자운엽도 기다렸다는 듯 당유성을 따라 훌쩍 날아올랐다.

당유성의 검을 향해 묵령이 호선을 그리며 날개를 펼쳤다.

우우웅!

이 장 가까이 날아오른 두 사람의 검이 허공에서 강하게 부딪쳤지만 당천경의 소망대로 날카로운 금속성은 나지 않았다. 대신 아들의 검이 허공 중에서 두부가 잘리듯 싹둑싹둑 잘리는 광경이 고스란히 눈에 들어왔다.

우우웅—

당유성의 검을 여러 조각으로 자른 자운엽이 그중 가장 크게 잘린 조각 하나를 향해 다시 묵령을 휘둘렀다.

파아앙!

설아검을 자를 때는 아무 소리도 내지 않던 묵령이 대호처럼 포효했다. 그리고는 시퍼런 화염을 토했다.

대호의 울음소리와 함께 뿜어져 나올 때는 화염인 듯했지만 그것은 결코 화염이 아니었다.

검신 주변에서 일렁거리는 열기 때문에 화르르 피어오르는 화염처럼 보였을 뿐, 화염과는 비교할 수 없는 열기를 내포한 벽력의 기운이 하필이면 당천경 식구들의 거처를 향해 튕겨져 나가는 설아검의 가장 큰 조각을 향해 쏘아졌다.

잘린 설아검의 조각을 형체도 없이 집어삼킨 벽력의 기운이 계속해서 뻗어 나갔고 당천경 부자의 이층 전각 중앙이 고스란히 벽력의 기운에 휩싸였다.

콰아앙! 와르르르―

벼락을 맞은 전각이 와장창 무너져 내리며 그 파편들이 폭풍에 휩싸인 듯 사방으로 흩어졌다.

화르르―

당문의 어떤 암기나 폭발물로도 이런 모양을 만들 수 없을 정도로 완벽하게 무너진 건물에서 뒤늦게 불길이 피어올랐다. 묵령이 뿜어낸 벽력의 기운에 의해 뒤늦게 타오른 불길이었다.

"어서, 어서 불을 끄……."

대경한 표정으로 고함을 지르던 당문의 한 노인이 입을 다물었다.

불을 끈다고 해도 건질 게 없어진 건물이었다. 오히려 다 타버리는 게 치우기 편할 것 같았다.

"자네……?"

한참 동안 얼어붙은 듯한 정적이 감도는 분위기를 깨고 당천의가 허탈한 눈빛으로 자운엽을 향해 다가왔다.

"언제나 이런 식이군, 자네는……. 하나도 변하지 않았어."

남궁세가에서의 여러 가지 일들을 떠올린 당천의가 몇 번 고개를 젓다가 한숨을 내쉬었다. 그때와는 또 비교가 안 되는 성취를 이룬 것 같았지만 그 성정은 조금도 변하지 않은 것 같았다.

“처음 시험해 보는 것이라 내력 조절이 서툴렀습니다. 다음부터는 조심하도록 하지요.”

자운엽이 묵령을 든 손으로 당천경을 향해 포권을 쥐었다.

“휴우—”

멍하니 서 있는 당천경 부자를 향해 정중하게 인사하는 자운엽을 보며 당천의가 다시 한숨을 내쉬었다. 빙긋 웃으며 인사하는 표정 뒤에서 뿜어져 나오는 눈빛은 목에 들이댄 칼날보다 더 섬뜩한 경고의 의미를 담고 있었다.

“준비를 해줄 테니 유화 부부와 함께 아침 식사 후 바로 떠나게.”

당천의가 단호한 음성으로 말했다.

“잘 알겠습니다.”

자운엽이 고개를 숙이고는 등을 돌렸다.

“이따위 검으로 저 묵검을 당할 줄 알았더냐? 멍청한 놈 같으니라고! 꿩도 잃고, 매도 잃고 다 잃었군.”

몇 조각으로 잘린 설아검을 힐끔 쳐다본 백철형이 오만상을 쓰며 고함을 질렀다. 그리고는 설수연과 양예청의 팔을 이끌고 가는 자운엽의 등을 향해서도 고함을 질렀다.

“일 년 후엔 꼭 돌려보내게! 안 그럼 가만 안 두겠네!”

백철형의 목소리에는 자운엽에 대한 호의와 적의가 반반씩 섞여 있었다.

당문 전체의 운명보다는 개인의 명리에만 집착하여 삼십 년 동안 사사건건 자신과 마주쳤고, 어떻게 해서든 녹탄로를 손에 넣어 대량 살상 무기와 그 무기에 극독을 바르고 싶어하는 당천경 부자의 간담을 서늘하게 해준 자운엽의 행동에 대해서는 수십 년 먹은 체증이 내려가는 통쾌감을 느꼈다.

무인검의 주인으로서 조금도 손색이 없는 무위와 섬뜩함이 느껴지는 심성에서 앞으로 자운엽의 무위와 섬뜩함이 느껴지는 심성을 충분히 느꼈을테니 자신이 병들고 뒷전으로 물러나 앉더라도 당천경 부자는 종리재정에게 어떤 허튼짓을 할 수 없을 것이다.

바보가 아닌 이상, 넓은 연무장을 놔두고 굳이 자신들 거처 앞에서 대결을 하자며 전각을 박살 낸 이유를 알 것이다.

사돈 총각이라고 하지만 종리재정이 잘못되면 전각 한쪽이 아니라 당문 전체가 무너질 수도 있을 것이다. 대결이 끝나고 당천경 부자를 쳐다보는 눈빛은 그리고도 남을 눈빛이었으니까.

그건 정말 통쾌한 장면이라는 생각이 들긴 했지만 종리재정과 당유화를 은근슬쩍 빼내가는 뒷모습은 한 대 쥐어박아 주고 싶은 심정이었다.

"명심하게! 단 하루라도 늦으면 가만 안 두겠네!"

백철형이 다시 경고했다.

"사돈에게 계속해서 말이 심하시군요!"

자운엽이 돌아보지도 않고 같이 소리를 질렀다.

◆ 제82장

진격(進擊)

진격(進擊)

두두두—

흙먼지가 자욱하게 일며 수백 필의 말이 질풍처럼 사막 위를 달렸다. 끝이 보이지 않는 지평선 너머로 해가 지며 지평선도, 지평선과 맞닿은 하늘도 붉게 타올랐다.

그 황혼 속으로 빨려 들어갈 듯 달려가는 오백여 필의 기마대는 장관을 연출했다.

히히히힝—

지평선과 하늘을 붉게 물들이던 태양이 완전히 지평선 아래로 사라지자 제일 선두에서 백염을 휘날리며 말을 달리던 노인이 속도를 늦추며 손을 들어 올렸다. 그와 함께 뒤를 따르던 기마대도 서서히 속도를 늦추며 가쁜 숨을 토해냈다.

"오늘은 이곳에서 야영을 한다! 척후병을 보내고 사방에 초병을 세워라! 그리고 나머지 인원들은 우리 모두 밤을 지낼 수 있도록 천막을 세우고 저녁을 준비하라!"

용화성이 쩌렁쩌렁한 목소리로 명령을 내리자 천마성의 무사들이 고개를 숙이며 신속히 자신의 역할을 찾아 움직였다.

설수범 일행을 제거하려는 비천용문과 서천맹의 기련산 조직이 대거 투입된 전투에서 서천맹 세력들을 격퇴시킨 용화성과 적유의 기마대는 이틀을 그곳에서 머문 후 바로 이곳으로 길을 뚫으며 치달렸다. 처음에는 격렬하게 저항하던 세력들도 천마성 무사들의 무위에 추풍낙엽이 되어 비천용문 쪽으로 도주했다.

또한 설수범 일행은 그곳에서 며칠 더 묵으며 곳곳에서 전투를 치르고 다시 모인 세가 사람들을 이끌고 이곳에서 합류하기로 한 것이다.

"용 장로님, 선두는 저에게 맡겨두시고 이제부터는 뒤에 오는 마차를 이용하시지요. 연세도 있으신데……."

적유가 용화성에게 다가가 걱정스런 표정으로 말했다.

용화성의 세수 이미 구십이 넘었다.

아무리 무공으로 다져진 강골이라도 쉴 새 없는 강행군은 무리가 있었다. 적유는 언제나 그것이 걱정이었다.

"늙었으니 뒤로 물러서라는 말인가?"

용화성이 빙그레 미소를 지으며 적유를 돌아보았다.

붉은 석양에 물든 용화성의 옆얼굴이 젊은이들처럼 혈기왕성해 보였다.

"그럴 리가요? 장로님께서는 저보다 더 정정하신 것 같습니다. 하지만 매번 그렇게 선두에서 모래바람을 마시며 말을 달리시니 모두들 미안한 마음이 드는 건 어쩔 수 없지요. 특히 우 장로님께서는……."

적유는 조만간 이곳에서 합류하게 될 우괴를 떠올리며 미소를 지었다.

"그놈은 언제나 철이 들지… 쯧쯧! 새파란 놈이 말끝마다 이 늙은이 가라는 말이 입에서 떠나지 않고 죽는 시늉과 함께 엄살을 떠는 꼴이라니……."

혀를 차는 용화성의 얼굴에도 미소가 번져 나갔다.

곁에 있을 땐 한시도 가만있지 못하고 신경을 박박 긁는 우괴였지만 한동안 안 보이니 제일 보고 싶은 사람이었다.

"그래도 새파랗다는 표현은 좀 심한 게 아니신지……?"

적유가 웃음을 참으며 말했다.

"그놈은 내 살아생전에는 언제나 코흘리개 철딱서니일 뿐이지. 어쨌든 오늘 밤이나 내일 아침까지는 다시 만날 테니 귀가 시끄럽겠구만."

용화성이 슬쩍 눈살을 찌푸리며 수통을 꺼냈다. 수통의 물을 몇 모금 마시고 적유에게 물었다.

"비천용문과의 거리는 얼마나 남았나?"

"이제 사흘만 말을 달리면 됩니다."

"사흘이라……."

적유의 대답을 들은 용화성의 노안에 서서히 불길이 일어나고 있었다. 그 불길은 지평선과 하늘을 붉게 물들이는 노을보다도 더 강한 색채와 열기를 담고 있어 비천용문에 대한 용화성의 분노가 어떠한지를 고스란히 나타내 주었다.

"얼마 후면 그놈들을 모두 쓸어버릴 수 있겠군."

용화성이 마치 눈앞에 불에 타서 무너져 내리는 비천용문의 현판을 보는 듯한 모습으로 중얼거렸다.

"놈들의 저항도 만만치 않을 것입니다. 그러니 싸움만큼은 저희들에게 맡겨주십시오."

적유가 용화성의 타오르는 듯한 안광을 물끄러미 쳐다보다 다시 염려스러운 표정으로 말했다. 평생을 천마성과 함께했던 이 노인은 서천맹의 세력이 천마성에 스며들어 천마성을 무너뜨리려 했다는 사실을 도저히 용납 못하고 손수 비천용문을 무너뜨리고, 더 나아가 기련산 곳곳에 숨겨져 있는 서천맹의 조직도 뿌리뽑으려 하고 있다. 그런 모습은 언뜻언뜻 과함이 있어 보이기도 했다.

"후후! 자네 눈엔 내가 한낱 복수만을 위해 날뛰는 노물로 보이는가?"

자신의 심중을 읽은 듯한 용화성의 질문에 적유가 벌떡 고개를 들었다.

"자네 걱정대로 내 살날도 이제 얼마 남지 않았을 것이네. 이미 구십을 훨씬 넘었으니까 말일세. 그러니 가만히 천마성에 틀어박혀 자네나 자네 사제가 그놈들을 쓸어버리는 것을 뒤에서 응원이나 하고 있다 한들 아무도 뭐라 하지 않을 걸세. 아니, 어쩌면 그게 더 어울리는 모습이고 이런 모습은 노인네의 주책으로 보일 수도 있겠지."

비천용문을 향해 이글거리는 눈빛을 하던 용화성이 온화한 미소를 지었다.

적유는 그 미소가 문득 석양보다는 일출을 닮았다는 느낌을 받았다.

"자네들 두 사람이 없었다면 그랬을 것이네. 더 이상 세상사에 아무런 의욕도 느끼지 못하고 천마성 깊은 곳에 안주하며 칼을 닦는 것으로 소일했을 것이네. 그런데 천만뜻밖에도 성주에게 자네와 자네 사제, 두 사람의 제자가 있다는 것을 알았지. 허허허!"

용화성이 너털웃음을 터뜨렸다. 너구리 성주 갈문혁의 모습이라도 떠오른 듯.

"자네들 두 사람을 보면 천마성의 미래가 보인다네. 태산처럼 굳건히 버티고 서서 온 마도의 태양이 되고, 온 세상의 우러름을 받는 그런 천마성 말일세. 마도를 악행이나 음행만을 자행하는 광신도의 무리로 교묘하게 몰아가는 허울 좋은 정파라는 인간들에게 그것은 얼마나 통쾌한 모습인가 말일세. 자네들 두 사람과 함께 앞으로도 오랫동안 태산처럼 우뚝 서 있는 천마성의 모습을 생각하면 식었던 피가 다시 끓어오른다네. 그리고 죽고 나면 한 줌 부토로 돌아갈 이 몸뚱어리를 천마성의 번영에 아낌없이 거름으로 뿌리고 싶다네. 내가 이렇게 하지 않아도 자네들 두 사람이 잘할 것이지만, 천마성과 천마성주, 그리고 그 제자들을 위협하는 무리들의 말로가 어떻게 된다는 것을 이번 전쟁으로 꼭 보여주고 싶다네. 그렇게 이 전쟁터에서 산화한다면 난 저승에서도 앙천대소를 터뜨릴 것이네."

말을 맺은 용화성의 얼굴에 스물을 갓 넘은 젊은이 같은 활력이 넘쳐 났다. 그리고 그 활력은 저 멀리서 말을 달려오는 한 무리 기마대를 보며 더욱 증폭되었다.

두두두!

오늘 밤 늦게나 합류할 줄 알았던 설수범 일행이 예상보다 빨리 도착한 것이다.

비천용문에 반기를 든 세가 사람들을 이끌고 청마수호대와 함께 질풍처럼 달려오는 설수범의 모습을 본 적유는 내렸던 말에 훌쩍 뛰어올랐다.

"이랴!"

적유가 말고삐를 잡아당기려는 순간 용화성을 태운 말은 이미 저만치 달려나가고 있었다.

"노인네가 빠르기도 하시군!"

고소를 흘린 적유도 말고삐를 흔들며 용화성의 뒤를 따랐다.

"오느라 고생 많았네."

흙먼지를 뒤집어쓴 용화성이 설수범을 보며 미소를 지었다.

"용 장로님이야말로 고생이 많으셨을 텐데 마중까지 나와주시는군요."

설수범이 용화성과 적유를 향해 고개를 숙였다.

"생각보다 빨리 왔구만, 오늘 밤 늦게나 도착할 줄 알았는데."

적유도 반가운 표정으로 설수범을 쳐다보았다.

"같이 오는 사람들이 더 서두르더군요. 덕분에 새벽 이슬을 맞으며 달리지는 않게 되었습니다."

설수범이 신속히 말에서 내려 분주하게 움직이는 세가 사람들을 보며 답했다.

이곳까지 달려온 감숙의 세가 사람들은 감숙섭가와 비슷한 처지의 사람들로 비천용문에 대한 원한이 골수에까지 사무친 사람들이었다. 가족들 중 몇 명이 그들 손에 죽었거나 가문 전체가 몰락하여 복수의 칼을 갈고 있던 사람들이었기에 한시라도 빨리 복수하기를 원했고 밤을 지새운 강행군도 마다하지 않았다. 아마 이곳에서 합류하지 않았다면 더 달리자고 해도 그렇게 할 사람들이었다.

"그런데 우괴와 미란이는 보이지 않는구먼."

용화성이 근심 어린 표정으로 고개를 빼서 야영 준비를 하느라 분주히 움직이고 있는 세가 사람들 쪽을 쳐다보았다. 일전의 혈투에서 가볍지 않은 상처를 입은 우괴와 갈미란이었기에 내내 안심이 안 되는 것이다.

"세가 사람들의 필수품을 실은 마차에 타고 같이 오고 있습니다. 잠시 후면 도착할 것입니다."

"그런가?"

설수범이 대답하자 용화성이 가볍게 고개를 끄덕였다.

"그럼 전 저 주변을 좀 둘러보고 갈 소저와 우 장로님을 모시고 두 분이 계신 천막으로 가겠습니다."

설수범이 다시 고개를 숙이고는 분주히 천막을 세우고 물건을 나르는 세가 사람들 쪽으로 사라졌다.

"낮에는 덥더니 벌써 한기가 스며드는군요. 그만 들어가시지요, 장로님."

분주히 움직이는 세가 사람들 속으로 사라지는 설수범을 잠시 쳐다보던 적유는 용화성을 모시고 천막 안으로 들어갔다.

"대체 저 사람들은 누구야?"

유진학(劉眞學)은 천막을 세우고 천막 안을 정리하느라 분주하게 들락거리다 우뚝 움직임을 멈추고는 한곳을 쳐다보며 목소리를 높였다.

"누구 말이야?"

유진학의 누나인 유진혜(劉眞慧)도 바쁘게 손을 움직이다 고개를 들고 유진학의 시선을 따라 눈길을 돌렸다.

나지막한 구릉 하나를 사이에 두고 이곳에서 부지런히 움직이는 자신들처럼 수백 필의 말과 함께 서두르고 있는 사람들이 눈에 들어왔다.

“청해성에서도 우리와 같은 처지의 가문들이 있고, 똑같이 비천용문을 치고자 이곳에서 합류한다고 했잖아?”

유진혜는 동생에게 그 사실을 다시 한 번 주지시키며 슬쩍 눈살을 찌푸렸다. 지금은 그런 데 신경 쓸 시간이 없었기 때문이다.

“뭔가 이상해.”

그러나 유진학은 여전히 일손을 놓고 구릉 너머를 쳐다보며 중얼거렸다.

가문의 터전을 반 이상 빼앗기고 더 나아가 비천용문의 일원이 되라는 협박을 끊임없이 받아오던 차에 부친으로부터 비천용문에 대항할 연합 세력이 결성되었다는 소식을 듣자마자 칼 한 자루와 함께 이곳까지 오게 되었다. 계속된 전투와 전투가 끝나자마자 신속한 진군을 거듭했기에 이런저런 생각을 할 여유가 없었지만 저 앞에 모인 사람들의 모습은 자신들과는 적잖이 이질적이었다.

이곳에 모인 감숙세가의 사람들은 여자들도 제법 있었고, 움직이는 모습들도 조금은 어수선했지만 청해성의 여러 가문에서 왔다는 저 사람들은 모든 움직임이 절도있고 일사불란해 보였다. 투구와 갑옷을 입혀놓는다면 군대가 아닐까 싶은 생각이 들 정도였다. 그리고 모두의 면면을 다 확인하지는 못했지만 여자는 한 명도 없는 것 같았다. 청해성은 감숙성만큼 비천용문의 직접적인 위협을 받지 않아서 여자들도 싸움터에 나올 정도로 절박하지 않았으리라고 생각하더라도 많이 이상했다.

“그쪽은 그만 신경 쓰고 어서 물건들이나 정리해. 아버님과 숙부님, 그리고 오라버니들이 도착하면 어서 쉴 수 있게 말이야.”

그렇게 말한 유진혜는 물건들 쪽으로 눈길을 돌렸다. 어서 그것들을 정리해야 저녁을 준비할 수 있었기 때문이다.

"그런데 저 사람은 더 수상해."

"얘가 정말? 바빠 죽겠는데……."

여전히 일손을 놓고 이번에는 정반대 쪽으로 고개를 돌리며 눈빛을 빛내고 있던 유진학을 보며 목소리를 높이던 유진혜가 천천히 입을 다물었다.

등에 한 자루 검을 꽂은 채 바쁘게 걸어가는 한 사내의 모습을 발견한 유진혜는 자신도 모르게 움직이던 손을 멈추었다.

빠르게 사라지는 설수범의 모습을 바라보며 오랜 기억 속의 얼굴을 떠올린 유진혜의 눈빛이 미미하게 흔들렸다.

이름도 못 들어본 어느 세가의 장남으로 알고 있지만 보이지 않는 곳에서 세가 사람들의 승리에 결정적인 역할을 하고 있는 사내!

동생은 물론 여기 모인 사람들 대부분 그 정도로만 알고 있었지만 그녀의 기억 속에는 조금 더 색다르게 남아 있는 얼굴이었다.

먼 과거를 회상하는 유진혜의 귓전으로 동생의 목소리가 다시 들려왔다.

"아직 기회가 없어 변변한 말 한마디 나누어보지 못했지만 난 저 사람의 정체가 뭔지 정말 궁금해. 나이는 아직 이십 대 후반으로밖에 안 보이는데……."

"그런데?"

무심한 표정으로 돌아온 유진혜가 동생의 말에 대꾸했다.

"보통 고수가 아닌 것 같아. 눈빛이나 걸음걸이 하나에서도 빈틈이 없어. 그리고 가문의 무사들이라며 잠깐잠깐씩 만나는 사람들도 결코 평범한 사람들이 아닌 것 같았어."

유진학이 눈을 가늘게 뜨며 고개를 돌렸다.

"거기다 또 있지."

"또 뭔데?"

유진혜가 덤덤한 표정으로 물었다.

"저 사람은 이곳에 모인 가주들과의 비밀회의 때는 꼭 참석하는 것 같았어. 물론 은밀하게 움직여 아무도 눈치 채지 못했지만 우연히 한 번 보게 됐지. 그리고 조금 전 저쪽 청해성 사람들과도 개인적인 친분이 있는 것 같아."

"그야 뭐 청해성에도 친척이나 친분이 있는 사람들이 있겠지."

유진혜가 별걸 다 신경 쓴다는 표정을 하며 풀어놓은 짐들을 쳐다보았다. 이젠 그만 하고 어서 짐들이나 정리하자는 무언의 압력이었다.

"아무래도 우리처럼 단순히 가문의 치욕만을 설욕하기 위해서 따라온 사람은 아닌 것 같아."

유진학이 자신의 짐작을 확신한다는 표정으로 말을 맺었다.

"신경 쓸 게 되게도 없는 모양이야. 이 짐들은 모두 네가 챙겨! 너 때문에 늦어졌으니까."

계속해서 넋두리를 늘어놓는 유진학을 향해 눈을 흘긴 유진혜는 자신의 소지품만 들고 천막 안으로 들어갔다.

"나참, 남자들에게도 도통 관심이 없고, 쌀쌀맞기 그지없고, 그러니 빙화(氷花)란 소리를 듣지."

툴툴거리던 유진학이 천막 안에서 뾰족하게 터져 나오는 소리에 얼른 입을 다물었다.

*　　　　*　　　　*

감숙 서부와 청해성 동북부의 경계를 이루며 이천여 리에 걸쳐 뻗어 있는 기련산맥.

그 한줄기가 끝나는 칼날 같은 바위산 위에 축조된 비천용문은 성 외곽으로 삼엄한 경계와 함께 성문을 굳게 잠그고 있었다.

삼면으로는 삼십 장 높이의 칼날 같은 바위가 수직으로 서 있었고, 한쪽 면만이 좁은 경사로가 들판으로 연결되어 있는 비천용문은 그 좁은 경사로로는 대규모의 인원이 접근할 수도 없으므로 안에서 스스로 문을 열지 않는다면 그 안으로 들어가기란 거의 불가능해 보였다.

말 그대로 수성(守城)은 쉬워도 공성(攻城)은 어려운 천혜의 지형에 지어진 난공불락의 요새였다.

"흐음—"

비천용문의 문주 권오극은 태사의에 상체를 기대며 설레설레 고개를 흔들었다.

최근까지 감숙설가와 감숙추가를 주축으로 해서 자신들의 손에 떨어졌다고 생각했던 감숙이 이제는 완전히 손아귀에서 빠져나가며 오히려 자신들이 고립되어 가는 상황이었다.

수십 년에 걸쳐 은밀하게 일을 꾸며와 큰 저항 없이 감숙을 손아귀에 넣었다고 생각되었는데 전혀 예상 못한 이런 신속한 반격과 역전은 절로 혀를 내두르게 만들었다.

"결국은 천마성주의 제자란 놈, 그놈이 이 모든 일의 중심에 있는 것이다!"

권오극은 자신도 모르게 뿌드득 이를 갈았다.

천마성을 무너뜨리기 직전에 불쑥 나타나 천마성 내의 모든 조직을 때려부수고 사형까지 죽였다는 소식을 들었을 때는 도저히 그 말을 믿을 수 없었는데, 사천으로 향하는 길목을 가로막으며 몰락 직전의 세력들을 순식간에 규합하여 비천용문의 수족이라 할 수 있는 세력들을 쳐부수고 여기까지 올라오는 놈의 소식은 이젠 두려울 정도가 되었다.

요 며칠 사이 권오극은 천하제일성이라는 천마성의 무서움을 뼈저리게 느꼈다.

천마성주의 제자 놈을 죽이기 위해 요승과 함께 건곤단을 동원하고, 성내의 인원들을 반 이상 투입했지만 불시에 나타난 천마성의 오백 기마대에게 속절없이 패퇴하고 꽁지가 빠지게 쫓겨오고 말았다.

오백의 기마대라면 결코 적은 숫자가 아닌데도 전혀 낌새를 채지 못할 정도로 은밀하게 나타나 역습을 가한 모습은 가슴을 서늘하게 만들었다. 그리고 이젠 그놈들이 비천용문의 총단까지 진격해 오고 있다.

비천용문에 끝까지 반기를 들다가 몰락했거나 몰락 직전까지 갔던 세가들의 잔당들은 크게 신경 쓸 놈들이 아니었다. 그놈들은 천마성주의 제자 놈과 그를 호위하는 천마성의 고수들이 아니었으면 반기를 들고 일어설 생각도 못했을 것이고, 이미 몰살되고도 남았을 전력이었다. 그러나 천마성의 오백 기마대는 신경이 쓰일 뿐 아니라 비천용문의 존립마저 뒤흔들 힘을 가진 인원이다.

"놈들과의 거리는?"

한참 동안 생각에 잠겼던 권오극은 앞에 선 형추인에게 질문을 던졌다.

"사흘 후면 저 앞 들판에 모습을 드러낼 것으로 생각됩니다."

형추인이 긴장된 얼굴로 권오극의 질문에 답했다.

"사흘이라…… 정말 빠른 속도로군!"

형추인의 긴장된 표정과는 달리 태사의에서 천천히 일어서며 뒷짐을 진 권오극의 모습에서 아직 여유가 남아 있어 보였다. 믿는 데가 있었기 때문이다.

서천맹 본단의 재가를 받아내느라 늦어지긴 했지만 연락을 받은 기련산의 모든 인원들이 긴 기다림의 시간을 깨고 은밀하게 이곳으로 달려오고 있는 것이다.

이런 날을 기다리며 뼈를 깎는 노력으로 키워놓은 인간병기들!

그들이 은밀하게 이동하여 여기까지 오는 데 걸리는 시간은 천마성의 기마대가 도착하는 시간보다 며칠은 더 걸릴 것이지만 그 정도는 문제가 아니다.

이곳은 천혜의 요새로써 대포로 무장하고, 공성전에 쓰이는 대규모의 장비를 갖춘 군대가 오더라도 몇 달은 끄떡없는 곳이다. 몇 년이고 포위하여 장기전으로 나간다면 모르겠지만 그렇지 않은 경우에는 아무런 염려가 없다. 기련산맥 곳곳에 숨겨두었던 대규모의 인원들이 이곳으로 모두 도착하는 데는 늦어도 열흘이면 충분했다. 어쩌면 하루나 이틀 정도는 더 빠를 수도 있고. 그때까지만 버티면 되는 것이다.

자신과 사형인 백호당주가 전 생애에 걸쳐 키워놓은 기련산의 인원들이 도착하면 성문을 열고 양쪽에서 압박하여 놈들을 괴멸시킬 것이다. 그리고 그 여세를 몰아 중원으로 진출할 것이다.

권오극은 뒷짐을 진 손아귀에 불끈 힘을 주었다.

수십 년의 기다림 끝에 드디어 풍요로운 중원으로 진출할 순간을 맞은 것이다.

자신이 태어난 중원에 비하면 이곳 청해와 감숙 땅은 너무 황량한 곳이다. 강물마저 누렇게 변색시킬 정도로 황량한 땅과 메마른 바람은 향수병마저 걸리게 할 정도였다.

그러나 그 무엇보다도 이젠 완전히 한 사람에게로 힘이 모아진 천마성이란 존재는 더없이 큰 부담이었다. 지금 보낸 오백 기마대만으로도 비천용문에 포섭된 감숙의 조직들이 완전히 괴멸되어 버렸다. 그리고 차후에는 일천 기마대가 오지 말라는 법도 없다. 아직은 여력이 없을지 모르겠지만 얼마 후면 충분히 그럴 만한 힘이 있는 천마성이다.

그런 천마성을 무너뜨리지 못한 이상 싸울 수밖에 없는 일이다.

뭇 사람들의 입에서 천하제일인자라 불리는 정마협 갈문혁을 상대로 건곤일척의 대결을 벌인다는 것은 부담스럽기 짝이 없는 일이다. 또한 그건 절대로 바라는 일이 아니다.

천마성이 버티고 있는 이곳을 떠나 사부와 사형들이 있는 풍요의 땅인 중원으로의 입성!

그것이야말로 자신의 최대 희망이었다.

그 갈망의 순간이 바야흐로 목전에 닥친 것이다.

사흘 후에 나타날 적들을 양면 작전으로 궤멸시키고 나면 수십 년의 갈망이 현실로 닥치는 것이다.

"성의 방비는 철저히 하고 있겠지?"

온 얼굴에 떠오른 흥분을 가라앉힌 권오극이 천천히 돌아서며 형추인에게 물었다.

"개미새끼 한 마리 들어오지 못할 정도로 철통같이 지키고 있습니다."

형추인이 자신있다는 표정으로 답했다.

"아무런 경계를 하지 않아도 쉽게 넘나들 수 없는 천혜의 요새에 철통 같은 방비까지 하고 있기에 누구든 성문을 통하지 않고는 고슴도치가 될 것입니다."

자신의 대답에도 크게 만족하지 않는 표정을 짓는 권오극을 보고 형추인이 덧붙였다.

"하지만 그런 점이 방심을 부르게 되고 오히려 약점이 될 수 있다. 철저히 경계를 해라. 그리고 지금 즉시 비룡회(飛龍會)를 소집해라."

명령과 함께 권오극이 영패 하나를 건네주자 형추인이 엄숙한 표정으로 영패를 받아 들었다.

비룡회는 비천용문 문주의 명으로 소집되는 비상 전략회의였다.

비천용문의 핵심 인원들이 모여 전략을 짜고 각자의 의견을 수렴하는 자리였다.

웬만한 연무장의 크기를 능가하는 대전을 가로지르며 삼 장이 넘는 길이의 긴 탁자가 놓여져 있었고, 탁자 양쪽으로 각양각색의 인물들이 무거운 표정으로 앞에 놓인 찻잔만 쳐다보며 앉아 있었다. 찻잔만 내려다보던 사람들 중 몇몇은 이따금씩 태사의에 앉은 권오극에게로 눈길을 돌렸지만 이내 고개를 돌리고 무거운 표정으로 앞만 바라보았다.

천하의 제패를 노리고 일으킨 비천용문이었지만 천마성이란 존재는 그들 모두에게도 크나큰 부담으로 다가온 모양이었다. 몇 번의 전투에서 직접 그들의 무서움을 겪어보았기에 무거운 표정은 좀처럼 밝아지지 않았다. 그런 분위기를 익히 알고 있는 권오극이 서둘러 비룡회를 소집한 것이다.

싸우기 전에 기가 꺾이면 반 이상은 지고 들어가는 것이다. 그러나 이들은 직접 그들과 부딪쳐 보고 기가 꺾였다. 반이 아니라 완전히 지고 들어갈 수밖에 없는 상황이었다.

반전시킬 계기가 필요했다.

한참 동안 침묵으로 분위기를 가라앉힌 권오극은 탁 하고 소리가 나게 찻잔을 내려놓고는 형형한 눈빛으로 모여 앉은 모든 사람들을 둘러보았다.

한때는 패자로 군림하며 반대 세력들을 터전에서 몰아냈지만 이젠 자신들이 그들과 똑같은 모습으로 터전에서 쫓겨나 이곳까지 달려온 사람들은 어느 누구도 권오극의 눈길을 받아내지 못했다.

"흠!"

보일 듯 말 듯 고개를 저은 권오극이 천천히 입을 열었다.

"한 번 실패는 병가지상사라 했소!"

권오극의 목소리에 여러 사람들이 움찔하는 표정을 지었지만 여전히 무거운 표정은 처음과 마찬가지였다. 온몸으로 뼈저리게 느낀 패배의 고통이 색다른 말도 아닌, 수천 년 전부터 쓰여졌던 인용구 하나로 씻은 듯이 사라질 일은 아니었다. 특히 전투 중에 아들이나 다른 가족을 잃은 사람들에게는 아예 씨도 안 먹힐 소리였다.

"하지만 이제 여러분들이, 아니, 우리 비천용문이 복수할 때가 왔소!"

권오극이 단호한 음성으로 말을 내뱉자 모든 인원들이 그제야 반응을 나타냈다. 그들에게는 공자 왈 맹자 왈 하는 소리보다 복수라는 단어가 더 솔깃한 말이었다.

"늦어도 열흘 후면 기련산맥 곳곳에 숨겨두었던 모든 인원들이 이곳으로 달려올 것이오."

권오극이 말을 끝내고 좌중을 둘러보았다.

무겁게 가라앉아 있던 표정들이 서서히 풀리며 눈빛들이 타오르기 시작했다.

"정말이오, 문주?"

"그들이 모두 이곳으로 온단 말이오?"

곳곳에서 열기 어린 목소리들이 울려 나왔다.

기련산의 인원들이 얼마인지 정확히는 알지 못했지만 단편적으로나마 판단한 그들의 무위와 숫자는 놀랄 만했다. 그런 그들이 동시에 이곳으로 몰려온다는 것은 이제껏 목을 빼 들고 기다리던 대업의 순간이 도래했다는 말이었다.

먼 변방인 감숙의 패자에서 이젠 중원 한복판에 당당히 일파를 건설하고 그 풍요로움을 한껏 누릴 순간이 도래했다는 말이다.

"그렇소! 단 한 명도 남기지 않고 모두 이곳으로 오고 있소! 그들이 모두 모이면 천마성과도 충분히 자웅을 겨룰 만하오. 여러분들에게 패배의 아픔을 안겨준 놈들을 단숨에 쓸어버리고 그 여세를 몰아 중원 한복판으로 입성하는 것이오! 그러니 모두 힘을 내시오!"

권오극이 타오르는 듯한 눈빛으로 좌중을 향해 고함을 질렀다. 여기 모인 감숙의 패주들이 아무리 오늘을 기다렸다고 해도 자신의 기다림과는 비교가 되지 않을 것이다.

사부 가마릅에게서 무공을 배운 세월! 그것만으로도 온 중원에 이름을 드높일 만한 고수가 되었지만 그 모든 것을 포기하고 이곳 오지에서 오로지 오늘만을 기다리며 인간병기들을 양성했다.

천마성에 잠입한 사형 백호당주가 없었다면 불가능한 일이었을지도 모르지만 기대 이상으로 자신의 몫을 다했고 이젠 중원으로 입성하라는 재가가 떨어졌다.

늦어도 열흘!

열흘 후에는 수십 년 동안 꿈꾸어왔던 세상으로의 첫발을 내디딘다.

권오극은 피가 끓어오르는 것을 느끼며 용문검(龍紋劍)을 빼 들었다.

그와 동시에 모든 사람들이 자신의 독문병기를 빼 들고 머리 위로 치켜들었다.

"밀제성존(密帝聖存) 밀천영세(密天永世)!"

위로 들어 올린 병기를 흔들며 비천용문, 아니, 서천맹의 영광을 기원하는 구호가 대전 안을 울려 퍼졌다. 그것은 밀교의 부활을 간절히 바라는 구호이기도 했다.

같은 시각, 녹주평의 한 천막 안에서도 경색된 분위기 속에 비천용문에서와 비슷한 회의가 열리고 있었다.

임시로 만들어진 긴 탁자에 감숙의 세가 연합을 이끌고 있는 감숙의 여러 가주들과 용화성, 적유, 고염각, 그리고 설수범이 자리했다.

자리가 만들어지고 각자 손에 든 찻잔을 반 정도나 비웠지만 경색된 분위기는 쉽게 가라앉지 않았다.

그동안 비천용문의 수족이 된 세력들을 무너뜨리며 치러진 여러 차례의 격전으로 인한 피로와 사흘 후면 마주하게 될 비천용문과의 일전을 앞에 둔 긴장감이 그런 분위기를 만들기도 했지만 지금 이 천막 속에는 그와는 또 다른 이유 때문에 더욱 분위기가 경색되었다.

천마성의 사람들!

천막 속의 분위기를 경색되게 하는 이유였다.

지금까지는 서로 다른 경로로 이곳까지 달려왔기에 마주칠 일이 없었지만 이제부터는 공동의 적을 향해 외길을 함께 달려가야 한다. 그래서 이런 자리를 만들었지만 마도인, 그리고 천마성이라는 이름이 주는 중압감과 어쩔 수 없는 선입견은 자연 세가의 가주들을 경직되게 만들었다.

그동안 보아왔던 설수범의 무위만 하더라도 경악할 수준이었는데, 그런 청년이 깊숙이 고개를 숙이며 깍듯한 예를 갖추는 사람들과 마주 앉았으니 불식 중에 오금이 저리는 것이다.

용화성과 적유, 고염각 등도 그런 분위기를 느끼고 최대한 편한 표정과 기색으로 앉아 있지만 아무리 감추어도 감추어지지 않는 일신상의 기운까지는 어쩔 수 없었다.

"흐흠!"

여러 가주들 중에서도 가장 연장자이고 언제나 선두에서 인원들을 이끌던 손학현이 경색된 분위기를 누그러뜨리려는 듯 헛기침을 했다.

그는 설수범과 함께 처음부터 모든 것을 계획했고 여러 가주들을 설득해서 세가 연합을 결성하는 데 가장 큰 힘을 쏟은 사람이었다.

"천마성의 고수들이라면 머리에 뿔이라도 몇 개 난 줄 알았더니 오히려 우리보다 더 선풍도골이구려."

헛기침과 함께 손학현이 가벼운 농담을 던지자 몇 마디 웃음소리가 흘러나오며 분위기가 조금 누그러졌다.

"허허! 손 가주의 말대로 뿔이 몇 개 나긴 했지만 세상 밖으로 나오느라 깨끗이 잘라 버렸다오. 그래서 여기 모인 우리 네 사람은 그 자리가 가려워 밤마다 고생하고 있다오."

용화성도 가벼운 농담을 던지며 적유와 고염각, 설수범을 둘러보았다.

"하하하!"

"허허!"

배꼽까지 내려올 정도로 길게 자란 백염과 백발로 인해 신선 같은 모습이지만 언뜻언뜻 뿜어져 나오는 형형한 눈빛은 바위라도 녹일 듯하던 용화성의 입에서 가벼운 농이 흘러나오자 잔뜩 움츠려 있던 사람들도 하나둘씩 긴장을 풀며 미소를 머금었다. 그리고 그간의 경과와 이틀 후면 맞닥뜨리게 될 비천용문을 상대로 함께 싸울 여러 가지 방법들이 논의되었다.

“문제는 젊은 아이들이오!”

그 후 이런저런 얘기들이 나누어지고 이틀 후에 있을 싸움에 대비한 본격적인 계획을 세우려는 찰나 난주이가(蘭州李家)의 가주 이세격(李世檄)이 낮은 한숨과 함께 말했다.

천마성의 기마대와 세가 연합의 전투 방식은 판이하게 다를 것이기에 서로 역할 분담이 이루어지고 그에 따라 전술을 짜고 싸운다면 큰 걸림돌은 없었다. 그러나 마도인이나 천마성이라면 상종을 말아야 한다는 극단적인 생각을 하고 있는 젊은 청년들은 그런 전략을 세우는 데 가장 큰 변수였고 가장 골머리를 싸매야 할 문제였다.

각자의 길을 따라 전투를 끝내고 이젠 구릉 하나를 사이에 두고 천마성의 오백 기마대와 야영을 하게 되었으니 당장 오늘 밤 사이에라도 어떤 일들이 벌어질지 모르는 것이다.

“그렇지요. 그것이 가장 큰 문제지요. 젊은이들의 들끓는 혈기는 앞뒤를 재기 이전에 쉽게 한쪽 방향으로 폭주하는 성향이 있지요. 천마성이라는 이름만으로도 이미 그 혈기들이 폭주하고 있지나 않을까 걱정되는군요.”

영등남가(永登南家)의 가주 남인산(南仁算)이 이세격의 말에 동의하며 무겁게 고개를 끄덕였다.

자신들도 처음에는 천마성이라는 말에 반사적으로 눈살을 찌푸리며 손학혁의 제의를 선뜻 수락하지 못했다. 그러나 충분한 계산 끝에 천마성의 도움이 있다면 비천용문도 두렵지 않다는 생각과 함께 연합 세력에 동참하여 이 자리까지 온 것이다. 자신이야 결국 그런 결론을 내렸지만 자신의 자식을 포함한 다른 모든 젊은이들은 실리 계산보다는 혈기에 더 휩쓸릴 가능성이 있었다.

세가 연합을 이끌고 있는 사람들은 자신들이었지만 그 구성원의 대다수는 그런 젊은 청년들이었다. 그들이 하나로 결집되지 못하고 분열된다면 크나큰 희생이 따를 것이다.

모두들 그런 생각에 분위기가 다시 경직되었다.

"그 문제는 우선 제게 맡겨주십시오."

묵묵히 양쪽의 의견을 경청하고 있던 설수범이 차분한 목소리로 말하자 모든 사람들의 시선이 설수범을 향해 고정되었다.

"젊은 사람들의 문제는 젊은 사람들끼리 해결하는 것이 가장 빠른 방법이라 생각합니다. 저 역시 한때는 마도인이라면 모두 사라져야 할 사람들로 알았습니다. 그러니 누구보다 그들의 심정을 잘 압니다. 그 문제는 제가 부딪쳐 보겠습니다."

차분하면서도 단호한 설수범의 말이 끝나자 고정되었던 시선들에서 와락 안도의 빛이 흘러나왔다.

그동안 치렀던 전투에서 계속 승리할 수 있었던 것은 모두 설수범의 공이었다. 다른 사람들은 몰라도 여기 모인 사람들은 모두 그걸 알고 있었다. 깊은 심계와 함께 보이지 않는 곳에서의 설수범의 활약이 없었다면 여기까지 오는 것 자체가 불가능했을 것이다. 그걸 잘 알고 있는 사람들이었기에 설수범의 말에 모두 안도의 눈빛을 하게 된 것이다.

“허허! 무 공자가 맡겨달라면 우린 더 이상 아무 걱정을 않겠네. 애
초에 공자가 있었기에 세가 연합이 탄생할 수 있었네. 그러니 그 문제
는 공자께 일임하고 지금부터 우린 다른 문제를 논의해 봅시다.”

손학현이 큰 걱정을 덜었다는 표정으로 너털웃음을 터뜨리며 주변
을 둘러보고 나서 용화성, 적유와 함께 다른 여러 가지 문제들을 다시
의논하기 시작했다.

“부탁한 물건일세!”

한 시진이 넘는 회의가 끝나고 모두들 천막을 나왔을 때 난주이가의
가주 이세격이 품속에서 작은 목갑 하나를 꺼내 설수범에게 내밀었다.

“고생이 많으셨습니다, 이 가주님.”

설수범이 조심스럽게 목갑을 받아 들었다.

“고생이랄 게 뭐가 있겠나. 내가 가진 인맥을 조금 이용했을 뿐이지.
정작 고생은 이걸 사용해야 할 공자가 아니겠나.”

이세격이 조심스런 눈빛으로 설수범과 손에 들린 목갑을 쳐다보았
다.

“그럼 내일부터는 이걸 사용하는 법을 가르쳐 주십시오. 틈나는 대
로 찾아뵙고 가르침을 받겠습니다.”

설수범이 목갑을 품에 넣으며 정중하게 말했다.

“사용하는 방법이라고 해야 특별한 게 없다네. 그냥 저번에 얘기한
대로만 하면 되네.”

이세격이 약간은 의문스런 표정으로 설수범을 쳐다보았다.

방금 한 말 그대로 목갑 속에 있는 물건은 특별한 사용법이란 게 없
었다. 재료를 구하거나 만들기가 힘들어서 그렇지 사용법은 단순한 것

이다. 그런데 이 청년이 굳이 그 사용 방법을 따로 익히겠다는 것은 납
득이 가지 않았다.

"확실할수록 좋지요. 절대로 실수해서는 안 되는 일이기에 만전을
기하고자 합니다."

이세격의 눈빛을 읽은 설수범이 신중한 목소리로 말했다.

"그런가? 역시 비범한 사람들은 사소한 것 하나까지 놓치지 않는다
더니…… 허허!"

이세격이 감탄한 눈빛으로 미소를 지으며 고개를 끄덕였다.

"그럼!"

설수범이 이세격을 향해 가볍게 고개를 숙이고는 어둠 속으로 사라
졌다.

◆ 제83장

빙화(氷花)

빙화(氷花)

탁! 탁!

모닥불이 타오르며 자욱이 밀려오는 한기를 밀어내 주고 있었다.

그 모닥불은 급하게 설치된 쇠솥에 음식을 끓여내고 남은 불길이었다. 한쪽에서는 천막이 세워지고 다른 한쪽에서는 이런 식으로 최대한 간단하게 음식을 만들어 모닥불 주위에 둘러앉아 저녁을 들었다.

점심은 건포나 건량 등으로 해결하고 하루 종일 말을 달렸기에 소금 간만 한 재료의 국과 찬이었지만 모두들 진수성찬인 양 허겁지겁 입 안으로 떠 넣었다. 그리고 남은 불길에다 물을 끓이고 그 물에 싸구려 찻잎을 띄워놓고 잠시 망중한의 시간을 가지고 있었다.

"차 냄새가 좋군요."

부선중(扶先中)이 유진혜와 함께 여러 젊은이들이 모여 있는 모닥불 가로 다가왔다.

"어서 오시오, 부 형, 그리고 유 소저."

한 청년이 빙긋 웃으며 옆으로 몸을 움직여 두 사람이 앉을 자리를 만들려 했지만 이미 여러 명이 앉은 상태라 쉽사리 자리가 만들어지지 않았다. 급기야 자리에 앉은 모든 사람들이 조금씩 뒤로 물러나서야 부선중과 유진혜의 자리가 만들어졌다.

"이거야말로 굴러온 돌이 박힌 돌을 빼낸 셈이군요. 하하!"

만들어준 자리에 앉으며 부선중이 미안한 표정으로 농담을 던졌다.

"그러게 말이오. 하루 종일 말을 달렸더니 이젠 한 발짝 움직이는 것도 백 리 길 같소. 부 형 덕분에 모두들 백 리씩 뒤로 물러났으니 그 피해가 결코 가볍지 않소."

부선중의 옆에서 어깨를 맞대고 앉은 청년이 엄살을 떨며 부선중을 쳐다보았다. 그러나 정작 그의 눈길은 부선중과 같이 나타난 유진혜에게 더 많이 쏠려 있었다.

유진혜의 용모에 눈길을 뺏긴 사람은 그뿐만이 아니었다. 모닥불 주변으로 빙 둘러앉은 다른 남자들도 마찬가지였다. 또한 유진혜의 맞은편에 앉아 있는 두 명의 다른 여인들도 눈길을 빼앗겼다. 물론 그 눈빛도 남자들과 전혀 달랐지만.

"왜 여기 모이라고 한 것이죠?"

모두들 자신의 얼굴만 쳐다보는 것을 느꼈는지 유진혜가 서둘러 고개를 돌리며 한백겸(韓白兼)에게 질문을 던졌다. 이곳에 모인 젊은 남녀들 중 제일 생각이 깊고 며칠 전에도 이런 자리를 만든 사람이 한백겸이었기 때문이다.

"오늘 이 자리를 만든 사람은 내가 아니라 반고후(班告侯) 공자이오. 그리고 그 이유는 유 소저도 이젠 짐작이 갈 것이라 생각하오."

유진혜의 시선을 받은 한백겸이 사조영과 둘러앉은 청년들을 한 번씩 쳐다보며 답했다. 청년들 역시 이젠 모든 것을 알고 있는 듯 아무 소리 하지 않고 무거운 안색으로 모닥불만 쳐다보았다.

"밤 기온이 급격히 떨어지니 바로 본론으로 들어가겠소."

유진혜의 눈길을 받은 반고후가 추위를 느끼는지 양손을 한 번씩 번갈아 쓰다듬은 후 입을 열었다.

"지금쯤 모두 들었겠지만 청해성의 세가에서 왔다는 사람들은 실은 천마성의 무사들이오. 그리고 이미 알고 있는 사람도 있겠지만 그동안 가장 위험한 전투에서 표시나지 않게 우리를 도와 승리로 이끌게 만들었던 무 공자란 사람도 천마성의 청년 장수라고 밝혀졌소. 가문의 어른들께서는 처음부터 알고 계신 듯하지만 우리는 이제야 알게 되었소."

반고후가 잠시 말을 멈추고 주위를 둘러본 후 다시 말했다.

"몰랐으면 모르되 우리도 알게 된 이상 이 자리에서 그 문제를 의논해 보고 싶소."

반고후가 핵심적인 내용만 간추려 간단하게 말하고 다른 사람의 의견을 기다렸지만 한동안 아무도 입을 열지 않고 무거운 분위기만 흘렀다. 그 분위기 속에서 빙화 유진혜의 목소리가 차갑게 흘러나왔다.

"그게 무슨 상관이죠?"

저녁을 마친 직후부터 그렇게 시작된 회의가 이제는 천막 안으로 자리가 옮겨져 새벽을 바라보는 시간까지 계속되고 있었다.

녹주평의 기온은 밤이 되며 급격히 내려갔지만 모닥불 주위에 둘러앉은 청년들은 그것을 의식하지 못하는 듯 그 자리에서 움직일 줄 몰렸다.

회동이 길어지는 이유는 감숙섭가의 장녀 섭부용이 전혀 예상치 못한 의견을 제시했기 때문이었다.

"정말 고집이 대단하시군요, 여러분들은. 그만큼 설명을 드렸는데도 이해를 못하시는군요!"

섭부용이 약간은 흥분된 표정으로 언성을 높였다.

"우리야말로 섭 소저의 말을 정말 이해하지. 못하겠소. 이제껏 하던 대로 우린 우리 방식대로 싸우고, 저 사람들은 저 사람들 방식대로 싸우며 될 것이 아니겠소?"

섭부용의 맞은편에 앉아 있던 반고후가 부리부리한 호목을 번뜩이며 섭부용을 쳐다보았다.

얼마 전부터 자신들을 주도적으로 이끌던 정마수호대 무사들이 천마성 사람들이라는 말들이 은밀하게 나돌고, 위기 때마다 가공할 무위로 상황을 반전시킨 무 공자란 청년 역시 천마성의 사람이란 것이 밝혀지면서부터 강하게 반발하고 있는 청년이었다. 이 자리에서 그것이 공식화되자 그 반감은 훨씬 더했다. 그런 반고후 때문에 섭부용이 내내 어려움을 겪고 있었다.

"그렇게 하면 지금까지처럼 큰 문제는 없을 것이라 생각하오. 공동의 적이 무너질 때까지는 동지니까 말이오. 그런데 이제 와서 굳이 여기 모인 우리들과 힘을 합쳐 무슨 일을 꾸미려 한다는 건 이해가 안 가오. 그자라면 우리보다 몇 배는 더 뛰어난 사람들을 수하들 중에서도 얼마든지 구할 수 있을 것인데 왜 우리를 자신의 일에 끌어들이려는지 이해가 안 간단 말이오!"

반고후가 못을 박듯 다시 한 번 고함을 질렀다. 황소를 연상시키게 하는 덩치에 콧김을 내뿜는 모습은 한 번 결심한 것은 절대로 굽힐 수 없다는 고집이 고스란히 드러나 보였다. 그런 반고후의 표정을 보고 섭부용은 답답한 한숨을 내쉬었다.

"무엇 때문에 그 사람이 여러분과 손을 잡고 무슨 일을 추진하려 하는지는 나도 몰라요. 반 공자님 말씀대로 지금까지 하던 대로 하면 편할지도 모르지요. 그러나 지금부터가 본격적인 싸움이 되지 않나요? 그렇다면 힘을 합쳐야 할 일이 분명 있을 거예요. 아마도 그것 때문에 무 공자님이 저에게 이런 부탁을 하지 않았나 싶어요."

섭부용이 한숨과 함께 다시 한 번 모인 사람들을 설득했다.

"그건 섭 소저의 말이 옳소. 지금까지의 싸움은 어쩌면 전초전일지도 모르지요. 사흘 후 비천용문에 도착하여 벌여야 할 싸움이야말로 본격적인 싸움이 될 것이오. 그렇다면 일단은 그 사람의 말을 들어보고 서로 도울 일이 있으면 도와야 하지 않겠소?"

반고후와 정반대의 입장에서 이제껏 의견을 피력하던 사조영이 섭부용의 의견에 동조하며 차분하게 말했다. 반고후와는 정반대로 호리호리한 체격에 하얀 피부는 여장을 시켜놓아도 될 만했다. 그러나 날카로운 눈빛으로 자신보다 거의 두 배 가까운 덩치의 반고후와 정면으로 맞서는 모습은 결코 호락호락해 보이지가 않았다.

"무슨 말을 하는 거요, 사 공자! 이제까지는 몰랐기에 어쩔 수 없었다지만 그가 천마성의 사람임을 아는 이상 난 앞으로 상종을 하고 싶지가 않소! 수백 년의 전통을 가진 우리 가문이 천마성의 꼭두각시로 전락될 수는 없소! 하려거든 사 공자나 잘해보시오!"

마침내 반고후가 자리를 박차려는 듯 커다란 덩치를 일으켰다.

"이런… 반 형!"

“반 형, 잠시…….”

반고후와 사조영처럼 극단적으로 자기의 의견을 피력하지 않고 상황만 주시하던 사람들도 반고후가 자리를 박차려 하자 당황한 표정으로 손을 들어 반고후를 불렀다.

그들 역시 천마성, 그리고 마도라는 단어에 본능적인 반감을 가지고 있지만 큰 전투를 앞두고 적전분열의 양상은 결코 바라지 않았다. 어떻게든 결론을 도출하고 최소한 자신들끼리만이라도 뭉쳐야 하는 것이다.

“파렴치한 사람이군요!”

반고후의 신형이 막 자리에서 이탈하려는 찰나 날카로운 여인의 목소리가 천막 안을 가득 채웠다.

차분하고 낮았지만 뭔지 모를 준엄함이 서려 있는 목소리에 반고후의 신형이 흠칫 굳어졌다. 그리고 다른 젊은이들의 시선도 반고후의 등 뒤에서 울린 목소리의 주인인 유진혜에게로 모여졌다.

“방금 그 말… 나보고 한 말이오, 유 소저?”

몸을 일으켰던 반고후가 그 자리에 서서 이글거리는 눈빛으로 유진혜를 쳐다보았다. 유진혜가 여자만 아니었더라면 당장 사생결단을 내었을 것이라는 의도가 이글거리는 반고후의 눈에 그대로 나타났다.

“그래요!”

폭사되는 반고후의 눈빛에도 조금도 아랑곳하지 않은 유진혜가 짧게 답했다.

빙화라는 별호가 무색치 않은 얼음장 같은 기운에 불같이 흥분하던 반고후가 뚫어질 듯 유진혜를 쳐다보았다.

“이유를 말해 줄 수 있겠소?”

"그렇게 서서 들을 건가요?"

유진혜의 싸늘한 목소리에 여기 모인 모든 사람들이 달려들어도 굽히지 않을 것 같았던 반고후가 다시 자리에 앉았다.

"이젠 이유를 말해 주겠소, 유 소저?"

반고후의 목소리가 차분해졌다. 그러나 억눌린 음색에 섞여 있는 기운은 황소라도 때려잡을 듯한 분노가 느껴졌다.

"당신이 천마성의 사람이라고 경멸하기까지 하는 무 공자가 아니었다면 여기까지 올 수가 있었나요? 얼마 전 난주에서의 전투 때, 난주금가(蘭州琴家)의 가신인 옥면쌍살(玉面雙殺)의 공격을 받고 절체절명의 위기에서 무 공자가 날린 일검이 아니었으면 당신은 이미 죽은 목숨이 아닌가요? 그런데도 천마성의 사람이란 이유로 그와 상종을 하지 않겠다는 건 은혜도 모르는 파렴치한 행동이 아닌가요?"

"이, 이……."

서릿발 같은 유진혜의 질책에 반고후가 이를 악물며 턱을 부들부들 떨었다. 그 일은 반고후로서는 가장 알려지지 않았으면 하는 일이었다. 설수범이 전혀 표시나지 않게 손을 썼기에 그걸 알아챈 사람도 몇 되지 않았다. 그러나 이젠 모두 알게 되었다.

모두들 일촉즉발의 상황에 긴장한 빛으로 반고후와 유진혜를 쳐다보았지만 유진혜는 조금도 망설이지 않고 자신의 할 말을 이어갔다.

"왜 모두 천마성에 이용당한다고만 생각하는 거죠? 정반대로 생각하면 안 되나요? 그들도 우리의 도움이 없으면 이 감숙 땅을 종횡무진 누빌 수 없어요. 그러니 적당한 길을 내어주며 그들에게 우리의 가려운 곳을 긁어주게 한다고 생각할 수도 있잖아요. 물론 그들이 엄청나게 강하고, 그들이 없었다면 우리가 여기까지 올 수도 없었겠죠. 그렇다고 무조건 우리가 그들의 꼭두각시라 생각하는 것은 자격지심이라고 생각해요. 우리도 힘을 합하면 그들보다 더 강해요. 누가 꼭두각시인지는 두고 봐야 할 일이 아닌가요? 그 사람의 제의를 듣기라도 해보고 이용할 수 있다면 우리도 이용하면 되잖아요.”

이제껏 맑고 서늘한 눈으로 상황을 바라보기만 하던 유진혜가 날카롭게 반박하자 씩씩거리던 반고후나 사조영은 물론 자신들의 의견을 적극적으로 피력하지 않던 청년들도 모두들 고개를 끄덕이며 유진혜와 반고후만 쳐다보았다.

“쩝! 내가 조금 경솔했던 것 같소. 그건 인정하겠소. 하지만 유 소저의 파렴치한이란 말은 너무 심했소.”

한참 후 반고후가 며칠 동안 시든 채소 모양으로 풀이 죽어 연신 입맛을 다시며 말했다.

“그 말은 정말 죄송해요. 아까 반 공자님의 표정으로 봐서는 그런 극약처방이 아니면 아무것도 안 통할 것 같더군요. 정식으로 사과드려요.”

유진혜도 서릿발 같은 표정을 지우고 정말 미안하다는 눈빛으로 반고후에게 사과를 하자 천막 안의 분위기가 폭풍이 휩쓸고 간 후의 정경처럼 가라앉았다.

“하하! 정말 멋진 광경이오. 사내답게 자신의 실수를 깨끗이 인정하는 반 형이나 좀 심했던 자신의 언행을 진심으로 사과하는 유 소저나…… 정말 감탄스런 모습들이었소. 그렇다면 이젠 결론을 도출할 때가 되었다고 보오. 난 유 소저의 말대로 내일 무 공자의 의견을 들어보고 도와줄 것이 있으면 도와주고 이용할 것이 있으면 이용한다는 데 전적으로 찬성이오.”

한쪽에 앉아 있던 한백겸이 호쾌한 웃음을 흘리며 모두를 둘러보았다.

이제껏 아무 말 없이 듣기만 하던 한백겸이 나서서 빙화의 의견을 지지하자 분위기가 서서히 사조영과 빙화의 의견 쪽으로 기울기 시작했다. 반고후의 의견이 워낙 거세고 마도와는 상종할 수 없다는 맹목적인 반감 때문에 망설이고 있었지만 그들 역시 천마성의 도움이 아니라면 지금 당장 무너질 수밖에 없다는 것을 여실히 깨닫고 있었다.

"좋소! 우리도 천마성을 이용해 봅시다!"

몇 마디 더 찬동의 음성이 들리자 봇물이 터진 듯이 의견 일치가 이루어졌다. 그런 분위기 속에서 유진혜와 반고후의 눈이 짧은 순간 마주치며 빛을 발했다. 그 눈빛에는 파렴치한 인간이란 말이 오간 사람들 사이에서 결코 나타날 수 없는 신뢰감이 어려 있었다.

"적전분열이 일어나면 어쩌나 걱정이 되었는데 이렇게 좋은 방향으로 결론이 났으니 다행이오. 그럼 오늘은 이쯤에서 접고 내일 다시 만나 무 공자의 의견을 들어봅시다."

한백겸이 피곤한 신색으로 결론을 내리자 모두들 고개를 끄덕이면 상체를 펴고 기지개를 켰다.

"그럼 우선 여기 계신 분들끼리라도 서로의 무운을 빌고, 이 전투에서 살아남은 사람이 언젠가 가문의 가주가 되면 죽은 사람들 가족을 보살펴 주기로 약속하는 결의서를 하나 만들기로 해요. 이제까지는 무사했지만 당장 사흘 뒤에는 어찌 될지 모르니까요. 반 공자님이나 나나……."

긴 회의가 끝나는 순간 빙화가 문득 생각난 듯 먹물통과 붓, 그리고 종이 한 장을 꺼내며 제의하자 서서히 천막 안에 비장한 분위기가 감돌며 한 사람 한 사람 말없이 결의서를 작성해 갔다.

　청년 회동이 끝나고 새벽으로 치닫는 시간 무수히 쳐진 천막들 중 한 곳으로 섭부용과 빙화 유진혜가 은밀하게 숨어들었다.
　두 여인이 숨어든 천막 안에는 설수범과 반고후가 먼저 자리를 잡고 있었다.
　"수고하셨소, 여러분. 여러분 덕분에 일이 쉽게 풀려가고 있소."
　모두 자리를 잡고 앉자 설수범이 세 사람에게 차를 따라주며 감사의 뜻을 전했다.
　"무엇보다도 반 공자님의 연기가 일품이었어요. 잡아먹을 듯이 노려보는 눈빛에 정말 오금이 저렸어요. 미리 말을 맞추지 않았으면 놀라 까무러칠 뻔했어요."
　빙화 유진혜가 살짝 미소 지으며 반고후를 쳐다보았다. 빙화란 별호답게 미소를 지은 표정에도 한기는 다 지워지지 않았다.
　"나야말로 놀랐소. 파렴치한 인간이란 말을 하기로 한 적은 없지 않았소? 그 순간에는 너무 열이 올라 정말 화를 낼 뻔했소."
　반고후가 이맛살을 찌푸리며 뚱한 표정을 지었다.
　"미안해요. 하지만 어설픈 연기로는 놈을 속일 수 없어요."
　빙화가 짤막하게 답하자 반고후가 입맛을 다셨다. 그러다 문득 생각난 듯이 빙화를 쳐다보았다.
　"그런데 놈이 누군지는 짐작이 가오?"
　"사조영과 한백겸 두 사람 중 하나일 가능성이 커요. 사조영은 당신의 의견에 가장 강력히 반대하며 무 공자님을 돕자고 했고, 한백겸은 결정적인 순간에 무 공자님을 돕자는 쪽으로 손을 들었죠. 제가 보기에는 그 두 사람 중 한 사람일 확률일 크다고 생각해요."

빙화가 서늘한 두 눈을 반짝이며 말했다.

"그렇다면 유 소저도 그놈일 가능성이 크지 않소? 난 유 소저 말대로 무 공자로부터 생명의 빛을 졌으니 만사 제쳐 놓고 돕고 있지만 빙화라는 별호를 얻을 정도로 남자에게 관심이 없는 유 소저께서 무 공자님을 돕는 것은 납득이 잘 안 가오. 유 소저야말로 우리가 의심하는 그놈이 아니오?"

반고후는 유진혜로부터 들은 파렴치한 인간이란 말에 대해 복수라도 하려는 듯 말꼬리를 잡고 늘어졌다.

"내부에 첩자가 있을 가능성을 제일 먼저 의심하고 무 공자님께 알려드린 사람이 저예요. 그러니 잡는 데 협조해야죠."

"오히려 그걸 역으로 이용……."

반고후가 다시 트집을 잡다가 냉랭해지는 빙화의 표정을 보고 얼른 입을 다물었다.

"사조영과 한백겸 그 두 사람 외에는 의심 가는 사람이 없었소?"

묵묵히 두 사람의 대화를 듣고 있던 설수범이 나지막한 목소리로 질문했다. 언제 어떤 상황에서도 전혀 변함없는 표정과 음성으로 자신들을 대하는 설수범을 보며 빙화의 눈빛이 잠시 서운한 빛을 발하다 입술을 움직였다.

"지금 현재로서는 그 두 사람이 유력해요. 그 외 다른 사람은 크게 의심할 부분이 없어요. 그럴 개연성도 없고요."

빙화가 조심스런 표정으로 결론을 내렸다.

"잘 알겠소! 그런데 결의서는 작성해 왔소?"

설수범이 고개를 끄덕이다 빙화를 보고 물었다.

"여기 있어요. 공자님께서 시키신 대로 하니 모두 한마디 토도 달지 않고 작성했어요. 그런데 이건 왜……?"

빙화가 조금 전 살아남으면 죽은 자의 가족을 보살펴 준다는 약속을 적은 결의서를 설수범에게 내밀며 의구심 가득한 눈으로 설수범을 바라보았다. 누가 그런 제의를 한다고 해도 아무런 반대가 없을 결의서였지만 굳이 그걸 만들라고 한 이유가 궁금했다.

"이건 첩자를 잡는 데 결정적인 역할을 하게 될 것이오. 그건 좀 더 있어봐야 확실하게 될 일이니 그렇게만 알아두시오. 새벽까지 고생 많으셨소. 내일 한 번만 더 오늘 같은 자리를 만들어주시오. 그럼 이만 숙소로 돌아가 쉬도록 합시다."

설수범의 포권을 쥐며 세 사람에게 인사를 했다.

"무 공자님께 개인적으로 몇 가지만 더 말씀드릴 게 있어요."

섭부용과 반고후가 일어서서 바깥의 동정을 살피며 나갈 준비를 하는 사이 빙화가 설수범을 향해 말했다.

"무슨 말씀인지 해보시오."

설수범이 의아한 표정으로 빙화를 쳐다보았지만 빙화의 입술은 움직이지 않았다.

"험 험! 이거야 원…… 설마 우리도 의심한다는 말은 아니겠지요."

"미안해요, 두 분. 두 분을 의심하고 말고의 질문이 아니라 개인적으로 궁금한 것이 몇 가지 있어서……."

"잘 알겠어요, 유 소저. 나올 때 조심해서 왼쪽으로 돌아 나오세요. 그럼 아무도 여기서 나왔다는 것을 눈치 채지 못할 거예요."

섭부용이 당부를 하고는 반고후와 함께 천막을 나갔다.

"어제와 오늘, 이세격 가주를 자주 만나시더군요."

둘만 있게 되자 빙화가 눈빛을 가라앉히며 설수범에게 질문을 던졌다.

"부탁할 일이 있어서 만났는데 유 소저 눈에 뜨인 모양이군요?"

설수범이 약간 조심스런 눈빛으로 유진혜를 쳐다보았다.

"무 공자님 같은 분이 이세격 가주에게 부탁할 것이라고는 한 가지밖에 없겠지요? 그리고 그건 첩자의 눈에도 뜨일 것이에요. 그자 또한 제가 한 생각 정도는 짐작할 수도 있겠구요."

"무슨 뜻인지는 알겠소. 내일부터는 조심하겠소."

설수범이 묵묵히 고개를 끄덕이며 답하자 유진혜의 눈 사이가 약간 좁혀졌다. 이미 새벽이 되었으니 내일부터 조심하겠다는 말뜻이 약간 혼란을 주었기 때문이다. 그러나 모든 걸 잘 알아서 할 사내라는 생각에 유진혜는 다음 질문을 하기 위해 조심스럽게 입술을 움직였다.

"무 공자님은 혹시 감숙설가의……."

조심스럽게 질문하던 유진혜가 섬광이 작렬하듯 번쩍 하고 쏘아져 오는 설수범의 눈빛에 자신도 모르게 숨을 멈추었다. 이제껏 차분하게 가라앉아 있던 눈빛과는 너무나 대조되게 뻗어 나오는 눈빛은 흡사 얼음 칼이 심장을 찌르는 듯한 느낌을 주었다.

"미안하오. 영원히 비밀일 수는 없는 사실이지만 당신에게까지 그 사실이 알려졌다는 것이 경각심을 느끼게 했소."

자신의 눈빛에 순간적으로 파랗게 질린 표정을 한 유진혜를 보고 사과한 설수범이 불식간에 뿜었던 예기를 지웠다. 그리고 역으로 유진혜에게 질문을 던졌다.

"유 소저의 질문에 답해주기 전에 두 가지만 먼저 질문하겠소. 하나는 어떤 경로로 그 사실을 알게 됐소? 그리고 그 질문을 하는 의도가 무엇이오?"

설수범이 예전과 같은 차분한 눈빛과 음색으로 돌아오며 부드럽게 묻자 굳어졌던 유진혜의 표정도 서서히 풀렸다. 그리고 긴 한숨을 한번 내쉰 후 설수범의 질문에 답했다.

"갑작스럽게 이런 질문을 드려서 죄송해요. 그러나 다른 사람을 통해서 그 사실을 알게 된 것이 아니니까 걱정하진 마세요."

유진혜가 설수범을 안심시킨 후 오랜 기억을 되살리는 듯 아련한 표정을 지었다.

"십 년도 넘은 것 같군요. 그때 아버지를 따라 감숙설가에 가본 적이 있어요. 무슨 잔치 같았는데 그곳에서 아주 잠깐 공자님을 보았죠. 다른 형제 분들은 처음부터 그 잔치 자리에서 모습을 볼 수 있었는데 공자님은 거의 마지막 순간에 누군가의 손에 끌려오다시피 나와 마지못해 참석하는 것 같더군요. 그때 본 공자님의 모습이 기억에 남아 있어요. 기억력이 좋아서가 아니라 그때 내가 느낀 공자님의 표정은 너무 우울하더군요. 남부러울 게 없는 감숙제일가의 장남으로서는 도저히 어울리지 않는 표정이었죠. 그래서 기억에 남아 있었던 것 같아요. 얼마 전 싸움에서 다시 보았을 때 까마득한 옛 기억이 되살아났지요. 그러나 설씨 성도 아니었고, 너무 오래된 기억인지라 확신할 수도 없었는데 섭부용 소저에게 무언가 부탁한 것을 보니 감숙섭가 근처에서 일어난 혈겁과 거기서 번져 간 설수범이란 이름이 떠올랐고, 그래서……."

유진혜가 말끝을 흐리며 설수범의 표정을 살폈다.

십 년이 넘었지만 기억 속에서 잊혀지지 않던 그 우울한 표정과 눈빛은 여전했다. 감숙제일가의 장남이면서도 어쩐 일인지 이름조차 전혀 알려지지 않은 사람이었고, 겨우 한 번 본 모습은 오만하고 콧대 높을 것 같은 선입견과는 너무 달랐기에 오랫동안 기억에 남아 있었을 것이다. 다시 보았을 때 순간적으로 그 사람이라는 생각이 들었지만 설마 했는데 점점 그 확신이 굳어가며 무척이나 혼란스러웠다.

감숙설가라면 비천용문의 주축을 이루는 가문이 아닌가? 그런데 그 아들은 비천용문을 쳐부수는 데 선봉에 서 있는 것이다. 뭔가 납득이 가지 않았다. 함정일 수도 있다는 생각도 들었다. 그러나 비천용문의 주구들을 가차없이 쳐부수는 모습에서 그런 의심을 지울 수밖에 없었다.

문득 어린 시절 그 어둡던 표정과 자신의 성까지 버려가며 천마성의 사람이 되어 부친이 가담한 비천용문을 쳐부수는 이 사내의 모습은 뭔가 일관성을 느끼게 해주었다. 그래서 최소한 함정은 아닐 것이라는 생각도 들었다. 그런 생각들이 유진혜로 하여금 이런 자리를 만들게 한 것이다.

"유 소저의 대답을 듣고 나니 무슨 의도로 그런 질문을 하는지 짐작이 가는군요."

설수범이 우울한 눈빛으로 묵묵히 고개를 끄덕였다.

그동안 최대한 조심을 하고 꼭 도움이 필요한 싸움이 아니면 세가 사람들 쪽에는 모습을 나타내지 않았지만 어린 시절의 모습을 기억하는 한 여인으로부터 정체를 의심받은 것이다. 그리고 그 여인이 굳이 이런 자리를 만들어 조심스럽게 질문하는 이유도 짐작이 갔다. 깊은 곳에 숨겨진 내막이야 짐작도 못하겠지만 어쨌든 부자지간에 서로 적이 되어 검을 겨누려고 하는 행동이 납득이 가지 않았을 것이다.

설수범의 눈빛이 더욱 깊게 가라앉았다.

"전 단지……."

"됐소. 유 소저가 내 정체를 아는 이상, 유 소저의 심정은 충분히 짐작할 수 있소."

설수범이 유진혜의 말을 가로막으며 유진혜의 눈을 쳐다보았다.

차가운 기운 속에 더없이 총명한 이지(理智)가 엿보이는 눈이었다.

"날 의심하시오?"

잠시 유진혜의 눈빛을 읽던 설수범이 단도직입적으로 물었다.

"처음엔 그랬지만 이젠 아니에요."

유진혜가 천천히 고개를 저으며 답했다.

"왜 그렇소?"

"어릴 적 보았던 공자님의 그 우울하던 표정과 성을 버리면서까지 천마성의 사람이 되어 비천용문과 맞서는 모습에서 이질감을 느끼지 못하겠어요. 아마 처음 보았던 공자님의 모습이 밝고 환했다면 지금 이 자리에서 이런 질문을 하지도 않았겠지요. 아버님께 먼저 말씀드렸을 거예요."

유진혜가 깊은 눈빛으로 설수범을 쳐다보았다.

어린 시절 한참 동안 가슴속에서 지워지지 않던 고독한 소년의 모습이 세월을 뛰어넘어 다시 망막을 채워왔다.

"싸움이 끝날 때까지만 비밀을 지켜주시겠소?"

설수범의 목소리가 낮게 울렸다.

"그래야겠죠. 청해성에서 왔다는 사람들, 그리고 공자님과 공자님 명령을 받는 무사들이 천마성의 사람이란 사실을 안 것만으로도 한참 동안 시끄러웠어요. 그런데 공자님이 감숙설가의 장남이란 사실까지 알려지면 무슨 복잡한 일이 생길지도 모르니까요."

유진혜가 주위를 경계하는 표정을 지으며 조심스럽게 답했다.

"믿어줘서 고맙소."

잠시 유진혜를 쳐다보던 설수범이 나직하게 말했다.

"공자님과 천마성의 사람들이 아니라면 우리 세가들의 복수는 현실적으로 불가능하죠. 함정이 아닐 것이라 생각하고 있었지만, 이렇게 얘기를 나눠보니 마지막 남은 한 조각 의심까지 털어버릴 수가 있겠군요. 그래서 저도 고마워요. 이젠 쉬어야겠으니 공자님도 편히 쉬세요."

홀가분한 표정이 된 유진혜가 바깥의 동정을 살핀 후 섭부용이 일러 준 대로 입구 왼쪽으로 몸을 움직여 사라졌다.

유진혜가 사라지고 난 후에도 설수범은 쉴 생각도 않고 그 자리에 석상처럼 앉아 있었다.

비천용문이 가까워지면서 점점 더 무거워져 오는 마음은 가슴에 큰 바위를 올려놓은 듯 답답했다.

비천용문은 감숙설가와 감숙추가가 주도적으로 힘을 보태고 있는 곳이다. 그리고 부친인 설사덕은 그곳의 핵심 인물이다. 천마성에서 나와 감숙의 말단에서부터 비천용문의 수족을 잘라 올라왔지만 이젠 맞닥뜨려야 할 시기가 가까워졌다. 극한 상황이 되면 부친과 검을 마주하고 서는 일이 생길지도 모른다.

설수범은 고뇌에 찬 표정으로 허공을 쳐다보았다.

"아버지, 감숙제일가의 가주이신 당신께서 뭘 더 얻고자 비천용문, 아니, 서천맹의 일원이 되신 겁니까?"

미동도 않고 자리에 앉아 있던 설수범이 통곡처럼 낮게 중얼거리며 입술을 씹었다.

언제부터인가 자신의 웃음을 잃게 만들고, 이젠 가문까지 등지게 만

들면서 얻으려고 한 것이 무엇인지, 대체 얼마나 휘황찬란한 미래를 보
장받았기에 그랬는지, 어머니의 죽음에 얽힌 내막과 상일과 상희에 대
해서는 알고나 있는지…….

얽힌 실타래처럼 복잡하고 시궁창 바닥의 진흙탕처럼 끈적거리는
역겨운 상념들이 머리 속을 복잡하게 했다. 그와 함께 질끈 깨문 입술
에서 선혈이 흘렀다.

어쨌든 이 싸움의 끝에서는 그 더럽고 끈적거리는 상념들을 베어낼
수 있을 것이다.

폭포 줄기를 베듯 그렇게 베어버리고 싶다!

스륵―

탁한 한숨을 토해낸 설수범이 옆에 있던 검을 빼 들었다.

이 한 자루의 검으로 비천용문을 철저히 무너뜨릴 것이다.

바위산 위에 세워진 철옹성이지만 약점은 있게 마련이다. 그 약점을
이용하고 삼중, 사중의 교란작전으로 그 약점을 파고들면 철옹성도 무
너뜨릴 수가 있는 것이다.

휘익―

검을 들고 천막 밖으로 나온 설수범이 신형을 움직였다.

미세하게 상체가 움직이는가 싶은 순간 설수범의 신형은 어둠 속으
로 녹아들었다.

*   *   *

"여길세!"

굵직한 목소리에 어둠에 동화되어 있던 한 흑의복면인이 흠칫 놀라

며 고개를 돌렸다. 자신이 먼저 도착해서 기다리고 있었다고 생각했는데 뒤에서 들리는 목소리를 들어봐서는 오히려 그 목소리의 주인이 자신을 기다리고 있었던 것 같았다. 그리고 그 목소리가 들려온 곳도 방금 자신이 날아온 뒤쪽이었다. 은폐물도 없었는데 어떻게 그쪽에서 목소리가 들려오는지 이해가 가지 않았지만 갈의중년인은 그곳에서 장막을 걷고 나오듯 모습을 드러냈다.

"대인을 뵙습니다."

사내가 가볍게 읍을 하고는 중년인을 따라 신형을 움직였다.

팟—

유등에 불이 밝혀지자 어둠이 후욱 밀려나고 여러 가지 서류들이 어지럽게 늘어져 있는 실내의 모습이 눈에 들어왔다. 구석에는 평범한 침상 하나가 놓여 있고 그 외의 공간인 벽면과 바닥, 서탁 위에는 무수히 많은 종이들이 늘어져 있었다. 언뜻 보기에는 무질서하게 흩어져 있는 것 같았지만 조금만 더 신경을 써서 보면 많은 정보들을 일목요연하게 파악할 수 있도록 배치가 되어 있다는 것을 느낄 수 있었다.

흑의복면인도 그것을 느꼈는지 어지럽게 늘어져 있는 종이들과 서류들을 건드리지 않고 조심스럽게 발을 디뎌 탁자를 사이에 두고 중년인과 마주 앉았다. 그리고 복면을 벗고 품에서 한 장의 서찰을 꺼내 탁자에 놓았다.

"동호는?"

"계속해서 그들의 움직임을 파악하고 있습니다."

상관진걸의 질문에 짧게 답한 서호는 긴장된 표정을 지었다. 상관진걸의 말투와 행동에서 뭔가 긴박한 기운을 읽었기 때문이다. 은밀하고 위험한 일을 하지만 상관진걸은 언제나 여유를 잃지 않는 사람이었다.

그런데 지금의 표정에서는 적지 않게 무거운 기색을 느낄 수 있었다.

차르르—

서호가 내민 밀지를 찬찬히 읽은 상관진걸은 말아두었던 큰 두루마리를 펼쳤다.

감숙의 지형이 세세하게 그려진 지도였다. 그리고 그 지도 위에는 열 개의 가는 줄과 한 개의 굵은 줄이 뱀이 기어가듯 길게 그려져 있었다.

"이상하군."

서호가 내민 밀지를 꼼꼼히 읽은 후 그 정보를 바탕으로 총 열 개의 가는 선들의 길이를 붓으로 조금씩 더 늘이던 상관진걸은 굳은 표정으로 고개를 갸웃거렸다. 지도 위에 그려진 선들의 방향이 뭔가 마음에 들지 않는 모양이었다. 그런 상관진걸의 행동에 서호도 고개를 빼고 지도 위로 눈길을 주었지만 지도 위에 그려진 선들만으로 뭔가 이상한 점을 알아내기란 쉽지 않았다.

"한 개의 선은 예측대로 움직이고 있다. 그러나 다른 아홉 개의 선은 이 점에서부터 약간씩 방향이 틀어지고 있다."

상관진걸은 붓을 들어 각각의 선들에 점을 찍었다.

아홉 개의 선에 점이 찍혀지고, 점이 찍혀진 부분을 주시하던 상관진걸이 고개를 들어 올렸다.

"좀 더 두고 보면 알게 되겠지. 어쨌든 우리가 원하는 대로 서천맹의 기련산 조직과 천마성이 대대적인 전쟁을 벌이려 하고 있다. 우선은 비천용문을 포위한 천마성의 오백 기마대와 서천맹의 기련산 조직이 싸우고, 그 싸움이 확대되면 서로 막대한 피해를 입게 될 것이다. 궁극적으로는 두 쪽 모두 회복 불능의 피해를 입고 사라져 버리게 해야 할 집단이지만 지금은 비천용문이 최대한의 피해를 입게끔 일을 꾸며야 한다. 그리고 언젠가는 천마성도 그렇게 사라져 준다면 더 바랄 것이 없지. 현재는 천마성이 변방의 울타리 노릇을 하고 있지만 결국은 서천맹 못지않은 위험한 존재가 되지 않는다는 보장이 없으니까 말일세.”

상관진걸이 무겁게 가라앉은 표정으로 말했다.

어쩌면 서천맹과 천마성뿐만 아니라 칼을 차고 다니는 사람들 모두가 그런 존재일지 모른다. 칼을 차고 다니는 자들의 힘이 필요 이상으로 강대해지면 황권마저도 위협할 수가 있다. 그건 어떤 자들이라도 마찬가지이다. 지금 당장은 그 칼을 강하게 휘두르고 있는 두 개의 세력들이 가장 신경을 곤두세워야 할 존재들이다.

“비천용문 내에 잠입한 조원은 잘하고 있겠지?”

상관진걸이 뭔가 생각난 듯 말했다.

“오랜 기간 동안 공을 들인 조원이기에 빈틈없이 잘하고 있습니다. 천마성주의 제자에게 필요한 정보를 거의 다 빼내준 것으로 알고 있습니다. 그것들을 이용해서 비천용문을 얼마나 잘 공략하는가는 그자의 능력에 달린 것이겠지요.”

서호가 고개를 끄덕이며 답했다.

“천마성주의 제자란 청년은 결코 얕볼 인물이 아니다. 최대한 도움을 주되 절대로 황실이 개입되었다는 낌새를 느끼게 해서는 안 되네.”

“물론입니다.”

서호가 단호하게 답했다.

*　　　　*　　　　*

두두두―

천마성의 오백 기마대를 앞세운 감숙 세가 연합이 비천용문이 보이
는 들판에 도착했을 때는 땅거미가 지기 시작할 무렵이었다. 예상대로
비천용문을 굳게 걸어 잠그고 성 밖에는 단 한 명의 인원도 보이지 않
아 성문 앞에 펼쳐진 들판에는 정적만이 감돌고 있었다.

"허허! 철옹성이로고……."

삼면이 삼십 장 높이의 깎아지른 바위산 위에 지어진 비천용문을 쳐
다보던 난주이가의 가주 이세격은 혀를 내둘렀다.

녹주평에서 천마성의 기마대와 만나고 이곳까지 오는 동안에 단 한
번의 저항이나 매복 공격을 받지 않은 이유를 확연히 알 수가 있는 광
경이었다. 들판으로 이어진 좁은 경사로 하나만 빼면 칼날 같은 바위
절벽으로 둘러싸인 비천용문은 자신이 보아서는 그 어떤 수단으로도
밖에서는 성문을 열지 못할 것 같았다.

군대가 동원되어 대포로 성문을 부순다 하더라도 좁은 경사로를 따
라 입성을 시도하다가는 성벽 위에서 아래로 쏟아지는 화살들에 의해
서 고슴도치가 될 것 같았다. 그러나 안에서는 성벽 위의 궁수들 도움
을 받으며 순식간에 들판으로 치달릴 수 있는 구조로 경사로가 설계되
어 천혜의 요새에 지어진 철옹성이었다. 그런 지형적 유리함을 믿고
있었기에 놈들은 자신들이 진격해 오는 것을 알고도 매복 공격 한 번
하지 않고 느긋하게 기다리고 있었던 것이다.

이제까지는 승리에 승리를 거듭하던 싸움이었고, 마지막으로 놈들
의 심장에 검을 박고 대미를 장식할 수 있겠다던 기대는 말로만 듣던
비천용문의 모습을 직접 보고 나니 와르르 허물어지고 말았다. 아울러

품속에 들어 있던 벽력구(霹靂球)가 얼마나 부질없는 물건인지 절실히 느껴졌다. 평소에는 사방 삼 장(三丈) 정도는 초토화시킬 만큼 강렬한 폭발로 뭇 사람들의 모골을 송연하게 하는 물건이었지만 이런 험지에 서는 어린애 장난감 같은 느낌밖에 들지 않았다.

비천용문의 위용에 고개를 흔든 이세격은 품속에 넣어 벽력구를 만지작거리던 손을 빼고는 등을 돌렸다. 장기전이 될 공산이 컸고 그에 따른 대책을 밤새워 의논해야 될 것 같았다.

"오시느라 수고가 많으셨습니다."

막 걸음을 옮기려는 이세격의 귀에 설수범의 목소리가 들렸다.

"먼저 도착했구만!"

이세격이 반가운 표정으로 설수범을 쳐다보았다. 요 며칠 자주 만나며 도움을 주어 그동안의 빚을 갚았는가 싶었는데 비천용문의 굳게 잠긴 성문을 보니 아무런 도움이 될 것 같지 않아 마음이 무거웠다.

"철옹성이란 말은 들었지만 직접 보니 혀를 내두를 정도로구만. 아울러 내가 아무런 도움도 주지 못할 것 같아 송구하구만."

이세격이 무거운 표정으로 설수범을 보며 말했다.

"아닙니다. 이미 큰 도움을 주고 계십니다."

설수범이 이세격에게 가볍게 고개를 끄덕여 답하고는 어깨를 같이 하며 천천히 걸었다.

"음흉한 놈들. 이런 곳에 성을 지어놓고 감숙을 집어삼키려 했군!"

반고후 역시 다른 사람들처럼 하늘을 찌를 듯 서 있는 비천용문을 올려다보며 소리를 질렀다.

산세가 험한 기련산맥의 한 자락에 지어진 성이고, 온 감숙과 경우에 따라서는 천마성마저 상대할 생각으로 지어진 성이니 보통은 아닐 것이라 생각했지만 직접 보고 나니 절로 머리가 흔들어졌다. 소문으로 듣던 것보다 최소한 열 배는 더 견고한 성이라는 생각에 반고후는 한동안 벌린 입을 다물지 못하고 그렇게 서 있었다.

"그만 놀라시오, 반 형. 그러다 턱 빠지겠소!"

옆에 있던 한백겸이 반고후의 어깨를 툭 치며 슬쩍 농을 던졌다. 커다란 덩치에 어울리지 않게 넋을 놓은 모습이 쓴웃음을 자아내게 했지만 한백겸 역시 난감한 기분이 들기는 마찬가지였다.

"기분 나쁜 놈!"

그렇게 비천용문을 쳐다보던 한백겸은 느닷없이 들려오는 반고후의 나직한 목소리에 흠칫 신형을 굳혔다. 자신의 단순한 농에 이런 식의 대응은 생각지 못했기 때문이다. 나이나 무공으로 따져도 반고후가 이런 식으로 자신을 대할 수는 없었기 때문이다.

반고후의 욕지거리에 잠시 굳은 표정을 지었던 한백겸은 반고후의 시선이 고정된 쪽에서 다가오는 한 사내를 보고는 표정을 풀었다. 반고후가 기분 나쁜 놈이라고 한 사내는 자신이 아니라 그 사내였기 때문이다. 녹주평에 도달한 첫날 저녁 이루어진 자리에서 천마성의 사내를 도울 수 없다는 반고후와 달리 실리를 챙겨야 한다며 끝까지 반고후와 맞서 결국 자기 뜻을 관철시킨 사조영이 가벼운 미소로 다가왔다.

"두 분 한숨 소리가 내가 있는 곳까지 들리는구려."

파산철권(破山鐵拳)이라는 별호답게 무기를 소지하지 않고 걸어오는 모습이 깃털처럼 가벼워 보였다.

"권각술뿐만 아니라 천이통(天耳通)까지 달인인 줄 몰랐구려."

노골적으로 반감의 표정을 짓는 반고후에게 슬쩍 눈짓을 준 한백겸이 사조영의 농담에 응수했다. 이틀 전에는 갑론을박하며 서로의 주장을 굽히지 않고 맞섰지만 천마성의 사내를 도와주기로 결정한 이상 서로 힘을 모아 전력을 다해야 할 일이다. 그리고 명분만 내세우는 반고후보다 실리를 철저히 따지는 사조영의 의견이 이런 상황에서는 훨씬 득이 됐다.

"하하! 천이통을 익히지 않아도 비천용문을 직접 본 후 이곳저곳에서 터져 나오는 한숨 소리가 내내 끊이지 않더군요. 나 역시 그랬기에 반 형이나 한 형도 마찬가지라 생각되어 넘겨짚어 본 것이오."

사조영이 밝게 웃으며 걸음을 멈추었다.

"천마성의 무 공자인지, 무말랭이인지 하는 인간이 시키는 대로 하면 될 사 공자가 무슨 걱정이 있어 한숨을 쉰단 말이오? 이런 상황에서 천마성이라고 무슨 뾰족한 수가 있는지 정말 궁금하구려. 기대가 큽니다."

반고후가 한백겸의 눈짓에도 불구하고 사조영의 웃음이 마음에 안 든다는 투로 거칠게 내뱉었다.

"이거야 원! 벌써 끝난 얘기를 가지고 반 형은 아직도 분이 덜 풀린 모양이오."

사조영이 여전히 미소를 머금으며 답했지만 눈빛 속에서는 한줄기 날카로움이 번져 나갔다.

하얀 피부 색과 계집애 뺨치는 용모 속에 감추어진 사나움을 그간의 싸움을 통해 익히 보아온 반고후는 더 이상의 비아냥거림을 멈추고 고개를 돌렸다.

"그런데 천마성의 그 공자는 대체 무슨 생각을 하고 있는지 알 수가 없소."

두 사람 사이의 냉랭한 분위기를 다른 곳으로 관심을 끌어 가라앉히려는 듯 한백겸이 불쑥 말을 끄집어냈다.

"낸들 알겠소. 해가 완전히 진 후 은밀히 모여달라는 부탁을 받았으니 그렇게 할 뿐이지."

반고후가 퉁명스럽게 답하고는 두 사람의 눈치를 살폈다.

빙화 유진혜의 짐작이 맞는다면 이 두 사람 중 한 사람이 비천용문의 첩자일 것이다. 이들 두 가문의 가주나 자식들이 있는 장소에서 논의된 의견들은 그동안 어김없이 새어 나가 싸움이 어려운 국면으로 흘러갔다는 것은 자신도 느낄 수 있었다. 그러나 그것은 어디까지나 빙화의 말을 들은 후이기에 느낄 수 있는 것이었다. 만약 빙화의 그런 지적이 없었다면 자신은 아직까지 아무것도 몰랐을 것이다.

'영리한 여인이긴 한데 너무 차가운 게 탈이야!'

반고후는 빙화의 모습을 떠올리며 내심 입맛을 다셨다.

"어쨌든 오늘 모이면 알게 되겠지요. 천하제일성인 천마성의 사람이니 뭔가 다른 게 있지 않겠소? 아직 시간이 있으니 주변이나 좀 둘러봅시다. 저 괴물 같은 철옹성 때문에 오히려 적의 코앞에서도 산책을 할 수 있겠소. 하하!"

한백겸은 적과 맞닥뜨리고 있으면서도 싸움이 일어날 수가 없어 오히려 여유를 즐기는 것이 어이없다는 표정으로 호탕하게 웃으며 두 사람의 팔을 끌었다.

"조심성이 부족한 사람인가?"

빙화 유진혜는 반고후와 다른 두 사람이 같이 움직이는 것을 멀찌감치서 조심스럽게 살펴보다가 설수범과 난주이가의 가주 이세격이 머리를 맞대고 무언가 열심히 궁리를 하며 걸어가는 모습을 보고 언뜻 눈살을 찌푸렸다.

반고후가 한백겸, 사조영 두 사람과 자주 만나는 것은 이해가 되었다. 그들 둘 중 하나는 첩자 노릇을 하는 사람이고, 꼬리를 잡으려면 그렇게 바쁘게 움직일 수밖에 없었다. 그러나 설수범이 이세격을 자주 만나는 것은 그가 무슨 생각을 하고 있는지 적들에게 노출될 소지가 있었다. 그래서 첫날 모임 후에 반고후와 비밀리에 접촉했을 때 주의를 주었다. 그래서 그런지 그 다음날인 어제는 조심을 하는 것 같더니 오늘 또 한 번 두 사람이 만나는 모습이 목격되었다.

"휴우—"

유진혜는 가슴 한구석에서 밀려오는 답답한 기분에 가늘게 한숨을 내쉬었다.

여기까지 오는 동안 설수범의 깊은 심계와 보이지 않는 곳에서의 활약을 누구보다 잘 알고 있었기에 첩자가 존재한다는 사실도 부친 다음으로 설수범에게 알렸고, 무수범이라는 가명을 쓰고 천마성의 사람으로 활동하고 있지만 그 이전에는 감숙설가의 장남이었다는 사실을 알고도 혼자의 가슴속에만 담아두고 있었다. 그만큼 믿음을 주는 사내였기에 그럴 수 있었다. 그러나 최근의 행보는 왠지 불안해 보였다.

"어쨌든 오늘 저녁 무슨 일을 벌이는지 두고 보면 알겠지."

유진혜는 한 번 더 한숨을 내쉬고는 바쁘게 걸음을 옮겼다.

◆ 제84장

사중교란작전(四重攪亂作戰)

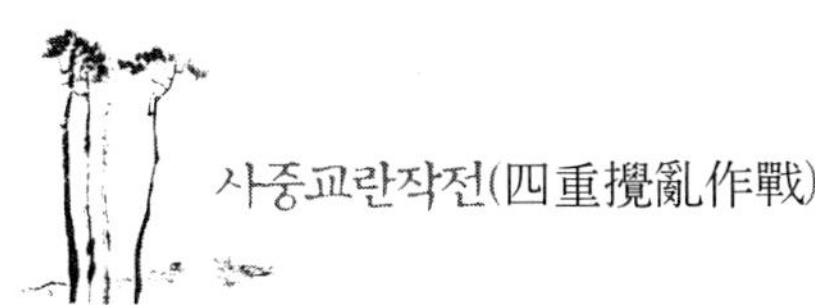

사중교란작전(四重攪亂作戰)

"이쪽의 준비는 다 되었네. 그런데 자네는 괜찮겠나?"

어둠이 깊어가는 녹주평의 한곳에서 적유가 걱정스런 표정으로 설수범을 쳐다보았다.

"염려 마십시오, 사형. 사형께서 철저하게 준비해 준 덕분에 차질없이 일을 처리할 수가 있을 것 같습니다."

적유와는 달리 설수범의 표정에는 일말의 긴장감도 보이지 않았다. 그것을 본 용화성이 빙그레 웃으며 고개를 끄덕였다.

"처음에는 대체 뭘 하려고 그런 것들을 준비하라는지 몰랐는데 비천용문의 생김새를 직접 보고 나니까 이해가 가는구만. 그래도 최대한 조심해야 하네. 우리 아이들 같으면 믿을 수 있겠지만 자네가 협조를 구하고 있는 세가의 청년들은 도저히 믿음이 안 가네."

용화성이 웃음을 거두며 당부했다.

“그들을 배제시키고 정마수호대나 비풍단(飛風團) 인원을 데리고 작전을 수행하는 것이 어떤가?”

적유도 세가의 청년들과 뭔가 일을 꾸미고 있는 설수범이 못내 마음이 안 놓인다는 표정으로 용화성과 똑같은 걱정을 했다.

“그들은 그들 나름대로의 꼭 필요한 역할이 있습니다. 그리고 그들은 감숙세가들의 다음 주인이 될 사람들입니다. 누구의 도움을 받기 이전에 스스로 싸워서 쟁취한 승리감을 가슴에 간직한다면 더 튼튼한 가문을 만들어갈 수 있을 것입니다.”

“사람 참, 고집은…….”

설수범이 가볍게 고개를 저으며 답하자 적유도 어쩔 수 없다는 표정으로 설수범을 쳐다보았다.

처음보다는 많이 나아졌지만 아직까지도 이 청년에게는 천마성주의 제자라는 자리보다는 자기 가문의 장남 자리가 더 중하고 우선해 보였다. 지금이라도 가고 싶은 곳으로 가라면 모든 것을 던져 버리고 당장 가문으로 돌아갈 청년이었다. 하나 그렇게 되면 언젠가는 잠겨져 있었던 천마성의 문이 부서져 나갈 것이고 감숙 땅에는 더 큰 혼란이 덮치리란 것을 알기에 이 청년은 자신을 사형으로 부르고 있을 것이다. 그리고 천마성으로 돌아가기 전에 자신이 나고 자란 감숙과 그곳의 젊은 이들에게 스스로 이길 수 있는 기상을 심어주려 하는 것 같았다. 은밀하게 뒤에서 가장 힘들고 어려운 일들을 처리하며 그 모든 승리를 그들에게 돌아가도록 만드는 상황이 그것을 짐작케 해주었다.

“조심하세요, 공자님.”

세 사람의 대화를 듣고 있던 갈미란이 걱정스런 표정으로 설수범을 보고 말했다.

"허허! 이젠 우리 공주님이 철이 드는 모양이군. 예전 같았으면 막무가내로 따라가겠다고 나섰을 것인데 말이야."

이제껏 말없이 설수범을 지켜보다가 조심스레 입을 여는 갈미란을 보고 용화성이 너털웃음을 터뜨렸다. 큰 아픔을 겪고 나면 한층 더 성장하듯, 생사를 넘나드는 위기를 같이하며 갈미란은 말괄량이 철부지에서 한 명의 여자가 되어가는 것 같았다.

"그럼 움직이도록 하겠습니다. 인원들을 배치시켜 주십시오."

"알겠네! 아무쪼록 조심하게."

적유가 설수범의 등을 두드리며 자신도 검을 들고 빠르게 움직였다.

"봄이 된 지도 한참 지났는데 밤이 되니 추위는 여전하군."

임시 초소를 만들고 보초를 서던 규장호(奎場護)가 피풍의를 잔뜩 위로 끌어 올리며 몸서리를 쳤다. 녹주평의 끝자락인 이곳은 녹초 지대이긴 하지만 낮에는 기온이 제법 올라갔다가 해가 떨어지면 그 순간부터 급격히 온도가 떨어지는 모래사막 특유의 기온을 나타냈다.

"누가 아니래나. 하지만 정작 문제는 지금부터야. 저놈들이 저 성안에서 움직이지 않고 버티기만 하고 있으면 속수무책이니 말일세."

같이 보초를 서던 기진필(冀辰弼)도 규장호의 말을 들으니 추위가 뼈에 사무친다는 표정을 지으며 몸을 움츠렸다. 그리고는 바닥에 침을 퉤 하고 뱉어냈다. 그동안 쉴 새 없이 들이킨 모래바람은 아무리 침을 뱉어내도 입 안이 버석거리는 느낌이었다.

"빌어먹을! 포위를 당한 것도 아니고, 이렇게 포위를 하고 있으면서 보초는 무슨 보초란 말인가? 그간 쉴 새 없이 달려온 것만으로도 사지 육신이 무너져 내릴 것 같은데. 퉤."

기진필이 불평을 터뜨리며 다시 한 번 침을 뱉었다.

"그래도 자시까지만 번을 서면 교대하고 그때부터는 늘어지게 잘 테니 오히려 잘된 것 아닌가?"

규장호가 기진필을 달래며 자신도 침을 뱉어내고는 수통을 입으로 가져갔다. 이렇게 추운 들판에서는 물보다는 술이 훨씬 좋았지만 보초를 서는 사람들에게는 최대의 금기가 그것이니 아쉬운 심정을 억누르며 며칠 동안 목구멍 속에서 버석거리는 모래먼지를 씻어 넘겼다.

"이게 술이었다면……."

한 모금의 물을 마신 규장호가 간절한 술 생각을 토로하려는 순간, 입술로 손가락을 가져가는 기진필의 표정을 보고는 얼른 입을 다물고 몸을 숙였다.

"왜 그러나?"

규장호가 낮은 목소리로 기진필에게 물었다. 그러나 기진필은 대답 대신 수신호로 따라오라는 표시를 했다.

'이 친구가?

규장호는 의문스런 표정을 지었지만 자신보다는 한 단계 높은 무공을 지닌 기진필이었기에 결국 기진필의 뒤를 따랐다.

"고맙네! 따라와 주어서."

"당신은……?"

기진필과 규장호가 초소를 벗어나 녹주평과 기련산맥 자락이 맞닿는 수풀 지역에 들어섰을 때, 백의를 걸친 한 사내가 미소를 지으며 기다리고 있었다.

"당신이 여긴 어쩐 일이오?"

왠지 차갑게 느껴지는 사내의 미소에서 불길한 예감이 든 기진필이
칼의 손잡이를 잡으며 낮은 목소리로 질문했다.

"당신들이 지키던 그 장소 부근에서 내가 할 일이 좀 있어서 말이
오."

백의사내는 기진필과 규장호가 여차하면 칼을 빼 들 자세를 취하는
것을 보고도 조금도 긴장하지 않은 표정으로 기진필의 질문에 답했다.

"그렇다면 그곳에서 할 일을 하면 될 것이지 왜 이런 짓을 벌이는 것
이오?"

이번에는 규장호가 눈살을 찌푸리며 날카로운 목소리로 질문했다.

"하하! 나 역시 그럴 생각이었소. 그런데 그 일이란 것이 남들이 알
면 안 되는 일이기에 부득이 두 분을 이리로 모신 것이오. 두 분은 내
가 할 일을 하는 동안 잠시 여기서 주무시고 계시오."

백의사내가 천천히 미소를 지우며 허리 쪽으로 손을 가져갔다.

"타앗!"

사내의 의도를 파악한 기진필이 기습적으로 도를 뽑아 들며 백의사
내에게로 달려들었다.

발출과 동시에 쾌속한 공격이 이루어지는 쾌도였다. 그와 함께 규장
호도 칼을 빼 들며 백의사내의 측면을 쓸어갔다.

휘익—

무섭게 쇄도해 드는 기진필의 칼을 슬쩍 피한 백의사내가 검병에 손
을 갖다 대는가 싶은 순간, 새파란 검날이 규장호의 목으로 날아들었
다. 기진필보다 쉬운 상대인 규장호를 먼저 처치하겠다는 의도였다.

"어엇!"

너무나 쉽게 기진필의 공격을 무위로 돌리고 자신을 향해 쾌검을 펼

치는 사내의 움직임에 규장호가 대경하며 공격하던 도를 즉시 거두어 들이며 자신의 목을 향해 날아드는 백의사내의 검을 쳐 올렸다.

쉬이익—

충돌하는 금속성 대신 어지럽게 바람을 가르는 소리가 들리며 백의 사내의 검이 규장호의 도를 피하며 다시 심장을 찔러들었다.

"핫!"

규장호가 다시 기합을 지르며 칼을 휘둘렀다. 동시에 기진필의 칼도 백의사내의 허리를 양단할 듯 날아들었다.

"으윽!"

기진필과 규장호는 동시에 신음을 토해냈다.

극히 짧은 순간 백의사내는 기진필의 팔목과 규장호의 어깨를 베며 두 사람의 공격을 가볍게 무산시켰다.

기진필은 등줄기에서 식은땀 한줄기가 흘러내리는 것을 느꼈다.

자신이나 규장호 둘 다 상처는 깊지 않았지만 실력의 우위가 명백히 드러났기 때문이다.

"이젠 그만들 잠들어주셔야겠소. 시간이 없으니까 말이오!"

백의사내는 빠르게 검을 휘둘러 낭패한 표정을 하고 있는 기진필과 규장호를 베어왔다.

휘이잉—

규장호와 기진필이 필사적으로 칼을 휘둘러 백의사내의 검을 쳐 올 렸다. 실력에서 너무 차이가 컸기에 목숨을 건지기 어렵겠지만 병장기 부딪치는 소리라도 터뜨려 동료들에게 알려야 했다. 그러나 쾌속하게 베어오던 백의사내의 이번 공격은 허초였고 두 사람의 칼과 검이 부딪 치려는 찰나, 백의사내의 검은 찌르기 공격으로 바뀌며 두 사람의 목과 심장을 차례로 꿰뚫었다.

"크윽!"

"끄르륵―"

짧은 비명성을 토한 기진필과 규장호가 두 눈을 부릅뜨며 바닥으로 무너져 내렸다.

두 사람의 생명이 완전히 끊어지는 것을 확인한 백의사내는 천천히 신형을 움직여 그들이 조금 전까지 보초를 섰던 초소 쪽으로 사라졌다.

잠시 후, 초소가 저만치 보이는 절벽 아래에 몸을 숨긴 사내는 기형의 호각 하나를 입에 대고 힘껏 불었다. 호각에서는 풀벌레의 울음소리인 듯한 음향이 새어 나왔고 뒤이어 까마득한 절벽 위에서 뱀이 기어 내려오듯 밧줄 하나가 내려왔다.

턱!

백의사내는 신속히 품속으로 손을 넣어 두툼한 책자 한 권과 서찰 한 장을 밧줄 끝에 매달고는 다시 호각을 불었다.

밧줄은 내려왔을 때의 모습처럼 뱀이 기어가듯 은밀하게 올라갔고 백의사내도 어둠 속으로 사라졌다.

철컹!

백의사내의 은밀한 행동이 있은 지 얼마 지나지 않아 비천용문 지하 일층의 두터운 창살 문이 열리며 일단의 무리들이 신속히 쏟아져 들어왔다. 비천용문에서는 지하로 내려가는 음습하고 어두운 곳이었지만 성 밖에서는 여전히 까마득한 벼랑 위쪽이었다. 어찌 됐든 쏟아져 들어온 무리들에게는 습기 찬 지하였으므로 썩 기분 내키는 표정은 아니었다. 그러나 그것은 약과였다. 한 층을 더 내려가면서부터는 바닥에서 풍겨져 오는 지독한 악취에 모두 오만상을 찌푸렸다.

"모두 헝겊을 꺼내 코를 가려라. 당장은 역겹겠지만 좀 있으면 적응이 될 것이다."

앞에서 무리들을 인솔하던 한 사내가 빠르게 외치며 자신도 헝겊을 꺼내 얼른 코를 가렸다.

"지금부터 미리 정해진 위치로 가서 은신해라. 그리고 최대한 기척을 죽여라."

사내가 짧게 지시하고 손을 흔들자 몰려들어 왔던 무리들이 신속히 흩어지며 몸을 숨겼다. 좁고 어두운 공간이었지만 일사불란하게 움직이며 순식간에 몸을 숨기는 사내들의 움직임은 하나같이 고수들임을 짐작할 수 있었다.

"그럼 필히 놈을 잡길 바란다."

자신이 이끌고 온 인원들이 모두 제 위치를 잡은 것을 확인한 사내는 빠르게 왔던 길로 되돌아갔다.

철컹! 철컹!

사내가 되돌아간 후 음습한 실내에는 두 번의 소음이 울려 퍼지며 이중의 철창문이 굳게 잠겨졌다.

같은 시각, 비천용문의 한쪽 성루에서 권오극은 여러 명의 사람들과 함께 들판을 내려다보며 안광을 빛냈다.

"저놈들이 대체 무슨 계략을 꾸미고 있는가?"

한 노인이 고개를 갸웃거리며 말했다.

비천용문 앞 들판에까지 진격하여 통상적인 포위망을 형성하며 진을 치던 감숙 세가 연합과 천마성의 오백 기마대들은 해시 초(亥時初)

가 되어갈 즈음 갑자기 움직여 진세를 바꾸기 시작한 것이었다.

제법 길게 자란 수풀을 이용해서 최대한 은밀하게 움직였지만 한둘이 아니었기에 그 움직임들은 훤히 드러날 수밖에 없었다.

즉시 비상경계령이 발동되었고, 비천용문 열 명의 전주 중 성내에 남아 있던 세 명의 전주와 몇몇 장로들이 이곳 성루에 모두 모여 성 밖의 움직임을 예의 주시하고 있었다.

"우리가 너무 과민반응을 하는 것이 아니오, 성주? 놈들이 아무리 승승장구하며 여기까지 밀고 올라왔고, 천마성의 오백 기마대까지 가세했다고 하지만 이곳만큼은 어쩔 수 없는 곳이 아니겠소?"

비천용문의 용호전주(龍虎殿主) 탁석(卓錫)이 긴 수염을 쓰다듬으며 멀리 오백 기마대가 있는 쪽으로 눈길을 주었다.

오십 초반의 나이였지만 수염만큼은 거의 배꼽에 이를 정도로 길게 길렀고, 무기 역시 청룡도는 아니었지만 청룡도보다 오히려 긴 낭아곤(狼牙棍)을 휘둘러 관운장을 연상시키는 사람이었다.

"내가 신경을 쓰는 것은 저놈들이 아니오. 저따위 놈들이야 지금의 두 배로 인원이 늘어난다 하더라도 눈 하나 까닥 않고 외곽의 경계만 철저히 할 것이오."

권오극이 여전히 긴장을 풀지 않은 표정으로 답했다.

"하오면 문주님께서 신경을 쓰시는 존재는?"

이번에는 풍운전주(風雲殿主) 임소국(林所局)이 질문했다.

"천마성주의 제자라는 놈이오!"

"천마성주의 제자?"

임소국이 슬쩍 눈살을 찌푸렸다. 천마성주도 아니고 그 제자란 놈 때문에 한밤중에 자신들까지 호출한 것이 못마땅한 모양이었다.

아무리 저놈들이 감숙의 지부들을 순식간에 무너뜨리며 이곳까지 진격해 왔다고는 하지만 날개 달린 새가 아닌 이상 이곳은 어쩔 수 없을 것이라 생각했다. 성문과 성 외곽의 경계만 철저히 하며 장기전으로 나가다 기련산에 있는 인원들이 도착하면 양동작전으로 궤멸시키면 될 일이다.

"그놈의 등에는 날개라도 달렸소?"

용호전주 탁석도 임소국과 비슷한 표정으로 긴 수염을 흔들며 목소리를 높였다.

"여러분들은 천마성에 잠입하여 수십 년에 걸쳐 은밀하게 조직을 구축했고, 천마성을 붕괴 직전까지 몰고 갔던 본좌의 셋째 사형인 백호당주가 어떻게 돌아가셨는지는 잘 모를 것이오. 문도의 사기를 고려해 이제껏 철저히 비밀에 부치고 있었지만 사형의 모든 조직을 무너뜨리고 천마성주의 손에 사형을 비명횡사하게 일을 꾸민 놈이 바로 그놈이오."

권오극은 천마성주의 제자란 애송이의 손에 사형 백호당주가 죽었다는 사실만큼은 끝까지 비밀에 부치며 천마성주의 손에 백호당주가 죽었다고 밝혔다. 그것은 사형에 대한 권오극의 마지막 예의였다.

"그럴 수가?"

"허허! 그럼 저곳에 그놈이……?"

은밀하게 나돌던 소문인 백호당주가 죽었다는 사실과 그 일에 천마성주의 제자가 큰 역할을 했다는 것을 권오극의 입에서 직접 들은 사람들은 그때서야 한 가닥 경계심을 가지며 아래를 내려다보았다.

"셋째 사형은 단신으로 천마성에 숨어들어 천마성을 무너뜨리기 일보 직전까지 몰고 간 분이오. 그만큼 책략에 있어서는 뛰어난 분이셨

소. 그런데 그런 분의 모든 조직을 순식간에 파헤치고 무너뜨린 놈이
바로 천마성주의 제자란 놈이오. 물론 그것은 천마성주 갈문혁의 측면
지원이 있었기에 가능했겠지만… 성벽만 믿고 자만할 놈이 아니오, 그
놈은……."

　권오극이 억눌린 목소리로 설명하자 세 명의 전주들과 몇 명의 장로
들도 더 이상 아무런 반박을 하지 않았다. 권오극의 말대로 맹의 사대
당주 중 한 명을 파멸시킨 놈이라면 결코 방심할 수가 없다는 생각이
든 것이다.

　"문주님! 밀정으로부터 다시 밀지가 도착했습니다."

　잠시 침묵이 흐르는 성루 위로 비천용문의 군사 비해산(肥海算)이 날
아올랐다.

　차르르—

　첩자가 보내온 밀지의 내용을 몇 번이나 읽어보던 권오극이 잠시 눈
을 감고 있는 비해산을 향해 고개를 돌렸다.

　뭔가 복잡한 생각에 고민하는 모습이었지만 그것은 이미 무슨 해결
책이 떠올랐을 때 나타나는 버릇임을 알고 있는 권오극과 풍운전주 임
소국은 안광을 빛내며 비해산을 쳐다보았다.

　"이 오밤중에 진영을 새로 짜며 어지럽게 움직이는 놈들의 의도가
무엇인지 짐작하겠소, 군사?"

　용호전주 탁석이 비해산의 대답을 재촉했다. 주작당주 권오극의 말
대로 애송이 놈이 정말 이렇게 밤잠을 설칠 정도로 비범한 존재인지
기대가 된다는 표정이었다. 그리고 그 표정 뒤에는 이런 식의 수성전
보다는 어서 들판으로 달려나가 닥치는 대로 쓸어버리고 싶다는 무인
의 본능적인 욕망이 감추어져 있었다.

"놈은 성동격서의 전략을 짜고 있는 것 같습니다."

잠시 동안 눈을 감고 머리를 젖힌 채 생각에 잠겼던 비해산이 무겁게 입술을 움직였다.

"성동격서라면… 말 그대로 동쪽에서 소리를 지르고 서쪽을 공격한다는 뜻인데, 지금 현재 놈들의 움직임으로 보아 동서남북의 구별이 없이 진을 치고 있지 않소?"

혈룡전주(血龍殿主) 뇌철하(雷澈夏)가 까마득한 성 아래를 둘러보며 납득이 안 간다는 표정을 지었다. 급속하게 진영의 이동이 있었지만 성동격서의 계략을 쓸 만큼 한쪽으로 몰리지 않은 배치였다. 그러니 어느 쪽을 허술히 할 수도 없이 경계할 테고 성동격서는 통하지 않을 것이기 때문이었다.

"그럼 물어보겠소. 문주님 이하 여러 장로님과 전주님들은 여러 개의 망루 중 왜 하필 이곳에 모여 있는지요?"

비해산이 망루에 모인 모든 사람들을 주욱 둘러보며 말했다.

"그야 천마성의 기마대가 이쪽으로 포진했기……."

"그렇습니다. 놈은 바로 그것을 노린 겁니다. 겉보기에는 사방으로 균일하게 인원을 배치시킨 것 같지만 천마성의 인원은 동쪽으로 집중 배치시켰지요. 그리고 우리 역시 세가 연합 세력은 껍데기이니 천마성의 기마대에 집중적으로 신경을 쓰며 의식적이든 무의식적이든 이곳으로 모인 것이지요. 놈은 상대의 그런 심리까지 파악하고 은밀히 성동격서의 전략을 취하고 있습니다. 밀정이 보내온 밀지에 의하면 놈은 세가 연합의 청년 고수들을 회유하며 서쪽 절벽 아래에 모이도록 했다고 적혀 있습니다. 놈은 우리들의 신경을 알게 모르게 동쪽으로 쏠리게 한 후 서쪽 성벽을 공략할 계획을 세운 모양입니다."

"공략?"

비해산이 설명을 끝내자 장로 중 한 사람이 공략이라는 단어를 되뇌며 비해산을 쳐다보았다. 군대가 와도 어쩔 도리가 없을 이곳을 애송이 몇 명이 모여 공략한다는 표현이 도저히 말이 안 되는 것 같았기 때문이다.

"그렇습니다. 놈은 이 비천용문의 가장 큰 약점을 꿰뚫고 그곳을 집중공략할 계략을 세운 모양입니다."

비해산이 자신을 쳐다보는 장로의 의문을 읽고 다시 설명했다.

"약점이라니? 그건 또 무슨 말이오, 군사?"

이번에는 풍운전주 임소국이 언성을 높였다.

"마지막으로 날아온 밀지에 의하면 놈은 최근 난주이가의 가주 이세격과 자주 만났다고 했습니다. 그걸 통해 본인은 놈의 의도를 어느 정도 짐작할 수 있었습니다. 그리고 지금 천마성의 인원들을 동쪽에 배치시키는 것으로 놈의 의중을 최종 확신했습니다."

비해산이 자신의 짐작을 확신한다는 듯 무겁게 고개를 끄덕였다.

"난주이가의 이세격이라면……?"

"이세격이란 이름만 가지고는 별반 중요할 것이 없지만 그자는 신뇌자(神雷子) 정만양(鄭灣梁)과 절친한 친구 사이지요."

이세격이라는 이름을 듣고서도 상황을 얼른 파악하지 못하는 사람들을 향해 비해산이 설명을 덧붙였다.

"신뇌자 정만양? 그렇군. 신뇌자의 도움을 얻으려면 먼저 이세격을 찾으라는 말이 있었지. 그렇다면 놈이 이세격과 자주 만난 이유가 신뇌자의 벽력구 때문이란 말이오?"

누군가 이제야 갈피가 잡힌다는 음색으로 소리쳤다.

“그게 아니면 놈이 이세격과 몇 번이나 머리를 맞댈 이유가 없겠지요. 무공으로 따진다 해도 이세격 정도는 상대가 안 될 테니까요.”

“그런 추리도 가능하겠군. 하지만 벽력구를 얻었다 할지라도 그게 성동격서와 무슨 상관이 있소? 이곳은 벽력구가 아니라 대포라도 소용이 없는 곳이 아니오?”

용호전주 탁석도 뭔가 가닥이 잡힐 듯한 표정을 짓다가 다시 의문스런 표정으로 바뀌었다.

“그건 맞는 말이지요. 이곳은 성벽뿐만 아니라 성문 또한 대포를 동원해도 소용없는 곳이지요. 그러나 유일하게 한 곳만은 벽력구가 통할 만한 곳이 있습니다.”

“이 비천용문에 그런 곳이 있다니 그게 무슨……?”

그동안 철옹성이라 생각하고 있었던 비천용문에 그런 곳이 있다는 비해산의 말이 뜻밖인 듯 권오극을 포함한 여러 사람들의 눈이 한층 더 의혹의 빛을 발했다.

“그렇군! 이 성의 유일한 하수구가 서쪽 성벽 중간에 나 있군! 그걸 간과했구만.”

문주 권오극이 이제야 모든 게 확실해졌다는 표정으로 고개를 끄덕였다. 직책이 높을수록 접할 기회가 없고, 평소에는 가장 하찮게 여기는 곳이기에 까맣게 잊고 있었지만 이런 상황에서는 그런 곳이 가장 중요한 곳이 되는 것이다.

“그렇습니다. 놈은 그곳으로 은밀하게 숨어들어 일을 꾸밀 계략을 세우고 있는 것 같습니다.”

비해산이 자신의 생각을 모두 말하고는 다른 사람의 이견을 기다렸다. 그러나 모든 정황을 고려하면 그것이 가장 타당하다는 생각에 아무도 다른 의견을 말하지 않았다.

"그렇다면 우리가 여기에 더 있을 이유는 없겠구려. 놈의 의도를 읽은 이상 그걸 역이용해서 놈의 무덤을 파야 하지 않겠소. 벌써 시작했을지도 모르니 서두릅시다, 어서!"

장로 중 한 사람이 한시도 지체할 수 없다는 표정으로 서둘러 노구를 일으켰다.

"아직까지는 시간이 있습니다. 벽력구의 폭음 때문에 그 소리를 감춰줄 만한 몇 번의 폭음이 다른 곳에서 규칙적으로 울린 후, 그 간격에 맞춰 놈은 하수구 입구에 삼중으로 막힌 철창에 벽력구를 터뜨리고 숨어들 것입니다. 그때를 대비해서 본모는 맹호전(猛虎殿) 무사들을 하수구 일, 이층에 모두 은신시켰습니다. 그리고 철창문까지 잠가두었으니 같이 죽는 한이 있어도 놓치지는 않을 겁니다."

비해산이 그동안의 긴장을 날려 버리려는 듯 긴 한숨을 내쉬었다.

"과연 군사이시오. 놈이 그런 계략을 쓸 줄은 몰랐소. 며칠 더 지나 이리저리 머리를 쓰고 서로의 약점을 탐색하다 보면 그런 것이 보일지도 모르겠지만, 오자마자 숨도 돌리기 전에 바로 그런 계략으로 나올지는 정말 생각 못했소."

여기저기서 비해산을 칭찬하는 목소리들이 흘러나왔다.

"과찬이십니다. 지금 현재로서는 그것이 제일 타당성있는 예측이니 그쪽으로 대비하면 될 듯합니다."

비해산의 눈빛이 어둠을 갈랐다.

"마침 바람이 불어오는군!"

동쪽 성벽 아래에서 적유가 풀잎 몇 개를 허공에 던지며 바람의 방

향과 세기를 가늠하였다. 조금만 더 세게 불어준다면 금상첨화일 것
같았지만 그건 사람의 힘으로는 어쩔 수 없는 것이다. 그래도 이 정도
의 바람이라도 불어주니 다행이라 생각했다.

"준비하라!"

잠시 더 바람의 방향을 가늠하던 적유가 낮은 목소리로 지시하며 손
을 쳐들자, 어둠 속에서 몸을 숨기고 있던 인영들이 신속하게 움직이기
시작했다.

"잘될 것 같은가?"

희미한 달빛만이 사위를 비추는 어둠 속에서도 일사불란하게 움직
이며 하나하나 기구를 조립하는 천마성의 무사들을 쳐다보던 용화성이
조금은 걱정스러운 표정으로 물었다.

"이제껏 사제의 계획이 실패한 적은 없었습니다. 시킨 대로 하면 어
김없을 것입니다."

적유가 일말의 의심도 내포되지 않은 음성으로 답했다.

"사형제지간의 정리가 부럽군."

용화성이 빙그레 웃으며 적유를 쳐다보았다. 그리고는 다시 입술을
움직였다.

"자네는 욕심도 없나?"

"무슨 욕심 말씀이십니까?"

이곳저곳에서 움직이는 부하들을 지켜보던 적유가 의미를 알 수 없
는 용화성의 질문에 천천히 고개를 돌리며 반문했다.

"천마성주의 큰제자는 자네일세."

용화성이 깊게 가라앉은 눈빛으로 적유의 눈을 쳐다보았다. 어둠이
장막처럼 드리워져 있었지만 용화성의 노안에서 흘러나오는 눈빛은 양

광처럼 선명하게 적유의 망막에 쏟아져 왔다.

"후후!"

잠시 용화성의 시선을 읽던 적유가 나직하게 웃음을 터뜨렸다.

"제가 수라환경을 사성만 성취했어도 한번 욕심을 내볼 만한데…… 이성도 채 익히지 못했으니 그림의 떡이지요."

용화성의 심중을 읽은 적유가 미소를 머금으며 답했다.

"사성만 익혔다면 정말 욕심을 낼 참이었나?"

용화성도 적유와 비슷한 미소를 머금은 채 다시 질문했다.

"만인지상의 천마성주 자리라면 한번 도전해 볼 만한 하지 않습니까?"

적유가 용화성의 표정을 한 번 더 살핀 후 덤덤한 목소리로 말했다.

"그런데 왜 도전하지 않나?"

용화성이 여전히 적유의 표정에서 시선을 떼지 않고 물었다.

"무슨……?"

"내가 보기엔 자네의 성취는 사성은 충분히 이룬 것 같네. 내 짐작이 틀렸나?"

용화성의 눈빛이 한층 더 심유하게 빛나며 어둠을 갈랐다.

"하하! 역시 용 장로님은 못 속이겠군요. 억지로 사정을 봐준다면 사성 정도는 될 것 같군요."

"그러면 도전해 봐야 되겠구만."

"장로님께서 꿰뚫어 보고 계실 줄 알았으면 칠성이라고 했을 것입니다. 칠성이 되면 한번 도전해 볼 수도 있지 않을까 생각합니다. 하지만 제 능력으로는 장로님 연세가 되어도 칠성은 힘들 것 같으니…… 쩝!"

적유가 정말 아쉽다는 듯 입맛을 다셨다.

"내가 좀 도와주면 어떻겠나?"

"그러시겠습니까? 바야흐로 적진 한구석에서 분열의 기운이 잉태되는군요."

적유의 얼굴에 떠오른 미소가 짙어졌다.

"후후! 너구리 성주가 제자 둘은 잘 거두었네. 자네들 두 사람을 보면 이젠 죽어도 여한이 없다네."

용화성이 이제껏 적유의 얼굴에 고정되어 있던 깊숙한 시선을 거두어들이며 하늘을 올려다보았다. 긴 백염을 휘날리며 하늘을 쳐다보는 용화성의 모습은 마치 등선을 기다리는 신선의 모습 같았다.

잠시 넋을 잃고 그런 용화성의 모습을 쳐다보던 적유가 얼른 소리를 높였다.

"정작 재미있을 일은 지금부터라는 생각이 드는데 용 장로님의 그런 모습은 썩 마음에 들지 않는군요. 스스로 쇠락한 늙은이라 자인하시는 겁니까?"

"예끼, 이 사람! 쇠락하긴 누가 쇠락했다고 그러나? 성주보다 오래 살 걸세!"

허허로운 모습으로 하늘을 쳐다보던 용화성이 얼른 표정을 고치고는 고함을 질렀다.

"그것까지 바라진 않습니다만…… 제발 우 장로님보다는 오래 사십시오."

"푸하하! 우괴 앞에서는 그런 소리 하지 말게. 족히 몇 년은 천마성이 시끄러울 걸세."

용화성이 공성전이 임박했음도 잊은 듯 대소를 터뜨렸다.

"준비가 끝났습니다."

두 사람이 잠시 망중한을 즐기는 사이 무사 하나가 다가와 긴장된 목소리로 보고를 했다.

"알았네. 밧줄을 팽팽히 당기고 신호를 기다리게."

적유가 사내를 보고 명령하자 사내가 고개를 숙이고는 급히 달려갔다.

"가시지요. 사중교란작전의 서곡을 울릴 때가 됐습니다."

적유가 용화성을 이끌고 무사가 사라진 방향으로 걸음을 옮겼다.

"대체 이곳에서 뭘 하자는 것인가?"

설수범의 부탁에 의해 수풀이 자란 들판에서 기다리고 있던 반고후가 인상을 찌푸리며 낮은 목소리로 투덜거렸다. 그리고 한기를 쫓으려는 듯 목을 움츠렸다.

해시 초가 되자 느닷없이 진영이 술렁거리며 인원의 이동이 있었고, 그와 동시에 자신들은 미리 약속된 대로 이곳으로 달려와 몸을 숨겨 설수범을 기다렸다. 그러나 반 시진 가까이 설수범의 모습은 보이지 않았다. 그로 인해 반고후는 계속해서 인상을 쓰며 연극을 해야 했다.

"도와주기로 결정했으면 아무 말 없이 끝까지 도와주는 것이 장부다운 행동이 아니겠소."

파산철권 사조영이 연신 설수범에 대해 불평을 늘어놓으며 투덜거리는 반고후를 보며 점잖게 나무랐다.

"사 공자는 그 사람에게 뭐 얻어먹은 거라도 있소? 내가 그 사람 험담만 하면 본인보다 더 난리요?"

반고후가 며칠 전처럼 사조영을 향해 독설을 퍼부었다.

"그만들 하시오. 지금은 그런 일로 소란을 피울 때가 아니지 않소?"

"그렇소. 조금만 더 기다려 봅시다."

두 사람의 언성이 높아질 기미를 보이자 여기저기서 몇 마디의 책망이 들렸고 반고후가 끄응 하고 신음을 내뱉으며 입을 다물었다.

"오래 기다리게 해서 미안하오."

"어이쿠!"

입을 잠시 다물었던 반고후가 바로 옆에서 들리는 설수범의 목소리에 비명을 지르며 뒤로 물러나 앉았다.

어둠이 짙었고 몸을 은신하기에 알맞은 수풀들이 제법 길게 자라 있었지만 기척도 없이 바로 옆에서 나타난 설수범의 모습에 반고후는 물론이고 몸을 숨기고 있던 여러 청년들도 흠칫 놀라며 설수범을 향해 고개를 돌렸다.

"미리 와서 기다리고 있었소?"

갑작스런 설수범의 출현이 아직도 이해가 잘 안 된다는 표정을 한 반고후가 더듬거리며 물었다.

"뭔가, 이건? 군사의 판단이 잘못된 것 아닌가?"

동쪽 성벽 위에는 숫자는 많았지만 별 볼일 없는 아랫것들만 잔뜩 세워 천마성의 인원들에 대해 만반의 준비를 하는 듯한 인상을 주고, 고수들은 모두 성의 서쪽, 특히 하수구와 이어진 입구 근처에 겹겹이 매복시킨 용호전주 탁석은 동쪽이나 아니면 다른 쪽에서 들려올 폭음을 기다리며 애간장을 태우고 있었다.

하수구 입구를 막은 삼중 철창살은 아무리 무공이 초인의 경지에 달했다 하더라도 그것을 파괴하기는 불가능할 테니 군사 비해산의 말대로 벽력구를 사용할 것이고, 그 폭음 소리를 묻히게 하기 위해서 필연적으로 다른 폭음으로 주의를 흩뜨릴 것이다. 그런데 아무리 기다려도 폭음은 들려오지 않았다. 탁석은 조바심으로 그 자리에 서 있지 못하고 주변을 서성거렸다.

쾅!

순간, 탁석의 애타는 기다림에 부응이라도 하듯 동쪽 방향에서 폭음이 울렸다.

"옳거니!"

탁석은 자신도 모르게 쾌재를 외쳤다.

폭음이 동쪽에서 울렸으니 비해산의 예상이 적중한 것이다. 놈은 동쪽에서 폭음을 울리게 하고 서쪽 절벽 중간 부분에 나 있는 하수구를 통해 쥐새끼처럼 숨어들 생각인 것이다. 허를 찌르는 멋진 계략이기에 그것이 성공하면 적에게 큰 손실을 입히고 전세를 유리하게 이끌 수 있지만, 반대로 그것이 간파당하면 치명적인 역공을 받게 된다. 하수구라는 좁은 통로를 통과해야 하기에 소규모의 조력자들만 이끌고 숨어들 것이고, 그건 미리 기다리고 있는 대규모의 인원들에게 좋은 사냥감이 될 것이다. 놈이 아무리 일기당천의 무공을 지닌 천마성주의 제자라 해도 그건 어쩔 수 없을 것이다.

콰앙!

탁석의 그런 상념을 깨뜨리며 다시 한 번 폭음이 울렸다.

이 폭음이 계속해서 규칙적으로 울리면 그 간격에 맞춰 놈은 하수구 입구의 철망에 벽력구를 터뜨릴 것이다. 그런 생각을 하던 탁석의 눈이 크게 뜨여졌다.

"뭐, 뭐냐?"

동쪽에서 울리는 폭음에 신경 쓰지 않고 서쪽 지하에서 같이 터질 폭음에만 신경 쓰던 탁석은 두 번째 폭음이 울리며 화염이 주변을 밝힐 때 뭔가 이상함을 느끼고 고개를 돌렸다.

"웬 화염이냐?"

당연히 서쪽 절벽의 공격을 숨기기 위한 동쪽 절벽 아래에서의 폭음이리라 생각했는데 성안의 동쪽 부분에서 화염이 치솟고 있었던 것이다.

그건 도저히 이해가 가지 않은 일이었다.

대포를 쏘더라도 절벽의 높이에 가로막혀 절벽 위에 세워진 성벽까지는 도달하지도 못할 것인데 폭음과 함께 성안에서 타오르는 화염은?

콰앙!

다시 한 번 폭음이 울리며 화염이 좀 더 거세게 번져 올랐다.

세 번의 연속된 폭음과 함께 화염이 주변을 밝히자 탁석의 눈에 예상치 못한 광경이 쏘아져 들어왔다.

"편복(蝙蝠)?"

탁석은 언뜻 화염 위로 여러 마리의 박쥐가 유유히 날고 있는 듯한 광경에 안력을 돋우었다.

"저건?!"

순간적으로 박쥐라고 착각했던 탁석은 뒤통수를 둔기로 때리는 듯한 느낌에 입을 벌렸다.

박쥐라면 저 먼 거리에서 이렇게 생생하게 보일 리가 만무했다.

"저건 연이다! 놈들이 연을 타고 비워둔 동쪽을 공격하고 있다!"

박쥐라고 생각했던 물체에서 팔이 움직이고 다시 폭음이 울리는 순간 용호전주 탁석은 발작적으로 고함을 질렀다.

철썩―

근 반 시진 동안을 기다리고 있던 청년들 옆에서 나타난 설수범은 반대 편에서 폭음이 울리자 신속히 신형을 움직여 잡풀 바닥에서 무언가를 끌어당겼다. 그러자 미리 바닥에 숨겨놓은 듯한 손가락 굵기만한 밧줄이 뱀의 몸뚱이처럼 요동 치며 끌려왔다.

"이건 또 무엇이오?"

긴 기다림 끝에 설수범이 나타나고 앞으로의 일을 질문하려는 찰나, 저 멀리 반대쪽에서 폭음이 울렸고 때를 같이하여 설수범이 미리 준비해 놓은 듯한 밧줄을 감아 어깨에 걸자 반고후가 물었다.

"성안으로 잠입할 도구요."

반고후의 질문에 간단하게 답한 설수범이 다시 한 개의 밧줄을 감아 어깨 위로 걸쳤다.

긴 밧줄이었지만 굵기가 가늘었기에 그걸 감아 어깨에 걸쳐도 그리 큰 부피로 느껴지지 않았다.

"성안으로 잠입하다니, 이 절벽을 기어올라서 말이오?"

"그렇소!"

다시 한 개의 밧줄을 감은 설수범이 짧게 답했다.

"당신 미쳤어요?"

어이없는 표정으로 설수범의 하는 양을 지켜보던 빙화 유진혜가 뾰족하게 고함을 질렀다.

이 사내가 도착하자마자 반대 편에서 연속적으로 폭음이 울리는 것으로 봐서 양쪽에서 동시에 뭔가 꾸미고 있다는 것은 짐작하겠지만 깎아지른 듯한 이 절벽을 타고 올라 용담호혈인 성안으로 잠입하겠다는 말은 어이가 없었다.

"호랑이 굴에 들어가지 않고는 호랑이를 잡을 수가 없소."

다시 한 번 짤막하게 답한 설수범이 다섯 가닥의 밧줄을 모두 감고
는 밧줄에 묶인 다섯 개의 기형의 단창(短槍)을 가슴 앞쪽으로 늘어뜨
렸다. 앞 부분은 여느 단창과 같았지만 뒷부분에는 고리가 달려 있어
그것에 밧줄을 묶을 수 있게 만들어진 도구였다.

“혼자서 저 성안으로 들어가겠다는 말인가요?”

빙화가 다시 질문을 던졌다.

“그러는 게 좋을 것 같소!”

“그럼 우리는 여기 왜 모이게 했나요?”

빙화는 거듭 질문을 하면서도 도저히 납득이 안 간다는 표정이었다.
빙화뿐만 아니라 같이 모여 있던 사람들도 그건 마찬가지인 것 같았다.
근 반 시진이 넘게 이곳에서 기다리게 하고는 정작 일이 벌어지자 단
신으로 성안으로 들어가겠다는 말은 누구라도 납득이 가지 않을 것이
다.

“여러분들을 여기로 모이게 한 건 그동안 첩자를 통해 비천용문으로
흘러 들어간 정보가 일관성이 있게끔 믿게 하기 위함이었소.”

“대체 그건 또 무슨 말이오?”

이번에는 한백겸이 나서며 놀란 목소리로 질문했다.

“첩자를 역이용했다는 말이지. 첩자의 정보를 통해 놈들이 스스로
제 꾀에 넘어가도록 만들게 하기 위함이었소.”

설수범 주위로 몰려든 젊은이들의 제일 뒤쪽에서 느긋하게 서 있던
파산철권 사조영이 설수범을 대신해서 답하고는 입가에 차가운 웃음을
피워 올렸다. 여인의 피부처럼 하얀 얼굴에 차갑게 피어오르는 미소는
칼날처럼 섬뜩한 느낌을 주었다.

“이젠 그만 가면을 벗는 게 어떻소, 한 공자?”

앞으로 나온 사조영이 한백겸의 얼굴에 시선을 고정시키며 한광을
내뿜었다.

"가면을 벗으라니? 그게 대체 무슨 말이오?"

잠시 당황하던 표정을 짓던 한백겸이 순식간에 처음의 냉정함을 되
찾으며 사조영을 쏘아보았다.

"네놈이 첩자인 줄은 오래전부터 알고 있었지. 그걸 모른 척하며, 그
리고 누구도 당신을 의심하지 않게끔 분위기를 이끌며 지금까지 오는
것이 힘들었지. 중간에 유 소저도 첩자의 존재를 의심하는 바람에 내
가 좀 고생했소. 나에게로 의심을 쏠리게 하면서 첩자가 눈치 채지 못
하게 해야 했으니 말이야."

사조영이 한백겸의 표정과 움직임을 한순간도 놓치지 않으며 답했
다. 그리고 여차하면 자신의 절기인 파산십팔권(破山十八拳)을 출수할
듯 반쯤 감아쥔 주먹에 공력을 실었다.

"대체 무슨 말인지 모르겠소. 아무런 증거도 없이 나를 첩자로 모는
것은 아무리 생사를 같이한 동료라도 용서할 수가 없소. 무얼 근거로 그
런 말을 하는지 증거를 보이시오. 그렇지 않으면 사생결단을 내겠소."

한백겸도 칼을 잡은 손을 천천히 움직이며 사조영을 마주 보았다.
두 사람 사이에 일촉즉발의 긴장감이 맴돌자 주변에 모여 있던 청년들
이 긴장된 눈빛으로 두 사람을 쳐다보았다.

그들 대부분은 자신들 사이에 첩자가 있다는 사실마저도 알지 못하
고 있었기에, 그리고 당장은 한백겸이 첩자라는 사실도 확인이 불가능
했기에 보고만 있을 수밖에 없었다.

차르르―

증거를 대라는 한백겸의 말에 사조영이 잠시 뜸을 들이는 순간, 옆

에서 지켜보던 설수범이 두 장의 종이를 펼쳤다.

"이건 사흘 전 모임에서 유 소저의 제의에 따라 당신들이 써준 결의서요. 그리고 또 이건 성안에 심어놓은 우리 쪽 첩자에게서 입수한 밀지요. 흑호로 적어서 상세한 내용은 알 수 없지만 결의서 속의 당신 글과 이 밀지의 필체는 누가 봐도 동일하다는 것을 알 수 있을 것이오."

"그, 그게 어떻게?"

자신이 비천용문으로 보낸 여러 장의 밀지 중 한 장이 설수범의 손에 들려 있는 것을 본 한백겸이 낭패한 표정으로 두 장의 종이에 눈을 고정시켰다. 그동안 단 한 번도 허점을 드러내지 않았다. 그리고 누군가 자신을 이용하고 있다는 생각은커녕 의심하고 있다는 생각도 하지 못했지만 천마성의 젊은 무사라는 이놈은 어느새 자신의 정체를 파악하고 오히려 함정 속에 빠뜨린 것이다.

보통 놈이 아니니 거듭 조심하라는 말을 들었지만 이렇게 쉽게 당하리라고는 생각지 못했다.

한백겸은 은밀히 공력을 돋우었다.

"죽엇!"

모든 것을 포기한 표정으로 위장하며 암암리에 공력을 운기한 한백겸이 쾌속하게 도를 휘둘렀다.

낙월장도(落月長刀)라는 별호답게 보통의 칼보다 한 자는 더 길어 보이는 장도가 제일 가까이 선 사조영을 향해 벼락처럼 휘둘러졌다.

"타아—"

이미 기습을 대비하고 있던 사조영이 빠르게 신형을 뒤로 빼며 일권을 내질렀다.

"위험해요!"

한백겸의 도풍과 사조영의 권풍이 마주치는 곳에서 터져 나오는 폭음을 예상했던 빙화는 한백겸의 도가 사조영의 권풍에 마주치려는 찰나 급격히 방향을 틀며 설수범의 목을 쳐 나가자 깜짝 놀라며 비명을 질렀다. 가장 가까이에 있는 사조영을 공격하는 척하며 그 여세를 몰아 정작 한백겸의 장도가 노린 것을 설수범의 목이었다.

따앙!

석상처럼 서 있던 설수범의 목이 대책없이 떨어졌다고 느끼는 순간, 무거운 금속성이 울려 퍼지며 한백겸의 칼은 설수범의 손가락 사이에 끼워져 있었다. 그리고는 수수깡처럼 부서져 내렸다.

대부분의 도는 그 특성상 검보다 훨씬 두꺼웠다. 특히 한백겸의 도는 그 길이마저 보통의 도보다 훨씬 더 길어 자체의 무게만도 만만치가 않았다. 그리고 궁지에 몰린 쥐가 고양이를 무는 격으로 전력을 다해 휘두른 한백겸의 도에는 바위라도 싹둑 자를 만한 힘이 담겨 있었다. 그런데 그런 칼이 무방비 상태로 서 있던 설수범의 손가락 사이에서 너무 쉽게 부러져 나가자 공격한 한백겸 본인은 물론이고 그 광경을 지켜보던 사람들도 모두 얼떨떨한 표정으로 입을 다물지 못했다.

"시간이 많지 않아 네놈의 처리는 나중으로 미루겠다."

부러진 칼 조각을 바닥에 던진 설수범이 가볍게 손을 흔들자 입을 벌리고 있던 한백겸이 벌린 입을 다물지도 못한 채 뻣뻣하게 뒤로 넘어갔다.

"그동안 고마웠소. 여러분들의 도움이 있었기에 이놈과 또 이놈을 이용하는 자들을 속일 수 있었소. 이젠 가문으로 합류하시오!"

설수범이 놀란 표정으로 서 있는 세가 연합의 젊은이들에게 빠르게 말하고는 바위 절벽으로 몸을 날렸다.

“이것 보세요, 공자님!”

“무 공자!”

빙화와 사조영이 한백겸보다 더 크게 입을 벌리고 있다가 고함을 지르며 설수범을 따라 신형을 날렸다. 그 뒤를 따라 반고후와 다른 젊은 이들도 신형을 날렸다.

콰앙!

연을 타고 비천용문의 성안이 훤히 내려다보이는 위치에서 계속해서 떨어지는 벽력구가 폭음과 함께 불길을 내뿜었다.

연을 탄 사내들이 벽력구를 집중적으로 한쪽 전각을 향해 떨어뜨렸고 전각이 온통 화염에 휩싸였다.

“이, 이런 죽일 놈들!”

비천용문의 군사 비해산은 온몸을 부들부들 떨며 고함을 질렀다. 성의 동쪽 부분에서 스무 개가 넘는 벽력구가 떨어질 때까지도 서쪽 절벽 쪽에서는 아무런 낌새가 없었다.

속은 것이다!

놈의 목적은 하수구가 아니라 동쪽에 있는 식량 창고였다.

첩자를 통해 하수구를 공략할 것 같은 낌새를 보여 그쪽으로 은밀히 주력을 숨기게 하고는 기상천외하게도 연을 타고 식량 창고인 녹풍각(綠豊閣)을 공격하고 있는 것이다. 대포가 와도 꿈쩍도 않을 철옹성이었지만 성의 건물 위에서 떨어지는 벽력구는 포탄보다도 더 큰 타격을 주고 있었다. 비록 포탄보다는 화력이 약했지만 녹풍각에만 집중적으로 떨어지는 벽력구는 녹풍각을 온통 화염에 휩싸이게 했다.

“모두 불을 꺼라! 그리고 서쪽에서 기다리고 있는 풍운전주와 용호전주에게 연락해서 노궁(弩弓)을 준비해 이쪽으로 오게 하라!"

주작당주 권오극 역시 하수구가 있는 성의 서쪽 면을 지키고 있다가 녹풍각에 솟아오르는 화염을 보고는 애초의 명령을 취소시키며 고함을 지르고 있었다. 벽력구란 것이 그렇게 흔한 물건이 아니니 무한정 떨어져 내릴 수는 없을 것이다. 그리고 전각 한두 채 불탄다고 대세에 영향을 주는 것도 아니지만, 식량 창고인 녹풍각은 문제가 달랐다. 포위되어 외부와 단절되면 오로지 녹풍각에 저장해 둔 식량으로 생활해야 한다. 그런 녹풍각이니 한시라도 빨리 놈들의 공격을 물리치고 불길을 잡아야 했다.

"놈!"

권오극은 뿌드득 하고 이를 갈았다.

천마성에 이십 년도 넘게 잠입해 있으며 구축해 놓았던 사형 백호당주의 조직을 무너뜨린 놈이기에 계속해서 긴장의 끈을 조이고 있었다. 그래서 첩자를 이용하여 놈의 움직임을 하나도 놓치지 않고 보고받아 놈의 계략을 미리 간파했다고 생각했는데 놈은 그걸 역이용한 것 같다. 놈의 공격 목표는 하수구가 아니라 식량 창고였다. 하수구 쪽으로 인원이 몰리는 바람에 반대쪽에서 연을 타고 벽력구를 떨어뜨리는 놈들에게 속수무책으로 녹풍각이 불타고 있었다.

"문주!"

이를 갈고 있는 권오극 앞으로 용호전주 탁석과 풍운전주 임소극이 달려왔다.

"노궁으로 저놈들을 모두 떨어뜨리시오! 그리고 속히 불길을 잡으시오!"

녹풍각을 태우고 있는 화염보다 더 강한 화염을 두 눈 가득 내뿜으며 권오국이 고함을 질렀다.

"알겠습니다, 문주! 한 놈도 남김없이 떨어뜨리겠습니다!"

탁석과 임소국도 분기탱천한 목소리로 답한 후 노궁을 끌고 온 부하들에게 손짓을 했다.

"제일 먼저 저놈부터 떨구어라!"

불을 끄려 달려드는 부하들에게 한 개의 벽력구를 떨어뜨려 사방으로 날아가게 한 천마성의 무사를 가리키며 탁석이 고함을 질렀다.

그그궁―

노궁의 시위가 길게 뒤로 당겨졌고 노전이 시위에 걸렸다.

피잉―

창대만한 노전이 무서운 속도로 연을 향해 날아갔다.

펄럭―

피가 솟구치며 제일 가까이서 벽력구를 던지던 천마성의 무사가 산적이 꿰뚫리듯 노전에 꿰뚫리며 벌리고 있던 팔을 늘어뜨렸다. 그와 함께 타고 있던 연이 아래로 곤두박질쳤다.

"예상대로 놈들의 반격이 시작되었다. 모두 밧줄을 당겨 연을 높이 띄워라! 그리고 천천히 좌우로 흔들어라!"

한 개의 연이 바닥으로 추락하는 것을 지켜본 적유가 밧줄을 잡고 있는 부하들을 향해 고함을 질렀다. 적유의 지시대로 밧줄이 당겨졌고 성의 전각 지붕 위에까지 접근한 연들이 바람을 받아 휘익 하고 공중으로 떠올랐다. 그러는 와중에도 또 한 개의 연이 중심을 잃고 바닥으로 곤두박질쳤다. 박쥐처럼 사지를 활짝 펴고 중심을 잡고 있던 무사가 다시 노전에 격중당하고 사지를 축 늘어뜨린 모양이었다. 그렇게 되면 연은 속절없이 떨어지고 마는 것이다.

"어서 좌우로 흔들어라!"

위로 솟구친 연들을 보며 적유가 다시 고함을 지르자 밧줄을 당기고 있던 사내들이 용을 쓰며 밧줄을 밀었다 당겼다를 반복했다. 그와 함께 솟구친 연들이 좌우로 움직이기 시작했다.

"저러다 모두 몰살당하지 않겠나?"

용화성도 고개를 들어 연의 움직임을 주시하며 걱정을 했다.

"조금만 더 버티며 남은 벽력구를 모두 던지면 됩니다. 지금까지 한 치의 오차도 없이 사제의 예측대로 되어가고 있습니다."

적유도 다시 한 개 더 떨어져 내리는 연을 안타깝게 쳐다보며 용화성의 질문에 답했다. 세 개의 연이 떨어져 내렸지만 조금은 더 버텨주어야 한다. 그래야 사중교란작전이 성공하고 최종의 목적을 달성하는 것이다.

'잘하고 있을까?'

위로 솟구치고 좌우로 흔들리며 더 이상 연이 떨어지지 않고 있었지만 적유의 얼굴에는 수심이 더 깊어졌다.

지금까지는 계획대로, 그리고 예상대로 잘 진행되었지만 정작 중요한 일은 지금부터인 것이다. 생각 같아서는 당장에라도 연을 내리고 설수범의 계획을 중도에서 그만두게 하고 싶었지만 이미 주사위는 던져졌다.

"하늘에 맡길 수밖에."

적유는 긴 한숨을 내뿜으며 화염으로 밝아진 하늘 한 모서리에 시선을 고정했다.

◆ 제85장
침투(浸透)

침투(浸透)

"우리도 돕겠소!"

반대쪽에서 울리는 폭음이 잦아드는 순간을 기다리던 설수범이 몸을 움직이려 하자 반고후가 설수범의 팔을 붙잡으며 소리를 질렀다.

"너무 위험한 곳이오. 나 혼자 가는 것이 낫소."

설수범이 반고후의 손을 뿌리치며 어깨에 걸친 다섯 가닥의 밧줄 중 하나를 손에 들었다. 그리고 뒷부분의 고리에 밧줄이 매어진 기형의 단창을 손에 쥐었다.

"독불장군이란 없소! 위험한 곳이니 도와야 하오!"

사조영도 절대로 설수범 혼자 보낼 수 없다는 표정을 하며 앞을 막아섰다.

"시간이 없소. 지금 시작해야 하오."

설수범이 폭음이 멈춘 반대쪽에 신경을 곤두세우며 말했다.

“데려가든지 아니면 모두 쓰러뜨리고 가시오!”

반고후도 완강한 표정으로 앞을 막아섰다.

“모두 죽을 수도 있소.”

“그게 겁났다면 이곳까지 오지도 않았어요!”

빙화 유진혜도 완고한 표정으로 말했다.

“그럼 다섯 명만 따라오시오. 더 이상은 역효과만 나오.”

잠시 일렁거리는 눈빛으로 앞을 막아선 청년들을 쳐다보던 설수범이 어쩔 수 없다는 듯 한숨을 내쉬며 고개를 끄덕였다.

“알겠소! 반 형과 심 형, 웅 형, 그리고 전 형이 나와 함께 갑시다!”

사조영이 빠르게 청년들을 돌아보며 소리를 질렀다. 그동안 격전을 치르며 무공의 우열이 드러난 상태이기에 사조영의 지시에 모두들 별 이견이 없었다.

“난 왜 제외시키죠? 나도 가겠어요.”

유진혜가 사생결단이라도 낼 듯 앞으로 나섰다.

“유 소저는…….”

“다른 말 필요 없어요. 나도 가겠어요.”

사조영의 말이 유진혜의 목소리에 묻혀졌다.

“가야 할 시간이오. 내가 먼저 날아올라 저 위의 암벽에 이 단창을 박고 밧줄을 늘어뜨려 줄 테니 그것에 의지해서 신형을 날리시오.”

설수범이 앞으로 나선 여섯 사람을 보며 말하고는 잠시 눈들을 맞추어갔다.

“고맙소!”

짤막하게 말한 설수범의 신형이 허공으로 솟구쳤다.

휘익—

한 마리 새인 양 설수범의 신형이 절벽을 따라 수직으로 솟아올랐다. 그리고 까마득한 어느 지점에서 움직임이 멈추는 듯한 순간, 설수범의 손이 절벽을 향해 쭈욱 뻗었고 들고 있던 기형의 단창이 절벽으로 쏘아져 나가 두부에 못이 박히듯 아무런 소음도 내지 않고 깊숙이 박혔다. 그와 함께 떨어져 내리던 설수범의 신형은 단창에 매어진 밧줄을 잡고 다시 한 번 몸을 솟구쳤다.

"젠장!"

자신들이 날아오를 수 있는 높이의 배 이상을 날아오른 설수범을 보고 놀란 눈동자를 굴리던 반고후가 머리를 흔들었다. 날아오른 높이도 높이였지만 철벽 같은 바위 속으로 한 자가 넘는 길이의 단창을 아무런 소음도 없이 끝까지 박아 넣은 설수범의 무위에 뭔가 속은 것 같은 기분이 든 것이다.

"저 사람은 이제껏 자신의 무공을 숨기고 있었던 게 틀림없어요."

빙화도 고개를 저으며 중얼거렸다.

"다시 한 개를 더 박았군. 우리도 올라갑시다."

암벽에 박힌 단창까지 밧줄을 잡고 몸을 솟구쳐 그것을 발판으로 다시 날아오른 후 또 한 개의 단창을 암벽에 박고… 그렇게 다섯 개의 단창이 박혀졌을 때 설수범의 신형은 성벽 위에 도달해 있었다.

"몸을 낮추시오."

늘어져 있는 밧줄을 잡고 빠르게 몸을 날린 사조영 등이 성벽 위에 도달했을 때 근처의 경비병들을 소리없이 처치한 설수범은 최대한 그들의 몸을 숙이게 한 후 성내의 상황을 살폈다.

"아직까지는 순조롭게 되어가고 있는 것 같소."

긴장한 여섯 명의 젊은이들을 보고 안심을 시키려는 듯 설수범이 침착한 목소리로 말했다.

"우리가 목표로 해야 할 곳은 저곳이오."

불이 붙은 동쪽의 건물들에 비천용문의 인원들이 모두 몰린 터라 경비가 허술해진 서쪽 성벽 아래로 가볍게 내려선 설수범과 여섯 명의 청년들은 설수범이 가리킨 건물을 쳐다보고는 잠시 호흡을 가다듬었다. 그 건물이 무엇이고 또 그곳에서 무슨 일을 벌이려는지 모르겠지만 육중한 철문과 지붕마저도 철판으로 덮인 건물의 생김새가 겉보기에도 예사롭지가 않았다.

"생긴 모양도 거북이 등껍질 같지만 경비도 만만치 않군요."

사조영이 철제 건물 주변으로 엄중한 경비를 서고 있는 사람들을 쳐다보며 혀를 내둘렀다.

"여러분이 도와주는 바람에 일이 좀 더 쉽게 풀릴 것 같소. 내가 저놈들을 쓰러뜨릴 테니 여러분들은 신속히 저놈들의 옷으로 갈아입고 대신 경비를 서시오."

말과 함께 설수범의 몸이 흐릿하게 그 자리에서 사라졌다.

"어떻게 혼자서 저놈들을…… 아니?"

설수범이 사라진 줄도 모르고 고개를 돌리고 질문하던 반고후가 하나씩 쓰러지기 시작하는 경비들을 쳐다보며 목소리를 높였다.

"갑시다!"

마지막 남은 경비마저 쓰러지는 것을 지켜본 사조영이 어둠 속으로 빨려 들어가자 나머지 다섯 사람도 사조영을 따라 신형을 날렸다.

"이걸 어떻게 열고 들어가죠?"

경비 무사들의 옷으로 갈아입고 각자의 자리에서 경비를 대신하던 유진혜가 굳게 닫힌 철문에 달린 머리통만한 자물쇠를 바라보며 걱정스런 목소리로 물었다.

"이곳보다는 안이 더 힘든 걸로 알고 있소."

설수범이 오히려 이곳은 약과라는 표정으로 손바닥을 자물쇠에 갖다 댔다.

"흐흡!"

내력을 끌어올린 설수범이 자물쇠를 잡고 있는 양쪽 손바닥에 공력을 집중시켰다.

우우웅―

여러 마리의 벌이 날아다니는 듯한 소리가 들리며 양쪽 손바닥 사이에 끼워진 자물쇠가 붉게 달아올랐다.

철컥!

한참 더 공력을 주입하던 설수범이 벌겋게 달아오른 자물쇠를 강하게 비틀자 무거운 쇳소리를 내며 자물쇠가 열렸다.

"무서운 내력이오."

천천히 돌아가며 경비의 자리를 바꾼 반고후도 아직 붉은빛을 발하고 있는 자물쇠를 몸으로 가려 그 빛이 새어 나가지 못하게 하며 신음처럼 중얼거렸다.

"당신들이 여기 있으니 안에 들어가서는 내력은 아껴두고 벽력구를 사용해도 될 것 같소. 폭음 소리가 들리면 놈들이 몰려올 것이오. 최대한 시간을 끌며 반 각만 막아주시오. 반 각 후엔 올라오겠소."

설수범이 반고후와 조금 떨어진 곳에서 이쪽을 쳐다보는 사조영을 향해 말했다.

"걱정 마시오. 무 공자 같은 사람이 공격해 온다면 몰라도 그렇지 않는다면 반 각은 견딜 수 있소."

사조영이 고개를 끄덕이며 어서 들어가라고 손짓했다.

"부디 조심하시오."

설수범이 한마디 당부와 함께 철문을 열고 안으로 사라졌다.

철문 안으로 들어선 설수범은 밖에서 보기와는 딴판으로 다른 광경에 낮은 신음을 흘렸다.

밖에서 보기에는 작은 창고만한 철제 건물이었지만 안으로 들어서자 웬만한 연무장만한 넓이의 입구가 커다랗게 아가리를 벌리고 까마득히 수직으로 꼬리를 늘어뜨리고 있었다.

마치 무저갱처럼 끝 모르게 아래로 파여진 동혈은 몇 개의 유등불만이 실낱 같은 빛을 밝히고 있었다.

깊은 무저갱 아래로 유일하게 이어진 쇠 밧줄을 발견한 설수범은 신속하게 몸을 날려 쇠 밧줄을 잡았다. 그리고 떨어져 내리듯 아래쪽으로 미끄러져 내려갔다.

툭—

아래로 내려갈수록 수직의 동굴은 점점 좁아졌고, 입구 넓이의 반 정도로 좁아진 깊이에서 발 밑으로 보이는 시커먼 바닥에 설수범은 불끈 손아귀에 힘을 주어 미끄러져 내리는 신형을 멈추었다.

잠시 호흡을 고른 설수범은 아래를 쳐다보며 발에 힘을 주어보았다. 발 밑에 딱딱하게 느껴지는 감촉은 성내의 첩자가 전해준 대로 철판으로 가로막힌 강철 바닥이었다. 벼락이 때려도 끄떡도 하지 않을 두께의 철판이 바닥처럼 수직 동굴 중간을 가로막고 있는 것을 본 설수범은 주변에서 느껴지는 살기에 신형을 곧추세웠다.

"웬 놈이냐?"

설수범이 천천히 철판 중앙으로 나아가자 동혈 벽면에서 낮은 목소리가 울리며 세 명의 괴인영이 유령처럼 신형을 드러냈다.

"정해진 시간 외에 이곳에 든 놈은 모조리 도륙한다. 하앗!"

좌측에서 모습을 드러낸 한 인영은 그런 질문조차 필요없다는 듯 쾌속하게 쌍장을 뿌렸다.

쉬익—

미세한 소음만 울리며 한줄기 음유로운 경력이 설수범의 늑골을 향해 섬전처럼 쏘아져 왔다.

동시에 앞쪽에 있던 인영의 박도가 무지막지한 힘으로 설수범의 정수리를 향해 떨어져 내렸다.

휘익—

금계독립의 자세로 왼쪽 발끝에 힘을 준 설수범이 신속하게 신형을 회전시키며 머리 위에서 떨어져 내리는 박도를 피하며 옆구리로 날아드는 경력을 향해 좌장을 쭈욱 뻗었다.

우웅—

갈비뼈를 박살 낼 듯 음습하게 밀려들던 괴인영의 장력이 설수범이 뿌린 수라흡멸의 초식에 의해 미세한 소음만을 남긴 채 흔적없이 사라졌다. 쌍장을 뿌린 좌측의 괴인이 두 눈을 부릅뜨는 것을 보며 설수범은 우측에서 어지럽게 날아드는 검초에 급히 신형을 젖혔다.

"어딜!"

떨어져 내리던 박도가 용수철에라도 퉁긴 듯 젖혀지는 설수범의 상체를 향해 사선으로 그어져 올라왔다. 떨어져 내리는 속도보다 오히려 더 맹렬하게 치고 오르는 박도가 설수범의 심장을 갈랐다고 느껴지는 순간, 설수범의 신형이 두어 자 옆에서 하나 더 생겨나며 다시 한 번 쌍장을 뿌리려 양손을 가슴으로 모으는 인영을 향해 쇄도해 들었다.

"어엇!"

하나의 잔영이 사라지기도 전에 또 하나의 분영이 생기며 쏘아져 오는 설수범을 보고 대경한 좌측의 괴인이 어지럽게 쌍장을 흔들었다. 두 개의 수영(手影)이 장막처럼 옆으로 퍼지며 쇄도해 드는 설수범을 향해 덮쳐 가는 순간, 설수범 역시 무겁게 한 손을 흔들어 괴인의 장력에 맞부딪쳤다.

우우웅—

거대한 해일에 작은 개울물이 흔적없이 삼켜지듯 수라염해의 불길에 괴인이 뿌린 그물 같은 장력이 흔적없이 사라졌다.

전신이 시커멓게 변한 좌측의 괴인이 비명조차 지르지 못한 채 철판 위로 무너져 내렸다.

"이놈!"

찰나지간에 자신들의 공세를 벗어나며 한 명을 태워 버린 설수범을 보며 박도를 든 거구의 중년인이 이를 갈며 달려들었다. 그러나 이미 자신들의 상대가 아님을 인식한 중년인이 휘두르는 박도의 끝은 심하게 떨리고 있었다.

"타앗!"

옆에 선 노인 역시 두려움의 빛이 짙게 어린 눈으로 중년인과 거의 동시에 설수범을 공격해 들었다. 그렇게 동시에 공격하는 것이 지금 현재 자신들이 취할 수 있는 최선의 선택이었다.

박도가 자신의 머리 위로 떨어져 내리는 순간, 슬쩍 신형을 움직이

며 어깨 옆으로 흘린 설수범은 심장을 향해 날아드는 노인의 검을 향
해 수라탄검의 초식을 펼쳤다.

"이, 이런……."

느린 듯 다가오는 설수범의 손에 자신의 검이 속절없이 잡히게 되자
노인이 다급성을 터뜨리며 검을 잡아당겼다. 그러나 노인의 의도와는
전혀 상관없이 검은 허공을 가르며 박도를 든 중년인의 목을 가르고,
뒤이어 노인의 명치 깊숙이 검병이 쑤셔 박혔다.

"끄으윽!"

노인의 입에서 답답한 신음과 함께 선혈이 터져 나왔다.

퍼엉!

다시 한 번 장력을 뻗어 쓰러지는 노인들을 구석으로 날린 설수범이
철판 가운데로 다가섰다.

철판 바닥 한가운데로 사각의 철문이 있었고 그곳에도 역시 자물쇠
가 채워져 있었다.

"이걸 맨손으로 부수려면 내력이 바닥나겠군."

건물의 입구보다 배는 더 큰 자물쇠가 세 개나 채워져 있는 것을 지
켜보며 잠시 생각에 잠겼던 설수범이 품속에서 벽력구를 꺼내 들었다.
애초에는 무리를 하더라도 내력으로 문을 열고 소리없이 처리하고 빠
져나갈 생각이었지만 조력자들이 있는 이상 벽력구를 써도 괜찮을 것
같았다. 그리고 또 그들을 보호하기 위해서라면 내력은 필히 아껴두어
야 했다.

설수범은 품속에서 조심스럽게 벽력구 세 개를 끄집어냈다.

"뭣들 하느냐! 어서 불을 꺼라!"

혈룡전주 뇌철하는 이끌고 온 부하들에게 온 힘을 다해서 고함을 질렀다.

무려 서른 개가 넘는 벽력구를 던진 놈들의 연이 이젠 모두 물러갔지만 식량 창고인 녹풍각의 불을 최고조로 화염을 뿜고 있었다. 수성전에 대비해서 몇 달 분량의 식량을 미리 저장해 두었는데 여우 같은 놈들은 하수구로 침입할 것처럼 꾸미고 기상천외한 방법으로 이곳을 공격한 것이다. 벽력구의 집중적인 공격을 받았고, 화염이 거센 탓에 최대한 빨리 불을 끈다고 해도 저장한 식량은 이 할도 건지지 못할 것이다.

'멍청한 군사 놈!'

뇌철하는 매캐한 연기에 소매로 코를 가렸다. 그리고 타오르는 불길을 보며 맥을 놓고 서 있는 군사 비해산을 향해 내심 욕설을 퍼부었다. 제 딴에는 은밀히 첩자를 이용하고 연기가 나도록 머리를 굴려 하수구를 통한 놈들의 침입을 예상했지만 놈들은 그것을 역이용하고 반대쪽인 녹풍각을 공격해 피해를 키웠다. 서쪽에 쏠리지 않고 평소대로 경계를 세웠으면 녹풍각이 이처럼 속수무책으로 공격당하지 않고 식량도 얼마 잃지 않았을 것이지만 이젠 반의반도 건지기 힘들게 생겼다. 그나마 건졌다 하더라도 재와 흙탕물에 불어 있을 것이다.

"멍청하기 짝이 없는 놈!"

먹는 즐거움이 하나 사라진 것을 분통해하며 뇌철하가 다시 한 번 비해산을 향해 욕지거리를 내뱉고는 부하들을 다그쳤다.

"왜 불을 끄지 않느냐? 어서 꺼라!"

불을 끄는 손놀림들이 늦어지는 부하들을 향해 다가선 뇌철하가 험악한 표정으로 소리를 쳤다.

"무, 물이 다 떨어졌습니다!"

부하 하나가 겁먹은 표정으로 소리를 질렀다.

"망할!"

다시 한 번 분통을 터뜨린 뇌철하가 부하의 뺨을 후려갈기며 고함을 쳤다.

"저건 물이 아니고 돌이더냐?"

뇌철하가 손끝으로 비상 집수정을 가리켰다.

"저곳은 문주님의 허락이 있어야……."

부하가 머뭇거리는 표정으로 답했다.

"답답한 놈들 같으니라고! 힘이 들더라도 물은 다시 길면 된다. 그러나 식량 창고가 모두 타고 나면 내일 아침부터 당장 굶어야 한다! 비상시에는 전주도 문주님을 대신할 수 있다. 그러니 우선 급한 불부터 꺼라!"

뇌철하가 다시 한 번 고함을 지르며 비상 집수정의 자물쇠를 손수 부수어 버리자 부하들이 바쁘게 움직이며 다시 불을 끄기 시작했다.

"쥐새끼에게 발가락을 물렸군!"

비상 집수정까지 개방하며 불을 끄는 모습을 지켜보다 답답한 마음에 등을 돌려 성내를 둘러보던 용호전주 탁석이 혀를 찼다. 문주 권오극이 거듭해서 조심하라고 주의를 주었지만 이렇게 정통으로 뒤통수를 맞고 보니 헛웃음만 나오는 것이다.

"발가락이 아니라 콧등을 정통으로 물린 격이 아니겠소. 당장 내일 아침부터는 불에 타고 잿물에 전 음식을 먹게 생겼으니 말이오. 허허!"

풍운전주 임소국도 혀를 차며 헛웃음을 흘렸다. 역공을 취해 천마성주의 제자를 잡을 수 있겠다는 기대감이 와르르 무너지며 허탈한 웃음만 흘러나왔다.

"그놈의 폭음은 싸움이 다 끝난 상황에서도 환청으로 들리는군요."

임소국이 미간을 찌푸리며 넋두리를 했다.

"환청……? 그런데 내 귀에도 그게 들리는데……."

탁석도 미간을 찌푸리며 임소국을 쳐다보았다. 이제껏 들었던 폭음에 비해 환청으로 느껴질 만큼 미미했지만 폭음을 들은 것 같았다. 그리고 동시에 두 사람이 같이 들었다면 그건 환청이 아닌 것이다.

"어느 방향이었소?"

탁석이 임소국을 향해 급하게 물었다. 그때 부하 한 명이 숨을 몰아쉬며 뛰어왔다.

"모정각(母井閣)에서 싸움이 벌어지고 있습니다!"

"모정각?"

두 사람은 잠시 서로의 얼굴을 쳐다보다가 미친 듯이 몸을 날렸다.

챙— 챙—

반고후의 대감도가 폭풍처럼 허공을 갈랐다.

"크윽—"

허리가 반이나 잘린 비천용문의 무사 하나가 공포에 질린 눈으로 자신의 허리를 바라보았다.

대감도에 의해 반 이상이 잘린 허리에서 내장이 쏟아져 나오는 것을 본 사내는 눈을 까뒤집으며 자리에 무너졌다.

"절대로 입구를 내어주어서는 안 되오!"

사조영도 철권을 쉴 새 없이 휘두르며 나머지 다섯 사람을 격려했다. 그러나 세 번의 폭발음이 들리고 나서 뭔가 하며 모여들던 무리들이 이젠 급격하게 불어났고, 자신들 여섯은 한데 모여 입구를 집중적으로 방어했지만 점점 힘들어짐을 느꼈다.

씨잉—

다시 검 한 자루가 제일 앞쪽에서 철권을 휘두르고 있는 사조영을 향해 쇄도해 들었다.

콰앙!

사조영이 강철 권갑을 끼운 주먹을 휘둘러 날아드는 검을 쳐내고 다른 한 손으로 사내의 턱을 쳐 올렸다. 턱이 박살난 사내가 통나무처럼 날아가 바닥에 뒹굴었다. 그러나 이번에는 두 개의 칼이 사조영을 향해 떨어져 내렸다.

퍼엉!

한 개의 칼을 어깨 옆으로 흘린 사조영이 다른 한 개의 칼을 권풍으로 쳐냈다. 그리고 몸을 틀며 일권을 날려 수세에 몰린 응손기(應巽其)를 도와 응손기를 공격하는 사내의 가슴을 가격했다.

"크윽!"

강철 권갑에서 뿜어져 나오는 기운에 고스란히 가격당한 사내의 가슴에서 뼈가 부서지는 소리가 나며 비명을 지른 사내는 뒤로 벌렁 나자빠졌다.

"하앗!"

응손기를 돕기 위해 잠시 허리를 돌린 틈 사이로 날아드는 칼을 빙화 유진혜가 막으며 역공을 가했다. 그러나 빙화에게로 날아드는 검도 세 개나 되었다.

까앙!

급히 상체를 숙이며 두 개의 검을 머리 위로 흘린 유진혜가 나머지 검을 쳐내며 그 여력으로 검을 휘두른 사내의 허벅지를 갈랐다. 허벅

지 살점이 쩍 갈라진 사내가 단말마를 내지르며 옆으로 굴렀다. 치명
적인 상처가 아님에도 불구하고 비명을 지르며 나자빠지는 사내의 행
동으로 봐서는 하수임이 분명했고 그래서 아직은 버틸 수 있지만, 저만
치서 달려오는 무리들은 결코 만만해 보이지가 않았다.

휘이잉—

반고후 역시 그것을 느꼈는지 훨씬 더 큰 힘으로 대감도를 휘두르며
달려드는 무리들을 한꺼번에 공격해 갔다.

"크윽!"

"큭!"

두 명의 사내가 허리와 심장이 각각 갈라지며 뻣뻣하게 뒤로 넘어갔
다. 순간 왼쪽 어깨 어림에서 불로 지지는 듯한 느낌을 받은 반고후가
이를 악물고 자신의 어깨에 상처를 남긴 자의 목을 날렸다. 얼굴을 찡
그린 반고후는 왼손을 움직여 보았다. 다행히 손가락이 움직이는 것은
느낄 수 있었지만 왼팔 하나는 혹덩이가 될 수밖에 없었다. 힘도 쓸 수
없을 뿐더러 계속해서 흐르는 피는 점점 기력을 떨어뜨릴 것이다.

"괜찮소, 반 형?"

옆에서 검을 휘두르던 전도학(田度學)이 사내 하나를 베어 넘긴 후
급히 반고후의 상처를 지혈했다. 그러나 그도 재차 날아드는 칼을 막
느라 더 이상은 반고후를 도울 처지가 못 되었다. 그래도 이제까지는
반고후가 자신을 도와주어 상처를 입지 않았지만 지금부터는 반고후보
다 더 심한 꼴을 당하게 될지도 몰랐다.

"조금만 더 버티시오. 무 공자가 곧 올라올 것이오."

사조영이 자신에게로 날아드는 검과 응손기에게로 날아드는 검까지
쳐내느라 단내가 나는 목소리로 동료들을 격려했다. 다행히 빙화와 심

적산(沈適山)은 남을 도와주지 못해도 제 몫은 해내고 있어 사조영은 웅손기만 신경 쓰면 되었다.

"쥐새끼들이 뒤늦게 숨어들었군!"

낮지만 오싹한 기운이 느껴지는 목소리와 함께 무시무시한 경력이 밀려들었다.

"피하시오!"

한 발짝도 양보하지 않고 철문 앞을 지키던 사조영이 다급성을 내지르며 몸을 날렸다. 지금까지와는 격이 다른 힘이 실린 한줄기 장력에 사조영은 더 이상 철문을 고수할 수가 없었다.

퍼엉!

사조영 등을 향해 쏟아지던 장력이 철문에 적중되며 폭음을 터뜨렸다.

"이놈들이 감히……!"

사조영과 웅손기가 비켜나자 철문이 눈에 들어왔고, 굳게 잠겨져 있던 자물쇠가 바닥에 떨어져 있는 것을 발견한 임소국이 눈을 부릅뜨며 고함을 질렀다. 바닥에 떨어져 있는 저 자물쇠는 어떠한 일이 있어도 함부로 열려서는 안 되는, 특히 외부인에 의해서는 절대로 열려서는 안 되는 것이었다. 그런데 그 자물쇠가 바닥에 떨어져 있고 그 철문마저 내어주며 쩔쩔매고 있는 부하들을 쳐다보는 풍운전주 임소국의 눈이 불을 뿜었다.

"모두 물러서라!"

용호전주 탁석도 모정각 문 앞을 지키고 선 여섯 명의 청년들을 야차 같은 표정으로 쳐다보며 콧김을 내뿜었다.

"이 찢어 죽일 놈들! 감히 여기가 어디라고……!"

탁석이 관운장 같은 긴 수염을 부르르 떨며 낭아곤을 휘둘렀다. 비천용문의 무사들이 옆으로 물러나고 여섯만 남은 청년들을 한번에 두드려 잡을 듯 굵고 긴 낭아곤이 횡소천군(橫掃千軍)의 초식으로 모두를 쓸어갔다.

꽝! 까강!

사조영과 빙화가 각각 철권과 검으로 낭아곤을 후려쳤지만 두 사람 모두 태풍에 쓸리듯 상체가 휘어지며 낮은 비명을 토했다. 탁석의 낭아곤에 실린 힘은 두 사람의 내력을 합쳐도 상대하기가 힘들었던 것이다.

쨍강!

급기야 빙화는 검까지 떨어뜨리며 선혈을 울컥 토했다.

"여기까지 숨어들 결심을 한 것이 가상타마는 이곳이 네놈들 묏자리가 될 것이다!"

임소국도 쌍장을 들어 올리며 단번에 여섯 명의 청년들을 박살 내겠다는 표정을 지었다.

"타앗!"

한소리 기합성과 함께 임소국의 쌍장이 사조영과 반고후 등을 향해 쭈욱 뻗어져 나갔다.

"어엇!"

밑으로 처지는 왼쪽 팔을 억지로 추스르며 대감도를 휘두르려던 반고후가 허리 옆에서 밀려오는 한줄기 유력(柔力)에 깜짝 놀라며 옆으로 밀려났다. 봄바람처럼 부드럽게 몸을 감싸주는 장력이었지만 항거할 수 없는 힘이 실려 있었다. 그것은 반대쪽에 있는 사조영도 마찬가지였다.

우웅—

임소국의 장력에 휩쓸리기 직전의 두 사람을 양쪽으로 안전하게 밀쳐 낸 설수범이 다급히 쌍장을 흔들었다. 동시에 희뿌연 강기막이 쳐

지며 엄청난 기세로 몰려오던 임소국의 장력이 설수범이 펼친 수라흡
멸의 초식에 의해 동굴 속으로 빨려들 듯 사라졌다.

뜻밖의 상황에 임소국이 눈을 크게 뜨려는 찰나, 자신의 장력이 사
라진 곳에서 푸른 기운 한줄기가 와선을 그리며 쏘아져 왔다. 수라환
경의 제칠초식인 수라와선장(修羅渦旋掌)이었다.

처음에는 쟁반만하게 회오리치던 와선장의 기운이 커다란 동혈처럼
자신을 덮쳐 오는 것을 느낀 임소국이 쌍장으로 맞받아 치려던 의도를
접고 급히 신형을 날렸다. 커다란 아가리를 벌리며 모든 것을 집어삼
킬 듯한 백색 회오리는 자신의 쌍장으로는 상대가 되지 않음을 본능적
으로 느낀 것이다.

"크악!"

"으아악—"

임소국의 뒤에 있다가 미처 피하지 못한 비천용문의 무사들이 한꺼
번에 휩쓸리며 이 장여를 날아가 바닥에 처박혔다. 동시에 몇 겹으로
막고 있던 포위망이 뚫리며 밧줄을 늘어뜨려 놓은 성벽을 향해 한줄기
길이 열렸다.

"저, 저놈… 정마협의 제자……?"

근 열 명 가까운 사내들이 한 사람이 뿌린 장력에 가랑잎이 휘날리
듯 풀풀 날려간 광경을 목격한 임소국은 등줄기에서 식은땀이 흐르는
것을 느꼈다. 천하제일인, 때로는 천하 제이인자라고 일컬어지던 정마
협 갈문혁의 무공을 직접 목격하고 나니 왜 모든 사람들이 그를 그토
록 칭송하는지 알 것도 같았다. 그리고 문주 권오극이 그 제자 놈을 필
요 이상으로 경계하는 까닭도 이해가 되었다.

단 한 번의 공격이었지만 상상을 초월하는 힘이 실린 장력은 정마협

갈문혁에 대한 무서움과 함께 이제껏 애송이일 뿐이라고 치부했던 설수범에 대한 두려움도 새로이 자리 잡게 만들었다.

"왔던 곳으로 어서 갑시다."

포위망 한쪽에 구멍을 낸 설수범이 비교적 상처가 심한 반고후와 빙화를 부축하며 신형을 움직였다.

"이놈들이 우리를 허수아비로 아는 것이냐!"

설수범의 무위에 잠시 넋을 잃었던 탁석이 수라와선장이 지나간 자리를 급히 막으며 고함을 쳤다.

"모두들 포위망을 새로이 형성하라! 그리고 맹호전 무사들을 불러 저놈들을 포위하라!"

탁석이 주춤거리는 무사들을 재배치시키며 성내 가장 강한 무사들인 맹호전 무사들을 부를 것을 명했다.

"이놈들이 왜?"

자신의 추상같은 명령에도 얼른 움직일 생각을 안 하는 수하들을 잡아먹을 듯 쳐다보던 탁석이 와락 미간을 찌푸렸다. 성내 무사들 중 가장 노른자위라고 할 수 있는 맹호전 무사들은 모두 군사 비해산이 하수구로 통하는 지하 이층에 매복시켰다고 했다. 그리고 죽어도 같이 죽으라고 철창문까지 잠갔다고 했다. 불을 끄느라 정신이 없는 통에 까맣게 잊고 있었다.

"철저히 당했군!"

임소국도 신음을 터뜨렸다.

저 어린놈의 교란작전에 말려 성의 최고 정예는 지하 감옥에 갇힌 꼴이 되어 목만 빼고 오지도 않는 적을 기다리고 있을 것이다. 지금이라도 하수구 철망의 자물쇠를 부수고 맹호전 무사들을 부르고 싶지만 너무 늦었다. 어찌하든 자신들만으로 저놈을 잡아야 될 상황이었다.

임소국은 이를 갈았다.

"다른 놈은 모두 놓쳐도 좋다! 저놈만은 기필코 잡아라!"

탁석이 낭아곤 끝으로 설수범을 가리키며 소리쳤다. 무공으로 보아 설수범이 천마성주의 제자임이 분명함을 알아챈 탁석은 어떠한 일이 있어도 설수범만은 잡고야 말겠다는 표정으로 부하들이 진형을 다시 짜게 했다.

"놈들을 한쪽으로 유인하겠소. 그때를 틈타 빠져나가시오!"

주변을 포위한 모든 시선들이 자신에게로 모아짐을 느낀 설수범이 낮은 소리로 사조영 등에게 지시했다.

"들어올 때도 같이 왔으니 빠져나갈 때도 같이 빠져나갑시다."

사조영이 말도 안 된다는 표정을 하며 설수범을 쳐다보았다. 그러나 용호전주 탁석의 낭아곤에 의해 입은 내상이 가볍지 않은 듯 입에선 탁한 열기가 뿜어져 나왔다.

"내 말대로 하시오. 그렇지 않으면 모두 죽을 수밖에 없소!"

설수범이 단호하게 말하며 앞으로 나섰다.

"하지만……."

반고후가 무슨 말인가 하려 했지만 바닥에 떨어진 검을 하나 주워 든 설수범은 이미 앞을 막은 자들을 베며 임소국과 탁석을 향해 쏘아졌다.

"타앗!"

또다시 무서운 장력이 뿜어질 줄 알고 만반의 준비를 하던 탁석은 설수범이 검을 휘두르며 자신에게로 쇄도해 들자 의아한 표정으로 물러섰다가 맹렬히 낭아곤을 휘둘렀다.

굵고 긴 곤 끝에 늑대의 이빨처럼 번뜩이는 쇠침들이 쇄도해 드는 설수범의 허리를 부술 듯 횡으로 쓸어왔다.

위이잉—

무지막지한 힘이 실려 있는 낭아곤을 향해 부딪쳐 가던 설수범의 검이 순간적으로 쭈욱 늘어난 듯했다. 그리고 늘어난 검의 앞부분에서 백색의 광채가 어둠을 가르며 낭아곤을 향해 쇄도해 들었다.

치이잉—

금속성 같기도 하고, 세찬 바람 소리 같기도 한 음향이 울려 퍼지며 설수범이 뿌린 유마단폭의 검기에 부딪친 탁석의 낭아곤이 싹둑 잘려지며 바닥으로 떨어졌다. 탁석이 반으로 잘라진 자신의 애병을 대경한 눈으로 쳐다보는 순간, 허공으로 훌쩍 날아온 설수범이 유마잔백의 초식을 전개하며 탁석의 몸을 두 쪽 낼 듯 떨어져 내렸다.

"피하시오!"

애병이 반으로 잘린 충격으로 잠시 넋이 나간 사이, 재차 공격하는 설수범의 검격에 탁석의 몸이 반으로 잘려지려는 찰나 임소국이 고함을 치며 쌍장을 뻗었다.

파아앙!

떨어져 내리는 설수범의 심장을 향해 임소국의 분혼마장(焚魂魔掌)이 맹렬한 기세로 쏘아져 나갔다.

휘이잉—

비룡번신(飛龍飜身)의 수법으로 허공에서 몸을 뒤집은 설수범이 유마추혼의 초식으로 분혼마장이 기운을 흩뜨리며 그대로 임소국의 목을 찔러들었다. 애초에 노린 상대가 탁석이 아니라 임소국인 듯한 착각을 불러일으킬 정도로 허공에서 신형을 뒤틀고 상대를 바꾸어서도 설수범의 검은 조금도 위력이 떨어지지 않았다.

"어헉! 이놈……."

임소국이 급급히 뒤로 물러나며 연속해서 다섯 번의 쌍장을 더 뿌렸다.

파파파파팡!

설수범의 검에 부딪친 임소국의 장력이 폭발음을 울리며 흩어졌다. 그러나 설수범이 휘두르는 검의 움직임을 조금도 멈추지는 못했다.

"타아앗—"

일갈을 토해낸 설수범이 이번에는 탁석과 임소국을 한꺼번에 몰아쳤다.

탁석과 임소국이 기가 막힌 표정으로 반 토막 난 낭아곤과 쌍장을 어지럽게 휘둘렀지만 계속해서 뒤로 밀리는 신형을 추스를 기회를 찾지 못했다. 그러는 사이 자신들은 물론이고 부하들도 이미 모정각에서 한참이나 밀려나 있었다.

"이… 이, 쳐 죽일……!"

벌겋게 변한 안색을 한 탁석이 이를 악물었다.

무섭기 짝이 없는 장력을 뿌리던 놈이 정작 자신들을 상대할 때는 검을 들고 달려드는 모습이 의아스러웠는데 놈은 쉴 새 없이 검을 휘두르며 연속 공격을 하여 자신들을 같이 온 무리들에게서 떼어놓고 있었다. 그리고 사력을 다한 살초를 전개하지 않고 내력을 아끼고 있었다.

그걸 간파하면서도 어쩔 수 없이 밀리는 자신들을 보며 탁석과 임소국의 얼굴은 점점 더 일그러졌다.

"어서 갑시다, 어서!"

사조영이 다급성을 지르며 밧줄이 걸려 있는 성벽 쪽으로 유진혜와 반고후를 끌었다. 그러나 유진혜와 반고후는 설수범에게서 눈을 돌리지 못하며 걸음이 느려졌다.

"이 상황에서는 우린 도움보다 방해만 되오. 그걸 모르겠소?"

핼쑥해진 표정의 사조영이 두 사람을 향해 고함을 질렀다.

"어서 우리가 탈출해 주는 게 무 공자를 돕는 일이오! 어서 갑시다!"

사조영이 다시 한 번 고함을 지르자 두 사람도 고개를 끄덕이고는 몸을 날렸다.

"이쯤 했으면 충분하군!"

숨 쉴 틈도 주지 않고 임소국과 탁석을 몰아붙이던 설수범이 사조영 등이 성벽 위로 오른 것을 보고는 천천히 검세를 누그러뜨렸다. 그리고 한줄기 차가운 미소를 피워 올렸다.

"오늘은 힘을 더 쓸 일이 남았기에 목숨을 붙여두고 떠나겠다. 하지만 며칠 후 들판에서 만나면 확실히 숨통을 끊어주지!"

차가운 조소와 함께 임소국과 탁석을 쏘아보던 설수범이 훌쩍 신형을 날렸다. 그리고는 여섯 명의 청년들이 차례로 사라지고 있는 성벽을 향해 쏘아졌다.

"저놈들을 쫓아라!"

어이없는 표정을 한 탁석이 고함을 치자 설수범의 검풍과 검기에 한꺼번에 뒤로 밀리며 혼비백산했던 사내들이 급급히 몸을 날렸다.

"이런 죽일 놈! 하지만 네놈도 결코 무사치는 못할 것이다!"

설수범과 다른 젊은이들이 사라진 성벽 위까지 몸을 날려온 임소국이 이를 으드득 갈며 부하 하나로부터 칼을 뺏어 들었다.

반고후를 등에 업고 유진혜까지 부축한 설수범이 벌써 저 절벽 아래 어둠 속으로 파묻히고 있었지만 아직도 이십 장은 더 내려가야 할 것이다. 이 상태에서 줄을 끊어버리면 이십 장이 넘는 절벽 아래로 추락하게 될 것이었다.

"흐흐!"

음소를 흘린 임소국이 섬전처럼 칼을 휘둘러 성벽 끝 부분 조금 아래에 늘어져 있는 밧줄을 잘랐다.

휘리릭—

잘려진 밧줄이 출렁 하고 춤을 추며 아래로 떨어져 내렸다.

순간, 임소국은 자신이 뭘 잘못 보지 않았나 두 눈을 끔벅거리다가 세차게 눈을 비볐다.

지금까지 당한 화풀이라도 하듯 맹렬히 내려친 칼에 성벽 아래로 늘어뜨려진 밧줄은 참수당하는 죄수의 목처럼 사정없이 잘렸지만 절벽을 타고 내려가는 일곱 개의 인영들은 조금도 변함없는 속도로 미끄러져 내려가고 있었다.

"저, 저놈들이 어떻게……?"

탁석도 어안이 벙벙한 얼굴로 아래만 쳐다보았다.

"이, 이런 교활한 놈들! 밧줄을 여러 개 각각 매달아놓았다. 그리고 이미 다른 밧줄로 옮겨 잡았다!"

탁석은 신음처럼 내뱉으며 수염을 부르르 떨었다.

"이 쥐새끼 같은 놈들! 죽어라, 죽어!"

탁석은 반 토막 난 낭아곤을 온 힘을 다해 아래로 던졌다. 그것으로도 분이 풀리지 않은 탁석은 옆에 있는 부하들의 검과 도를 마구잡이로 뺏어 아래로 던졌다. 그러나 돌출된 암벽 아래로 내려간 설수범 일행은 이미 모습을 감춘 뒤였다.

"이놈, 이, 이… 갈아 마셔도 시원치가 않을 놈!"

임소국도 자신의 두 주먹으로 가슴을 치며 울분을 토했다. 태어나서 이렇게 철저히 농락당한 적이 없는 것 같았다.

까마득한 절벽 아래를 쳐다보며 가로 뛰고 세로 뛰는 임소국과 탁석의 얼굴에 어느덧 희미한 여명이 비추었지만 두 사람의 질주는 멈출 줄을 몰랐다.

햇살이 온 누리를 비추자 잠들었던 생명들이 깨어나고 들판에 길게 자란 수풀들도 기지개를 켰다.

그러나 비천용문의 아침은 오히려 적막이 감돌며 한밤중의 고요가 다시 찾아온 듯했다.

천마성 무사들에 의해 집중 공격을 받은 녹풍각은 예상보다 피해가 적었다. 그것은 혈룡전주 뇌철하가 신속하게 비상 집수정의 자물쇠를 부수고 그곳의 물로 녹풍각의 불을 껐기 때문이었다. 비상시에는 전주도 문주를 대신할 수 있는 문규를 적절히 활용한 뇌철하의 공로였다.

그런 그의 공로는 여명이 밝아올 때까지는 효력을 발휘했다. 그러나 설수범 일행을 놓친 탁석과 임소국이 모정각 안으로 뛰어들고 모정각 바닥에서 '독이다!' 라는 통탄스런 고함을 지르는 순간, 뇌철하의 공로는 급격히 빛을 잃고 역적질로 재평가되었다.

"정화되려면 얼마나 시간이 걸리겠소?"

문주 권오극이 끓어오르는 분노를 억지로 삼키며 군사 비해산을 향해 질문했다. 그러나 비해산은 얼이 나간 표정으로 눈을 질끈 감은 채 답을 하지 못하고 있었다.

"어서 말해 보시오, 군사! 최대한 상세히 피해 상황을 파악하고 대책을 세워야 할 일이 아니오?"

한 노인이 비해산을 향해 고함을 질렀다. 흰 수염을 부르르 떨며 고함을 지르는 노인의 눈빛은 비해산을 잡아먹을 듯했다.

"놈이 뿌리고 간 독은 한 방울로도 백 마리의 소를 죽인다는 백우단장산(百牛斷腸酸)입니다. 모정의 물을 모두 퍼내고 다시 고이기를 기다려 백 번을 거듭하면 겨우 정화가 될 수도 있을 겁니다."

비해산이 차마 하기 힘든 말을 한마디 한마디 힘겹게 내뱉었다.

"모정의 물을 다 퍼내고 다시 고이는 데는 닷새도 넘게 걸리니 넉넉 잡아 이 년이 지나면 정화가 되겠구려. 한 이 년 동안 오줌이라도 받아 마시며 기다리면 맑은 물을 마실 수 있겠소그려."

노인이 억장이 무너진다는 표정으로 가슴을 두드렸다.

"무슨 말을 좀 해보시오, 군사! 어떡하다가 일이 이 지경이 되었는지 말이오!"

비해산이 겨우 몇 마디 답하고 다시 눈을 질끈 감고 있자 다른 한 노인이 고함을 질렀다.

"할 말이 없겠지. 무슨 할 말이 있겠소. 너나 할 것 없이 모두 당한 것을. 허허……!"

잡아먹을 듯이 비해산을 쳐다보던 노인이 허탈한 웃음을 흘리며 천장으로 시선을 돌렸다.

"그 어린놈의 최종 목표는 하수구도 녹풍각도 아닌 비천용문의 모정이었소. 크흐! 크하하!"

눈을 감고 있던 비해산이 돌연 미친 듯이 웃음을 터뜨렸다.

"애초에 그놈이 이세격을 자주 만나는 모습을 보이며 동쪽에 천마성의 무사들을 집결시켜 놓고 세가의 젊은이들을 은밀히 서쪽에 모이게 했다는 보고를 첩자를 통해 받은 나는 놈이 이세격의 벽력구로 하수구를 부수고 잠입할 것이라 믿었소. 그게 가장 현실적인 방법이었으니까

말이오. 크크크! 하지만 그 모든 것은 놈의 교란작전이었소. 첩자에게
이세격을 자주 만나는 모습을 보인 것도, 그리고 비천용문의 지도에 있
는 하수구에 점을 찍어놓은 것을 첩자에게 보이게 한 것도 모두 놈의
이중교란작전이었소. 쿠쿡……."

비해산이 이빨 사이로 선혈을 흘리며 다시 괴소를 터뜨렸지만 아무도
만류하지 않았다. 비해산뿐만 아니라 자신들 모두 똑같이 속았고, 누군
가 그것을 터뜨려 주기라도 해야 숨을 쉴 수 있을 것 같았기 때문이다.

비해산의 목소리가 다시 흘러나왔다.

"본모는 놈의 의도를 파악했다는 흥분감에 천마성의 무사들이 운집
한 동쪽을 비우고 서쪽에 모든 인원을 집결시켰소. 맹호각의 인원들은
모두 지하실에 배치시키고 창살까지 잠갔지요. 최악의 경우 놈과 함께
동귀어진이라도 하라고 말이오. 크큭! 그렇게 놈이 하수구 창살을 부
수는 폭음을 기다렸지만 폭음은 녹풍각에서 울렸고 하수구에서는 끝끝
내 폭음이 들려오지 않았소. 난 그때 속은 걸 알았지요. 놈의 목표는
하수구가 아닌 식량 창고라고 말이오. 성안에 고립된 상태에서 식량이
타버리면 굶어 죽을 수밖에 더 있겠소. 크… 하하하. 그런데 그것 또한
놈의 교란작전이었소. 속았다는 것을 깨닫고 서둘러 서쪽으로 달려가
연을 타고 공격하는 놈들을 쏘아 떨어뜨리고 녹풍각을 사수하기 위해
동분서주하는 사이, 놈은 비로소 움직이기 시작한 것이오. 크크크, 정
말 교활한 놈이오. 아니, 영리하기 짝이 없는 놈이오. 그렇지 않소, 여
러 원로님들? 크하하하……!"

"그만 해시오, 군사!"

점점 광기를 더해가는 비해산의 행동에 권오극이 고함을 질렀다.

"이왕 시작한 이야기이니 끝을 보아야지요. 그래야 썩어 문드러질

것 같은 가슴이 조금은 뚫리지 않겠소? 크크큭!"

괴소를 터뜨린 비해산이 다시 입술을 움직였다.

"식량 창고가 불탄다 하더라도 한 달은 견딜 수 있소. 타다 남은 식량을 씹고 말을 잡아먹어서라도 그만큼은 견딜 수가 있지요. 허허! 그러나 놈은 결코 그 정도로 만족할 인간이 아니었소. 놈이 진정으로 원하는 것은 비천용문의 완벽한 괴멸이었소. 그것도 최단시간 안에 말이오. 놈의 최종 목적은 모정에 독을 푸는 것이었소. 녹풍각을 불태운 것은 비상 집수정의 물까지 바닥 내기 위한 또 하나의 교란작전이었소. 모정에 독이 풀리고, 비상 집수정의 물마저 바닥이 난다면 비천용문은 닷새를 견디기 힘들지요. 놈이 노린 것은 바로 그것이오. 크하하하! 정말 통쾌하지 않소? 사람의 심리를 역으로 이용하고 또 그 역의 역을 찌르며 놈은 자신의 목적을 달성했소. 감히 누가 모정각을 노릴 것이라 상상이라도 했겠소? 여러분 중에서 모정각의 자물쇠를 소리없이 부수고 숨어들 수 있는 사람이 있으면 나와보시오! 아무도 없겠지요? 그래서 모정각이야말로 가장 큰 약점이면서도 도저히 약점으로 느끼지 못한 것이지요. 인간의 능력으로는 소리없이 숨어드는 것은 불가능한 곳이니까 말이오. 그건 문주님이라도 불가능하겠지요? 후후! 놈은 그렇게 삼중 사중의 교란작전을 펼쳐 목적을 달성하고는 왔던 길로 사라졌소. 크하하하!"

"그만 하시오, 군사!"

미친 듯이 웃는 비해산을 보고 눈살을 찌푸린 사람들이 고함을 질렀다.

"흐흐흐! 이젠 후련하구려. 정말 통쾌하게 당했소. 이렇게 통쾌한 날에 술 한잔이 없어서는 안 되겠지요. 놈의 선물이니 기꺼이 마셔야지요. 정말 통쾌한 밤이었소."

속에 있는 말을 다 토해낸 비해산이 품속에서 호리병을 꺼내 들었다. 그리고 뚜껑을 열었다.

"무슨 짓이오, 군사?"

호리병 속에서 기이한 악취가 퍼져 나오는 것을 느낀 권오극이 벌떡 자리에서 일어섰지만 호리병 속의 액체는 비해산의 목구멍 속으로 한 방울도 남김없이 흘러들었다.

"크윽!"

비해산이 호리병을 떨어뜨리며 목을 부여잡았다.

"놈이, 놈이… 뿌리고 간… 독… 복수를……."

"구, 군사!"

대경한 사람들이 급히 몰려왔지만 독이 풀린 모정의 물을 마신 비해산의 몸은 썩은 나무토막처럼 쿵 하고 바닥으로 무너지며 그 몸뚱이가 시커멓게 타 들어갔다.

"군사! 크흐흑!"

처참한 광경에 몇 명의 중년인들이 분루를 삼켰지만 그 누구도 혈수로 화하는 비해산의 주검 가까이 접근하지 못했다. 혈수에서 뿜어져 나오는 냄새만으로도 지독한 중독을 당할 위험이 있었다.

"찢어 죽일 놈!"

비해산의 시신이 혈수로 녹아든 광경을 지켜보던 권오극이 불끈 쥔 주먹을 부르르 떨며 혼신의 힘을 다해 감정을 억제했다. 군사 비해산이 처참하게 최후를 맞은 상황에서 문주인 자신마저 동요하는 모습을 보인다면 성내의 사기는 급격히 저하될 것이다.

"창문을 모두 열어라!"

권오극이 냉정한 목소리로 고함을 치자 반쯤 넋이 나가 있던 무사

몇 명이 신속히 문을 열어 환기를 시켰다.

"너희들은 군사의 시신을 정중히 수습하라! 그리고 다른 사람들은 접견실로 모이시오. 신속히 다음 대책을 세워야 할 것이오."

권오극의 명령에 따라 회의실에 모였던 모든 사람들이 오염되어 가는 회의실을 버리고 서둘러 접견실로 자리를 옮겼다.

"비해산 군사의 죽음도 애통하기 짝이 없는 일이나 언제까지 그것에 연연할 상황이 아니오. 밤새 싸운 병사들이 아침부터 당장 갈증을 느끼며 괴로워하게 될 것이오. 우선 성안에 남아 있는 물부터 파악해 보시오."

권오극이 혈룡전주 뇌철하를 쳐다보며 질문하자 비상 집수정을 부수고 의기소침해 있던 뇌철하가 밖에 있는 부하 한 명을 불러들였다.

"말해 보거라."

밤새 치른 싸움으로 지친 모습을 한 사내 하나가 조심스럽게 입을 열었다.

"현재 성내에 남아 있는 물은 비상 집수정 바닥에 있는 것이 전부입니다. 그리고 물 외에 마실 만한 것이라고는 승리를 자축하기 위해 준비해 놓았던 술밖에 없습니다."

"그것으로 얼마나 버틸 수 있겠나?"

"하루에 한 모금씩만 마신다 해도 이틀이면 바닥이 납니다."

사내가 권오극의 눈치를 보며 답했다.

"이틀이라……."

이곳저곳에서 신음이 터져 나왔다. 하루에 한 모금씩만 마셔도 이틀이니, 두 모금을 마신다면 당장 내일부터는 마실 수 있는 것이라고는 아무것도 없다는 계산이었다. 밥을 먹지 않고는 한참을 견딜 수가 있겠지만 물이 없이는 이틀도 힘들다. 밤새 단내가 나도록 뛰어다녔기에 대부분의 인원들은 한참 전부터 이미 갈증에 시달리고 있었다.

권오극은 다시 한 번 신음을 삼켰다.

닷새!

닷새 후에는, 늦어도 이레 후에는 기련산맥으로 떠난 전주들이 병력을 이끌고 온다. 그러면 성을 포위한 저놈들을 모두 휩쓸어 버리고 중원으로 진군할 수 있을 것이다. 그러나 물이 바닥난 상태에서 그때까지 기다릴 수 있을지 장담할 수가 없었다. 당장 내일 아침부터 폭동이 일어날지도 모를 일이다. 하지만 무슨 수를 써서라도 기련산맥의 주력이 올 때까지 기다려야 한다. 대업의 순간이 얼마 남지 않았는데, 그간의 길고 긴 기다림을 보상받을 순간이 얼마 남지 않았는데 목전에서 무너질 수는 없다.

권오극이 심호흡을 했다.

"어떠한 일이 있어도 버텨내야 하오. 오줌을 받아 마시고, 말들의 피를 뽑아 마시더라도 원군이 올 때까지 기다려야 하오. 지금부터 비천용문의 모든 사람들은 최대한 움직임을 자제하며 원군을 기다리도록 하시오. 동요하거나 불평을 털어놓는 자는 주작령으로 처단하겠소."

권오극이 허리춤에서 주작패를 떼내어 위로 들어 올리자 모든 사람들이 급히 고개를 숙이며 부복했다.

"모두들 자신의 자리로 돌아가서 부하들을 격려하시오. 그리고 동요하는 자는 그 자리에서 처단하시오."

"존명!"

비천용문의 모든 수뇌들이 분분히 밖으로 나갔다.

제86장

암상(暗商)

암상(暗商)

우우웅—

공간을 찌그러뜨리며 한 자루의 검이 횡으로 쓸어갔다.

짙은 묵빛을 발하는 검이었지만 검신에서 뻗어 나오는 검기는 새하얀 광망을 형성하며 앞으로 뻗어 나갔다.

파아앙!

빛의 그물에 휩쓸린 굵은 고송 중간이 수십 조각의 토막이 되어 바닥으로 흩뿌려졌다.

쿵!

우지끈!

몸뚱이를 잃은 고송이 수직으로 주저앉았다가 서서히 옆으로 쓰러졌다.

후두두둑—

근처의 야조들이 쓰러지는 고송이 넘어지며 토해내는 소음에 나뭇가지 사이를 빠져나와 황급히 하늘로 날아올랐다.

"흐읍!"

아름드리 노송의 둥치를 수십 조각으로 자른 자운엽은 묵령에 불끈 내력을 불어넣었다.

벽력의 내력을 받은 묵령이 무거운 울음을 토했지만 검신이 붉어지거나 하지 않고 짙은 묵빛을 그대로 유지하고 있었다.

"하앗!"

일갈을 토한 자운엽이 이번에는 옆에 있는 바위를 향해 혈접난무의 초식을 펼쳤다. 어지러운 나비의 날개가 연한 두부 속을 파고들 듯 거친 화강암 속으로 파고들었다.

바위에서 떨어져 나온 돌 가루가 흙먼지처럼 날리며 단단한 바위 표면에 수많은 날개 자국이 그려졌다.

쐐애액—

혈접난무의 날개를 그려내던 묵령이 직선으로 쭈욱 뻗어 나오며 검첨에서 미세한 떨림이 일어났다.

혈접쇄풍의 초식이 펼쳐지며 검첨에서 뻗어 나온 검기가 바위 속을 파고들었다. 바위를 겨냥한 검첨은 더 이상의 전진을 멈추었지만 바위 한가운데를 파고드는 무서운 경력은 계속해서 돌 가루를 뿜어내게 했다.

뿜어져 나오던 돌 먼지가 더 이상 보이지 않을 즈음, 자운엽의 손목이 빠르게 흔들렸다.

파파파팟—

혈접낙화의 초식에 바위 표면이 거북이의 등껍질처럼 쩍쩍 갈라져 아래로 떨어져 내렸다.

"애꿎은 바위 하나가 오늘도 사라지겠군요."

멀찌감치서 자운엽의 모습을 지켜보던 당유화가 고개를 설레설레 흔들며 설수연을 향해 중얼거렸다.

"검이 마음에 드나봐요, 틈만 나면 저렇게 검을 어루만지며 검무를 추는 것을 보니."

설수연이 종리재정의 솜씨를 간접적으로 칭찬하며 종리재정을 쳐다 보자 종리재정이 홍시처럼 붉어진 얼굴로 황소웃음을 지었다.

"호호!"

이제는 적응할 만도 하건만 색시처럼 수줍음을 타는 종리재정을 보 며 설수연이 입을 가리고 웃었다.

"어느 표국에서 흑살의 살수들을 처치하며 연검을 휘두르는 모습은 정말 무섭다고 생각했는데 지금과는 도저히 비교가 안 되는 것 같아요. 대체 그동안 무슨 기연이 있었나요?"

당유화가 호기심이 가득한 얼굴로 설수연을 쳐다보았다.

"그런 걸 시시콜콜 말해 주지 않는 사람이라 나도 잘 몰라요. 난 이 번에 다시 만날 때부터 저런 모습만 봐서 오히려 내가 당 소저에게 예 전 모습이 어땠는지 묻고 싶어요."

당유화의 질문을 받은 설수연이 오히려 더 궁금한 눈빛으로 당유화 를 쳐다보자 당유화가 어이가 없다는 표정을 지었다.

"여간해서는 자신을 드러내지 않는 사람이란 것은 알지만 설 소저에 게까지 그러는 건 좀 심하군요."

당유화가 고소를 지은 후 말을 이었다.

"그럼 금성표국과 그에 얽힌 이야기도 모르겠군요?"

“거의······.”

설수연이 빠르게 고개를 흔들며 한시라도 빨리 그 얘기를 듣고 싶다는 눈빛으로 당유화를 쳐다보았다.

“푸후—”

당유화가 실소를 터뜨렸다. 서로를 대하는 눈빛이나 행동은 백 년도 더 함께 산 사람들 같았는데 어떤 부분에서는 오히려 자신보다 더 모르고 있는 것 같았다. 그것이 당황스럽기도 했지만 한동안 잊고 있었던 자운엽의 성격상의 단면을 다시 보는 것 같아 절로 쓴웃음이 흘러나왔다.

“아주버님을 처음 만난 곳은 낙양의 한 주루에서였어요.”

당유화는 한 번 빠져들면 옆에서 누가 말리기 전에는 해가 지는 줄도 모르고 검을 휘두르는 자운엽을 쳐다보며 그때의 얘기들을 끄집어냈다.

“그때는 꼭 산속에서 갓 내려온 맹수 같았어요. 무뚝뚝하고 말도 거의 없었고 매사 자기 멋대로고······. 뭐, 지금도 그런 구석이 많지만 그땐 훨씬 더 심했어요. 하지만 빠르게 적응해 나가더군요. 맹수에서 여우로.”

당유화가 미소를 머금으며 서교영과 송여주에게서 들은 금성표국에 얽힌 이야기들에서부터 자신이 직접 보고 들은 이야기들을 한 가지 한 가지 얘기해 나갔다.

당유화의 얘기에 설수연과 함께 양예청도 때로는 자지러질 듯 웃기도 하고, 때로는 머리를 설레설레 흔들며 얘기 속으로 빨려들었다.

그때까지도 자운엽의 검무는 멈추지 않았다.

그러다 어느 순간 와르르르 하는 소음과 함께 당유화의 얘기도, 자운엽의 검무도 우뚝 멈추어졌다.

긴 숨소리와 함께 자운엽의 검무에 수난을 당하던 바위가 벼락에라도 맞은 듯 시커멓게 변색되어 조각조각 흘러내리고 있었다.

"드디어 성공이군!"

자운엽이 만족한 표정으로 묵령을 쳐다보며 중얼거렸다. 낮게 중얼거리는 소리였지만 상기된 기분이 고스란히 스며 있는 목소리였기에 주변에 있는 사람들 귀에 똑똑히 들려왔다.

"뭘 성공했다는 거죠?"

자운엽의 중얼거리는 소리를 들은 당유화가 설수연을 쳐다보았다.

"방금 벼락 치는 소리 못 들었죠?"

설수연이 뭔가 생각났다는 듯 자운엽이 있는 곳으로 시선을 고정시키며 말했다.

"못 들었어요."

"그리고 번쩍 하는 섬광도?"

"그것도 못 본 것 같아요."

당유화가 고개를 흔들며 설수연의 입술만 쳐다보았다.

"그동안 내내 저 묵검으로 벽력의 힘을 뿌려도 소리나 섬광이 나지 않도록 수련했어요. 그게 성공했나 봐요."

설수연이 기쁜 표정을 지으며 자운엽 앞에서 벼락을 맞은 듯 산산이 부서져 있는 바위의 잔해들을 쳐다보았다.

"그럼 또 한 단계의 성취를 이룬 것이군요!"

당유화도 들뜬 목소리를 지르며 설수연과 자운엽을 번갈아 쳐다보았다.

"그건 더 두고 봐야 알겠지만……."

"거칠게 터져 나오던 공력이 그 힘을 그대로 유지한 채 심유하게 뿜어져 나온다는 것은 최소한 일성(一成)의 성취는 더 이루었다고 봐야 되겠죠!"

양예청도 들뜬 표정으로 소리를 질렀다.

"이젠 수련이 끝난 거야?"

이마에 흐른 땀을 닦으며 다가오는 자운엽을 보며 설수연이 환한 표정을 하고 물었다.

"오늘은 좀 일찍 끝났습니다. 그래도 점심때가 훨씬 지난 것 같군요. 이젠 그만 객점을 찾아 점심을 들도록 합시다."

자운엽은 당유화와 설수연 등의 눈치를 보며 얼른 말했다. 그동안 수련에 정신이 팔려 몇 번이나 점심때를 놓치고 세 여인으로부터 합공을 받았기에 오늘은 끝나자마자 제일 먼저 점심부터 챙겼다.

"다행이네요. 그런데 매일 점심은 굶던 버릇을 들이다 보니 배가 안 고픈 걸 어떡하죠?"

당유화가 토라진 표정으로 자운엽을 쳐다보았다.

"오늘은 제수씨가 먹고 싶은 건 뭐든 다 사드릴 테니 그만 화를 풀고 가도록 하지요."

자운엽이 얼른 당유화를 달랬다.

"정말이세요, 아주버님? 호호!"

당유화가 금방 표정을 풀며 입맛을 다셨다.

"정말입니다. 그러니 어서 가시죠."

자운엽이 싱긋 미소를 지으며 당유화를 이끄는 순간, 뒤쪽에서 약간은 과장된 설수연의 목소리가 들려왔다.

"나도 배 안 고파!"

“그런데 넌 얼마만큼 진전이 있느냐?”

객점에서 부지런히 점심을 들며 자운엽은 종리재정에게 질문을 던졌다.

“물건에 대한 구상은 끝이 났습니다. 그런데 그것이 정말 이백여 년 전에 만들어진 것처럼 망가지게 하고 녹슬게 하는 것이 힘듭니다.”

음식을 넣어 우물거리던 종리재정이 꿀꺽 하고 삼킨 후 자운엽의 질문에 답했다.

“너라면 할 수 있을 것이다. 그러니 최대한 빨리 그걸 만들어다오. 그래야 일을 꾸밀 수가 있다.”

자운엽의 강렬한 눈빛으로 종리재정을 쳐다보자 종리재정이 목을 움츠렸다.

“음식이나 다 먹고 재촉해.”

설수연이 자운엽을 쳐다보며 핀잔을 주었지만 자운엽의 표정은 조금도 변하지 않았고 이번엔 설수연과 당유화에게로 화살을 돌렸다.

“아가씨와 제수씨가 하고 있는 일은 어떻습니까? 진전이 좀 있습니까?”

자운엽이 종리재정을 쳐다보던 것과 똑같은 눈빛으로 설수연과 당유화를 쳐다보았다.

“비싼 음식 먹고 체하겠어요, 정말!”

당유화가 얼른 물잔을 들이키며 볼멘소리를 했다.

“아주버님으로부터 천재라고 칭찬을 듣는 분이 평생에 걸친 연구 끝에 만든 영약을 우리 같은 범인이 어떻게 따라 만들 수 있다는 말이에요? 너무 무리한 부탁이 아닌가요?”

당유화가 입술을 닦으며 자운엽을 흘겨보았다.

"범인이라니요? 제수씨와 아가씨의 능력을 합친다면 충분히 가능합니다. 그건 제가 보장하지요. 그러니 어서 그 영약에 스며든 비밀을 풀어보십시오."

"푸후!"

자운엽이 두 여인의 능력을 십분 믿는다는 표정을 지으며 간절한 눈빛으로 쳐다보자 설수연이 실소를 터뜨렸다.

"정말 한시도 사람을 가만히 있게 놔두지 않는군요. 이러다간 시아버님을 뵙기도 전에 머리가 터지겠어요."

당유화가 이맛살을 찌푸리며 고개를 흔들었다.

영약 아닌 영약에 대한 설수연과 자운엽의 설명을 처음 들었을 때는 그 오묘한 이치에 한껏 빠져들어 심혈을 기울였지만 그건 결코 쉬운 일이 아니었다. 뭔가 잡힐 듯하면서도 잡히지 않는 묘리에 설수연과 자신은 몇 번이나 머리를 저으며 나가떨어졌다. 의술에 있어서는 자신을 훨씬 뛰어넘는 실력을 가진 설수연과의 연구를 통해 많은 진전이 있었지만 그 영약의 비법은 쉽게 정체를 드러내지 않았다.

그러나 아무리 그 어려움을 토로해도 결코 포기하지 않을 자운엽의 성격을 잘 아는 당유화는 긴 한숨을 내쉬며 설수연을 쳐다보았다. 어쩌면 그런 면에서는 옆에 있는 이 여인도 비슷했다. 곁에 있는 사람을 한없이 편안하게 해주고 언제나 부드러운 미소를 잃지 않지만 무슨 일을 함에 있어서는 쉽게 포기하지 않는 굳건함이 있었다.

절대로 포기하지 않을 것 같은 두 사람의 눈빛을 대한 당유화가 어깨를 늘어뜨렸다.

식사를 끝낸 설수연과 당유화가 찻잔을 들고 아까 못다 한 얘기들을 나누다 당문의 주인 당천의가 어떻게 피독주를 자운엽에게 넘겨주게 되었는지를 말하는 대목에서 다시 배를 잡았다. 그때는 몰랐지만 지나고 보니 자운엽에게 뭔지 모르게 당했다는 것을 알았기 때문이다.

"그러니까 이 피독주는 그런 경위로 내 손에까지 흘러들어 왔군요. 호호호!"

겨우 웃음을 멈춘 설수연이 문득 날카롭게 빛나는 자운엽의 눈빛을 보고는 얼른 웃음을 멈췄다. 그리고는 자운엽의 시선을 좇았다.

"왜 그래? 누구 아는 사람이라도 발견했어?"

설수연이 주방 쪽을 유심히 살피는 자운엽을 보며 질문했다.

"음식 맛은 어땠습니까, 아가씨?"

자운엽이 고개를 돌리고 설수연을 바라보자 설수연의 안색이 긴장으로 물들었다. 식사를 끝낸 지가 한참이 지났는데 지금 와서 음식 맛을 물어보는 자운엽의 행동에는 무언가 이유가 있을 것 같았기 때문이다.

"왜? 무슨 독이라도 있는 거야?"

설수연이 긴장된 표정으로 말하다 당유화를 쳐다보며 긴장을 풀었다. 음식에 독이라도 들었다면 당유화가 그걸 놓칠 리 없었기 때문이다.

"그런 건 아닙니다만… 주방에 전혀 어울리지 않는 사람이 보이는군요. 그리고 주변에도 역시 어울리지 않는 기운이 느껴지고……. 잠시 후면 재미있는 일이 벌어질 것 같은 데요. 후후."

날카로운 눈빛을 하던 자운엽이 서서히 흥미진진하다는 표정과 함께 특유의 웃음을 흘렸다.

"왜 그러세요, 아주버님? 무슨 낌새라도……?"

당유화도 주변을 두리번거리며 촉각을 곤두세웠지만 자신으로서는 아무런 이상을 느낄 수 없었다. 음식에서나 객점의 분위기에서나 여느 객점과 다를 바가 없었다.

"느긋하게 기다려 보면 한바탕 활극이 벌어질 것 같습니다. 식후경 으로는 그만이겠군요."

다시 한 번 미소를 지은 자운엽이 주방 쪽으로 신경을 곤두세웠다.

"보통의 고수들이 아닌 것 같은데 잘될까? 여기서 다시 만나다니 정 말 묘한 인연이군."

긴장한 표정으로 지켜보는 세 명의 여인들과는 달리 자운엽은 계속 미소를 지으며 주방에 있는 한 중년인에게 시선을 고정시켰다.

와장창!

잠시 후, 자운엽의 예상대로 식기가 박살나는 소리와 함께 비명들이 터져 나왔다. 그리고 주방에서 앞치마를 두른 사내 하나가 빛살처럼 쏘아져 나와 출입구로 향했다. 그러나 출입구에 나타난 몇 명의 인영 을 본 사내는 급히 신형을 멈추며 손에 든 주방용 칼을 휘둘렀다.

쌔앵—

주방용 칼이 무시무시한 음향을 토해내며 입구를 막은 세 명의 인영 들에게로 날아들었다.

뭉툭하고 둔한 주방용 칼이었지만 사내의 손에서 휘둘러지자 그것 은 어떤 보도보다 더 무서운 경력을 뿌리며 세 명의 인영들을 쓸어갔 다.

"과연!"

비쩍 마른 한 중년인이 앞치마사내의 칼에서 뿜어져 나오는 경기에 감탄을 토하며 급격히 신형을 틀었다.

간발의 차로 주방용 칼이 중년인의 목을 비켜 지나갔지만 중도에서 급히 방향을 바꾸어 다시 비쩍 마른 중년인의 어깨를 노리고 날아들었다.

터엉!

중년인이 들고 있던 검을 검집째 들어 올려 사내의 칼을 막았다. 그리고 그대로 사내의 명치를 향해 검집을 찔러 넣었다.

"하앗!"

앞치마사내가 명치를 향해 쾌속하게 찔러드는 검집을 쳐 올리는 순간, 회의를 걸친 한 사내의 칼이 앞치마사내의 목을 노리며 날아들었다.

검집을 쳐 올리고 연속 공격을 하려던 앞치마사내가 연속 공격을 포기하고 목을 노리고 날아드는 칼을 피해 뒤로 크게 한 발짝 물러났다. 그렇게 되자 객점 가운데로 나서게 되고 주방 쪽에서 다가오는 두 사내와 객점 입구에서 먼저 나타난 세 사내들 사이에 포위되는 상황으로 바뀌었다.

"이런 곳에 숨어 있으면 못 찾을 줄 알았느냐, 이 배신자!"

한 사내를 포위한 다섯 명의 인영 중 제일 나이가 어려 보이는 사내가 비릿한 미소와 함께 식칼을 든 사내를 쳐다보았다.

우르르르—

순식간에 벌어진 사태에 갈피를 잡지 못하고 있다가 겨우 사태를 파악한 객점의 손님들이 허겁지겁 밖으로 빠져나갔다. 설명은 길었지만 그만큼 여섯 사내의 움직임이 섬전 같았기 때문이다.

"예상보다 빨리 찾아냈군."

　다섯 사내들에게 포위되자 앞치마를 두른 사내가 무심한 목소리로 말했다. 그러나 주방용 식칼을 굳게 쥐고 팽팽한 긴장을 유지하는 사내의 얼굴 한구석에 낭패감이 번지는 것으로 보아 주변을 포위한 다섯 사내들에게 큰 부담을 느끼고 있음을 짐작할 수 있었다.

　"네놈이 어디를 가든, 그리고 어떤 모습으로 변장을 하든 우리 눈을 속일 순 없다! 배신자를 살려두지 않는다는 것이 련(聯)의 철칙이지."

　사내의 좌측에서 긴 창을 들고 서 있던 중년인이 조소를 머금으며 창끝으로 앞치마사내의 가슴을 찌르듯이 겨누었다.

　"배신자라고? 개가 웃을 소리를 지껄이는군. 이십 년도 넘게 모시던 련주를 함정에 빠뜨리고 암습을 한 네놈들이야말로 배신자들이 아닌가? 그것도 모자라 그 자식들까지 처참하게 도륙한 네놈들은 배신자에 개잡종이지!"

　포위된 사내가 싸늘한 살기를 피우며 다섯 인영들을 쏘아보자 다섯 사내들의 눈빛이 주춤 흔들렸다. 강하게 터져 나온 앞치마사내의 살기가 순간적으로 감당하기가 힘들었던 것이다.

　"긴말은 필요없다! 네놈이 빼내간 장부만 내놓으면 팔 하나 자르는 것으로 그치고 목숨은 살려주지!"

　다섯 인영 중 제일 젊은 사내가 차가운 눈초리로 포위된 사내를 쏘아보며 소리를 질렀다.

　"장부를 얻고 나면 소련주를 죽이겠지. 그게 불을 보듯 뻔한데 내가 그걸 내줄 것 같으냐?"

　사내는 말을 끝내고는 굳게 입술을 다물었다.

　"그렇다면 네놈을 가장 고통스럽게 죽일 수밖에!"

　포위된 사내의 표정과 말투에서 절대로 타협하지 않을 것 같은 고집을 느낀 젊은 사내가 품속으로 손을 집어넣었다.

"차앗—"

사내의 손이 품에서 빠져나오기도 전에 앞치마사내의 뭉툭한 식칼이 사내의 목을 향해 날아들었다. 바람을 가르며 쾌속하게 휘둘러지는 식칼에서는 주방에서 채소나 다듬던 칼이라고는 도저히 생각할 수 없는 살벌한 기운이 뻗어 나와 어떠한 예도보다 더 위험해 보였다.

휘리릭—

품속에 손을 넣던 사내가 그 속에서 뭔가를 끄집어내려던 생각을 포기하고 얼른 손을 빼내며 급급히 신형을 틀었다. 당장은 목을 잘라오는 식칼을 피하는 것이 급선무였다.

씨잉—

식칼이 젊은 사내의 머리카락 몇 가닥을 자르고 아슬아슬하게 지나가는 찰나, 창을 들고 있던 중년인이 쭈욱 팔을 내뻗었다. 그러자 그렇게 길지 않은 창이 군병들이 사용하는 장창보다 더 길게 늘어나 보이며 앞치마를 두른 사내의 심장을 향해 날아들었다.

회마창법(回馬槍法)의 절기가 중년인의 창끝에서 뿜어져 나왔다. 흔들림없이 직선으로 쭈욱 뻗어 나오는 듯하지만 정면에서 그 공격을 마주한 사람에게는 눈이 어지러울 정도의 변화를 내포한 창법에 식칼을 휘두르던 사내가 급히 상체를 눕히며 뭉툭한 식칼을 아래에서 위로 휘둘러 창대를 쳐냈다.

까앙!

창대와 식칼이 부딪친 자리에서 무거운 격타음이 터져 나왔다.

"으음!"

창을 찔러 넣어 젊은 사내의 위기를 면하게 해준 중년인이 신음을 흘렸다.

겨우 한 자를 조금 넘는 식칼에 부딪친 자신의 창이 속절없이 위로 퉁겨지고 창을 잡은 팔목에서 전해져 오는 충격이 뼛속까지 스며들었기 때문이다.

"과연 련의 추적을 일 년도 넘게 피해 다닌 이유가 있군!"

중년인이 퉁겨졌던 창을 한 바퀴 휘익 돌리며 처음보다 훨씬 더 냉막한 눈으로 포위망 안에 든 사내를 쏘아보았다. 그러는 사이를 틈타 젊은 사내는 품속에서 다섯 개의 비도를 꺼내 들었다. 동시에 다른 사내들도 들고 있던 검과 도를 다잡으며 더욱 엄중한 포위망을 짰다.

"더 이상은 시간을 낭비할 필요가 없소! 목숨만 붙여놓으면 되니 사정없이 공격하시오!"

비도를 손끝에 옮겨 쥔 사내가 차갑게 내뱉자 네 명의 사내들이 포위망을 좁히며 식칼을 든 사내를 압축해 들었다.

휘익—

박도 하나가 사내의 허리를 쓸며 다시 공격이 시작되었다. 동시에 창과 검 두 자루도 엄중하게 방위를 차단하며 포위된 사내를 공격해 들었다.

차차창!

사내의 식칼이 쾌속하게 두 개의 검을 쳐내고 다리를 쓸어오는 창대를 막아갔다.

창의 가장 무서운 공격은 찌르기였지만 길고 무거운 특성을 이용해 이렇게 쓸어오는 공격도 결코 경시할 수 없었다. 특히 합격과 함께 하체를 쓸어오는 공격은 온통 중심을 흩뜨리며 난감한 상황에 이르게 한다.

쓸어오는 창대를 막아가는 사내의 눈빛이 짧은 순간 비도를 손끝에 모아 쥐고 있는 젊은 청년의 움직임을 훑었다. 중심이 흩어지거나 미세한 빈틈이 생긴 사이로 날아드는 다섯 개의 비도는 이들의 합공 중 가장 위험하고 가장 결정적인 공격이었다. 그 공격에 맞닥뜨리지 않으려 품속에 손이 들어가기 전에 선공했지만 결국 피치 못할 상황이 되고 말았다.

까강!

앞치마사내의 식칼이 쓸어오는 회마창의 창대를 위에서 아래로 강하게 내려쳤고, 창대가 휘청 휘어졌다. 그러나 자신의 애병도 아닌, 엉겁결에 들고 나온 식칼이었기에 강한 내력이 담긴 채 쓸어 온 창대를 자를 수는 없었다.

신형을 급히 이동하여 창대의 공격권에서 벗어난 사내는 다시 날아드는 도와 검을 향해 식칼을 휘둘렀다.

순간, 다섯 자루의 비도가 사내의 요혈을 노리고 날아들었다. 자신을 살려놓고 장부를 뺏어야 할 목적이 있기에 사혈은 노리지 않았지만 교묘한 간격을 두고 날아드는 비도는 다른 네 사람의 무기와 어우러져 영사(靈蛇)의 이빨처럼 위협적이었다.

앞치마사내는 서늘하게 안광을 빛냈다.

네 개의 병기와 다섯 자루의 비도를 한꺼번에 다 쳐내기에는 자신의 손에 들린 식칼이 너무 짧았다.

까까강!

앞치마사내는 손에 든 식칼을 환영처럼 휘둘러 네 개의 병기와 세 개의 비도만을 쳐냈다. 나머지 두 개의 비도 중 한 개는 왼쪽 어깨로, 다른 한 개는 허리 어림으로 날아들었지만 그 대가로 회마창법을 전개하는 중년인의 목을 날릴 수 있었다.

“지독한 놈!”

중년인의 목이 바닥에 뒹구는 것을 본 박도의 사내가 신음성처럼 중얼거렸다.

그 짧은 순간에 살을 내어주고 뼈를 취하는 사내의 냉철한 손속은 가슴을 철렁 하게 만들었다.

“하지만 네놈도 두 개의 비도를 몸에 박고 있으니 무너지는 것은 시간문제다!”

박도를 든 사내가 이글거리는 안광으로 식칼을 들고 있는 사내에게 쇄도해 들었다.

“차아!”

식칼을 든 사내는 몸에 박힌 비도를 빼낼 시간도 없이 다시 네 명의 공격을 뭉툭한 식칼로 쳐내갔다.

“크윽!”

다시 한 개의 비도가 식칼을 든 사내의 오른쪽 허벅지에 박혔을 때, 검을 휘두르던 사내의 허리가 도마 위의 육편처럼 쩌억 갈라지며 피분수가 터졌다. 그러나 사내의 오른쪽 허벅지에 깊숙이 박힌 비도는 사내의 움직임을 눈에 띄게 둔화시켰다.

“정말 대단한 놈이로군, 암련오사(暗聯五蛇)를 단신으로 둘이나 해치우다니. 네놈에게 장부를 맡긴 전 련주의 판단이 틀리지 않았어.”

검을 든 노인이 움직임이 둔해진 사내를 보고 음산한 미소를 지으며 다가들었다.

“암련?”

주렴을 내린 채 바깥의 상황을 주시하던 자운엽이 번쩍 하고 안광을 빛냈다.

"암련의 일원에다, 풍가장의 빈객(賓客)에다… 이젠 객점의 주방장까지……. 실로 다양한 직업을 가졌군. 어쨌든 좋은 생각이 떠올랐소."

자운엽이 묵령을 슬쩍 끌어당기며 낮게 중얼거렸다.

"아는 사람인가요?"

당유화가 갑자기 불어닥친 피바람에 진저리가 쳐진다는 표정으로 자운엽을 쳐다보았다. 주방 쪽에서 식칼을 든 사내를 발견했을 때부터 자운엽은 그 사내의 정체를 알고 있는 것 같았는데, 아니나 다를까, 사내의 칼 솜씨는 결코 주방에서 일할 사람 같지가 않았다. 저 식칼을 그대로 들고 중원 한복판에 나서더라도 이길 자가 많지 않을 것 같았다.

"암련이라면 대륙 최대의 암상 조직인데……."

양예청도 밖에서 불어오는 피 냄새에 온 얼굴을 찡그리며 걱정스런 눈빛으로 자운엽을 쳐다보았다.

차창!

박도의 중년인이 쓰러지고 잠시 소강 상태를 보였던 싸움이 다시 시작되었다. 처음의 다섯에서 이젠 셋밖에 남지 않았지만 식칼을 든 사내 역시 움직임이 현저히 둔해졌기에 훨씬 더 위험해 보였다.

"이젠 마지막이다, 배신자!"

두 개의 검을 쳐낸 앞치마사내의 좌측에서 젊은 사내가 쾌속하게 다섯 개의 비도를 날렸다. 오른쪽 다리를 제대로 움직이지 못하는 약점을 잡아 사내의 중심을 오른쪽으로 쏠리게 만드는 방위로 다섯 개의 비도가 영활하게 날아들었다.

씨이잉—

식칼이 맹렬하게 휘둘러졌지만 의도와는 무관하게 사내의 오른쪽 다리가 휘청 굽어졌다.

그 사이로 장포노인의 검이 무섭게 떨어져 내렸다.

따땅!

겨우 두 개의 비도를 쳐낸 사내가 나머지는 포기하고 목으로 떨어져 내리는 검을 막아갔다.

"크윽!"

다시 외마디 비명이 터져 나오며 검을 든 노인의 팔이 허공으로 솟구쳤다. 이윽고 노인의 심장도 반이나 갈라지며 천천히 뒤로 넘어갔다.

"어엇!"

비도를 날린 젊은 사내와 검을 든 중년인이 동시에 비명을 질렀다.

식칼을 든 사내가 쓰러질 것으로 굳게 믿고 있었지만 상황은 정반대로 흘러가고 있었던 것이다.

"어떤 놈이……?"

주렴 사이에서 소리없이 뻗어 나온 암경이 세 자루 비도의 방향을 틀게 만들었고, 그 때문에 마음껏 식칼을 휘두를 수 있게 된 사내가 검을 든 노인의 팔을 자르고 심장까지 갈라놓은 것이다.

파앗—

주렴에 가려진 실내로 고개를 돌리던 젊은 사내는 자신을 향해 날아드는 식칼에 얼른 신형을 뒤로 빼내고 비도를 꺼내 들었다. 그러나 음험한 기세로 날아들던 식칼이 비도를 쳐내고는 청년의 얼굴로 날아들었다.

챙!

검을 든 중년인이 식칼을 막고 신속하게 사내의 가슴으로 일검을 찔러 넣었다. 그러나 아슬아슬하게 검을 옆구리 사이로 흘린 사내가 중년인의 목을 날렸다.

“이, 이……!”

다시 한 자루의 비도가 빗나간 젊은 사내가 벌겋게 달아오른 얼굴로 신음을 흘렸다.

기척도 없이 쏘아져 나온 암경은 온 내력을 한 자루에만 집중시켜 던진 비도마저 다른 방향으로 날려보냈다. 그 정도의 암경이라면 자신의 목에 구멍을 뚫고도 남을 정도였지만 비도의 방향만을 살짝 바꾸고는 다시 기척이 없었다.

“타앗—”

비도 던지는 것을 포기한 젊은 사내가 뿌드득 이를 갈며 바닥을 박찼다. 비도술이 통하지 않는 이상 자신은 식칼 든 사내의 적수가 아니었다.

파악—

그러나 동료를 모두 잃은 사내의 신형이 주루의 문을 반도 빠져나가기 전에 맹렬하게 회전하며 날아온 식칼이 등줄기를 뚫고 심장까지 머리를 들이밀었다.

“크으……”

비수를 던지던 사내가 쥐어짜는 듯한 신음을 흘렸다. 그리고 사력을 다해 입술을 움직였다.

“네놈이… 돌아가지… 않으면…… 그년도 죽는…다……”

몇 마디를 필사적으로 뱉어낸 사내가 통나무처럼 바닥에 쓰러졌다.

“어떤 놈이냐!”

식칼을 던져 마지막 한 명을 처치한 사내가 바닥에 떨어진 검을 들고 자운엽 일행이 있는 실내를 향해 소리쳤다.

차앗—

안에서 아무 소리도 들리지 않자 사내의 검이 쾌속하게 주렴을 잘라
냈다.

"직업만 다양한 줄 알았더니 무기도 다양하게 사용하시는구려."

자운엽이 희미하게 미소를 지으며 사내의 검을 쳐다보았다.

"웬 놈이냐고 물었다!"

사내가 차가운 눈빛으로 고함을 질렀다.

"이봐요! 도움을 준 사람에게 너무하는 것 아닌가요?"

당유화가 잔뜩 눈살을 찌푸리며 사내를 쳐다보았다. 자운엽의 묵검
에서 뻗어 나간 기운이 아니었다면 이미 두 번도 더 죽었을 사내의 표
정에는 고마운 기운은커녕 온통 경계의 빛만이 가득했다.

"쓸데없는 도움은 원하지 않는다. 누구기에 내 정체를 아는 듯 말하
는 것이냐?"

사내가 더욱 경계의 눈빛을 하며 자운엽을 쳐다보았다.

"말로 설명을 하자면 길고… 검을 한 번 휘둘러 보면 간단히 설명이
될 것 같소만."

자운엽이 묵령을 들고 일어서자 사내의 눈빛이 칼날처럼 날카로워
졌다.

"바라던 바!"

짤막한 답변과 함께 사내의 검이 사선으로 떨어져 내렸다.

위이잉—

자운엽의 묵검 또한 호선을 그리며 사내를 향해 치고 올라갔다.

"허억!"

사내가 비명을 지르며 뒤로 물러섰다.

"이 검법은?"

사내의 눈이 부릅떠지며 자운엽의 얼굴을 뚫어질 듯 쳐다보았다. 안면이 있는… 아니, 그때는 얼굴을 복면으로 가리고 있어 안면은 없다고 봐야겠지만 이 검법만은 절대로 잊을 수 없었다.

"네놈은 그때 풍가장에서……."

두 눈을 부릅뜬 사내가 의구심 가득한 눈빛을 하며 자운엽의 전신을 훑었다.

"우선 몸에 박힌 비도부터 뽑으시오. 피 냄새가 진동하니까 말이오. 그리고 어설픈 변장도 지우시오. 행동과 말투는 젊은 사람인데 얼굴만 중년인이오."

자운엽은 차분한 눈빛으로 중년인으로 변장한 사내를 쳐다보았다.

설수범으로 위장하여 풍가장의 대문을 부수고 들어섰을 때 두 명의 노인을 제치고 나서던 그 사내였다. 그때 막 수련한 혈접무한의 초식을 딱 두 번 맞닥뜨려 보고는 깨끗이 패배를 인정한 후, 그간 받은 보수를 내던지고는 바람처럼 사라지던 그 사내를 여기서 다시 만난 것이다. 눈빛에 비해 너무 쉽게 패배를 인정하고 사라진다 싶었는데 꼭 살아남아야 할 무슨 사연이 있는 사내 같았다.

"정체가 뭐냐? 아니, 왜 날 도왔나?"

자운엽의 말을 들은 척도 않은 사내가 여전히 칼날 같은 눈빛과 함께 소리를 쳤다.

"암련의 조직원이오?"

사내의 태도에서 아무도 믿지 않겠다는 의도를 읽은 자운엽이 단도직입적으로 질문을 던졌다.

암련이라는 소리에 사내가 급히 검을 들어 올렸다.

우웅—

자운엽이 묵령의 검첨을 사내의 검신 쪽으로 향하게 하여 미세하게
흔들자 들어 올려지던 사내의 검이 휘청 하고 흔들리며 처음의 위치로
떨어져 내렸다.

간단한 동작이었지만 들고 있는 검에 커다란 바윗덩이 하나가 얹혀
지는 느낌을 받은 사내가 깜짝 놀란 눈으로 자신의 손에 든 검과 자운
엽의 검을 쳐다보며 아연한 표정을 지었다.

"긴장할 것 없소. 당신들이 싸울 때 하던 얘기를 듣고 추측한 것뿐
이니까."

자운엽은 자신이 사내의 정체를 알고 있는 데 대한 연유를 밝혔다.
그러나 자운엽과 자신의 두 번 만남이 모두 우연임을 아직까지 완전히
믿지 못한 사내는 여전히 긴장을 풀지 않았다.

"내가 암련의 조직원이든 아니든 그게 네놈과 무슨 상관이냐?"

사내가 검을 들어 올리려던 의도를 접고 질문했다.

"앞으로 나에게는 크게 상관이 있게 될 일 같소."

자운엽이 정색하고는 다시 입술을 움직였다.

"암상의 조직망을 통해 물건을 몇 개 팔아주시오. 그럼 당신의 옛
동료들이 말한 소련주란 사람을 구해주겠소."

자운엽의 말을 들은 사내의 눈빛이 심하게 흔들렸다.

〈제10권 끝〉